Axel Hambraeus

Anneli

Axel Hambraeus

Anneli

Roman

BRUNNEN
VERLAG GIESSEN · BASEL

ABCteam-Bücher erscheinen in folgenden Verlagen:
Aussaat Verlag Neukirchen-Vluyn
R. Brockhaus Verlag Wuppertal und Zürich
Brunnen Verlag Gießen und Basel
Christliches Verlagshaus Stuttgart
Oncken Verlag Wuppertal und Kassel

Aus dem Schwedischen übersetzt von
Dr. Günther Reubel und Thea Steadtler

1. Lizenzsausgabe 2000 Brunnen Verlag, Gießen
Umschlagmotiv: Herbert Pohle, Taunusstein
Umschlaggestaltung: Ralf Simon
Herstellung: Druckerei Ebner, Ulm
ISBN 3-7655-3671-7

Über dem stillen Tal lag abendlicher Friede, der Friede vor dem Feiertag. Sacht ging die Dämmerung des Augustabends in Nacht über. Vor den blauen Schatten der Berge hob sich der Nebel; er kam von den sumpfigen Wiesen rings um den Bach, der das Tal durchfloß. Keine roten Hauswände leuchteten mehr, keine Fensterscheiben glänzten. Doch auf dem östlichen Hang sammelte sich der Schein des Westhimmels um ein weißes Gehöft.

Dort stand Mutter Kari und blickte über das Tal hin. Ihre abgearbeitete Gestalt war noch immer ungebeugt. Sie hatte die Hände unter der Brust gekreuzt, wie es eine Frau aus dem Bergrevier tut, wenn sie sich einen Augenblick Ruhe gönnt. Das Haar war schon etwas ergraut, das ausdrucksvolle Gesicht war wie aus Holz geschnitzt. Die Augen von einem wässerigen Blau waren seltsam fernblikkend. Um den festgeschlossenen Mund mit den dünnen Lippen hatte ein hartes Leben tiefe Spuren gezeichnet.

Diese Frau, so an ein mühevolles Leben gewöhnt, daß sie kaum wußte, was Ruhe war, konnte sich nicht zu Bett legen, wenn sie nicht zuvor noch etwas gefunden hatte, was sie in letzter Abendstunde in Ordnung bringen konnte. Sie sah, daß Anneli ihre Holzpuppe auf dem Schaukelbrett unter dem Ahorn am Brunnen hatte liegenlassen. Und als sie mit der Puppe in der Hand zurückkam, entdeckte sie, daß Anders vergessen hatte, die weiße Zauntür zu schließen, als er von der Grube nach Hause gekommen war. Ihre Schritte klangen laut auf dem weißen Kalkgrus, als sie zur Zauntür ging. Auf dem Rückweg zum Haus spürte sie den starken Duft von dem Rosenbeet neben der Fliederlaube in dem Blumengärtchen. Sie bog in den schmalen Gartenweg ein. Neben dem Beet stand eine Bank. Es war keine edle Rosensorte, die hier wuchs, nur gewöhnliche Bauernrosen waren es; aber es gab nichts, was so schön duftete wie sie. Kari pflückte eine Rose und setzte sich auf die Bank. Als sie eine Weile an den duftenden rosa Blütenblättern gerochen hatte, nahm sie keinen Duft mehr wahr. So war es mit jeder Freude auf dieser Welt, alle waren sie so vergänglich. Und doch jagten die Menschen ständig von neuem hinter irgendeiner Freude her, die doch auch wieder nur vergänglich war. Auch sie hatte es getan. Sie hatte einen Mann bekommen. Sie hatte ein Kind zur Welt gebracht, fast schon an der Schwelle des Alters. Wie sehr hatte sie sich heimlich nach einem Mann und einem Kind gesehnt, bevor ihr dieses Glück zuteil wurde! Aber was war das Glück anderes als die Rose, die sie in der Hand hielt? Ein entschwindender Duft...

Kari hielt die Rose so fest, als wolle sie ein Glück halten, das daran war zu entfliehen. Die Dornen drangen durch die harte Haut ihrer verarbeiteten Hände. Sie empfand eine fast schmerzhafte Freude, als die spitzen Dornen sie verletzten. Sie war so vertraut mit allem, was schwer war, was weh tat, daß es gleichsam ihre Welt geworden war: Schwere Arbeit seit früher Kindheit, ein unerhört strenger Vater, ewiger Zwang unter der Last der Pflicht.

Kari fürchtete sich mehr vor Ruhe und Vergnügen als vor Arbeit und Mühsal. Arbeit schenkte eine Ruhe, wie sie keine Muße zu geben vermochte.

Wie beneidete sie doch ihre kleine Tochter, die den ganzen Tag spielen durfte! Kari hatte als Kind nie spielen dürfen. Sie hörte wieder die barsche Stimme ihres Vaters, wenn sie einmal nichts tat: „Mach dich nützlich, Mädchen! Müßiggang ist aller Laster Anfang!" Sie beneidete Anders, ihren Mann, um sein ruhiges Wesen und begriff, daß er etwas an ihr vermißte, das sie ihm nicht geben konnte: sie konnte seine Ruhe nicht teilen.

Wie an allen anderen Tagen, hatte er auch an diesem Abend, müde von der Arbeit, allein zu Bett gehen müssen. Und morgen war ein Ruhetag. Davor graute es Kari immer. Aber die Dämmerstunde, die liebte sie. Die hatte man auch in ihrem strengen Elternhaus heilig gehalten. Sogar der rauhe Vater hatte dann bisweilen die Hände gefaltet und das Abendlied gesprochen:

„Nun hat auch dieser Tag
Nach Gottes Wohlbehag'
Gefunden schon sein End'.
Die Nacht hält uns umfangen,
Ist wieder aufgegangen
Am Himmelsfirmament."

Als Kari sich von der Bank neben dem Rosenbeet erhob und an der geschlossenen Hoftür vorüberging, ertönte vor ihrem inneren Ohr noch eine Strophe dieses Liedes:

„Mein Auge schließet sich,
Schick mir, ich bitte dich,
Den Engel dein zur Wacht,
Daß er in treuer Hut
Mich halte und mich gut
Beschütze in der Nacht."

Jetzt war die Dämmerung in Nacht übergegangen. Aber das weiße Gehöft leuchtete.

Groß und verwundert stieg der Vollmond über dem Wald empor, der wie ein gezacktes Diadem den Scheitel des Fullerbergs krönte. Als der Mond völlig über den Berg gelangt war, konnte er in das tiefe Tal hinabblicken, in welchem der Grubenbach dahinfloß. Der Bach kam von den Bergen im Westen, suchte sich in vielen Windungen seinen Weg und rauschte seine ewige Melodie an tausend kleinen Wasserfällen. Hier und dort hatte man sein Wasser zu kleinen Teichen angestaut, die dann eine Dreschmaschine oder ein leichtes Hammerwerk antrieben. Das Lied der Dreschmaschine im Herbst und das ganze Jahr hindurch das metallische Klingen aus der Schmiede waren die Musik des Tals. Aber das war nur die kleine Musik.

Die große Musik machten das Schachtgestänge und der Wendestuhl. In alter Zeit hatte man Wasser aus der Grube mit Menschenhand heraufgepumpt. Es waren Frauen und Kinder, die diese Arbeit verrichteten. Keiner der jetzt Lebenden erinnerte sich noch an jene Zeit, aber die alten Leute konnten noch davon berichten, wie sich ihre Mütter mit dem großen Grubenrad, das sich sonntags wie alltags drehen mußte, abgemüht hatten.

Dann kam der Pferdegöpel. Es war ein Glückstag, als ein Bergmann aus Falun den Göpel baute. Jetzt mußten die Tiere die Arbeit tun, die sonst Menschen verrichtet hatten. Ein einziges Pferd verrichtete die Arbeit von zehn Frauen. Ein kleines Kind konnte die Zügel halten, an denen das Pferd stundenlang immer rundherum ging und das flach liegende Rad in Gang hielt, um welches das Grubenseil gewickelt war.

Viele erinnerten sich noch dieses Göpels. Aber jetzt hatte man das Schachtgestänge. Es war wieder ein Bergmann aus Falun, der dem Grubental dieses merkwürdige Geschenk machte. Er hatte von dem berühmten Erfinder Christoffer Polhem erzählt und dann baute er ein Schachtgestänge nach Polhems Modell. Es dauerte Wochen und Monate, es zu errichten. Anfangs hatten die Bergleute große Bedenken. Konnten sie es sich leisten, die Arbeit vieler Wochen daran zu geben, um mit Axt und Säge in die Wälder zu gehen und die höchsten und geradesten Bäume zu fällen, die sie finden konnten? Würden die mühsam zusammengesparten Taler für das viele Stabeisen ausreichen, das nötig war, um die Beschläge für die Aufhängungen zu schmieden? Sie mußten ja auch ein großes, vierzig Ellen hohes Wasserrad bauen und dann einen Wendestuhl, denn das Schachtgestänge konnte nicht geradenwegs vom großen Wasserfall zur Grube gehen. Am kleinen Wasserfall machte das Tal eine gewaltige Biegung und dort mußte der Wendestuhl mit seinen Wendeachsen und Winkelarmen errichtet werden.

Der Bergmann aus Falun zeichnete und erklärte, er machte sogar ein Modell des ganzen Gestänges, und die Bergleute aus dem Grubental mußten zugeben, daß es eine bemerkenswerte Sache sei. Aber sie schüttelten den Kopf und hatten das ganze „Abenteuer“ fast schon aufgegeben, als Kari in die Stube trat – es war auf dem Kohlsta-Hof, wo die Bergleute an einem Sonnabend zur Beratung zusammengekommen waren, nachdem sie die Arbeit in der Grube für diesen Tag beendet hatten.

Es wurde still, als Kari hereinkam. Sie war nicht wie andere Frauenzimmer; sie war fast wie ein Mann, und wenn Kari sprach, fand sie Gehör.

„Ich wollte nur, ich wäre ein Mann“, sagte sie, „dann wäre diese Arbeit schon längst in Gang gekommen.“

Als Kari das gesagt hatte, ging sie wieder in die Küche.

Die Männer in der Stube sahen sich an. Einer von ihnen wurde ein wenig rot unter der Sonnenbräune. Es war Karis Mann. „Da hört ihr es“, sagte er lächelnd. Und wenn Anders lächelte, verzog auch mancher mürrische Bergmann den Mund.

„Du mußt die Verantwortung für das übernehmen, was deine Alte anordnet“, sagte einer der Männer. Und damit war die Sache entschieden. Sie bauten das Schachtgestänge.

Der Bergmann aus Falun blieb, bis alles fertig war. Es war ein großer Tag im Grubental, als die Wehrschütze am großen Wasserfall im Brattberg aufgezogen wurde. Als man den Hebel löste, der das riesige Wasserrad im Radhaus gefangen hielt, als sich die wuchtigen Holzstämme in ihren horizontalen Lagern um die Balkendornen zu drehen begannen, als das ganze Grubental auf einmal mit einem merkwürdig singenden Laut von dem kilometerlangen Gestänge erfüllt wurde. Das Merkwürdigste vom Ganzen aber war der Wendestuhl. Dort wurde die Kraft in eine andere Richtung gelenkt. Stand man in der Nähe, dann machte der Stuhl den Eindruck eines lebenden Wesens. Er seufzte und stöhnte, knirschte und winselte, so gut die Gelenke und Räder auch alle geschmiert waren.

Folgte man dann dem Gestänge bis zur Grube, so sah man, wie die beiden Gestängearme in der scharfen Neigung des Grubenlochs verschwanden. Aber in einem aus

Holz gezimmerten Rohr unter den ewig hin- und herschwingenden Stämmen stieg das Wasser in ständig brausendem Strom aufwärts und wurde in einer Rinne zum Grubenbach geleitet.

Jahr für Jahr, Jahrzehnt für Jahrzehnt ging das Gestänge. Es durfte nicht stehenbleiben, sonst füllte sich die Grube mit Wasser, das ständig aus den Wasseradern der Tiefe hereinrann. Aber einmal geschah es doch. In einer eisigkalten Winternacht wachten alle Leute im Grubental auf. In jedem Häuschen wurde Licht angezündet. Die Kinder setzten sich schlaftrunken in ihrem Bett auf. Was war geschehen? Niemand faßte es gleich. Kari begriff es zuerst von allen: das Gestänge stand still! Sie hatten sich alle so an seine Musik gewöhnt, daß niemand sie mehr hörte. Aber als es stehenblieb, wurden sie durch die Stille geweckt. Alle außer Anders, Karis Mann. Aber er hatte auch einen sonderbar festen Schlaf. Endlich kriegte Kari ihn wach. „Wach auf, Anders! Die Grubenmaschine ist stehengeblieben." Im Nu war Anders in den Kleidern. Die Leute waren schon draußen auf den Wegen. Sie begriffen, was geschehen war. Durch die Kälte war die Wasserrinne bis zu dem großen Wasserrad zugefroren. Man nannte das „Krupp" wie die Halskrankheit der Kinder, bei der sie nicht atmen können. Mit Spaten und Brechstangen waren die Bergleute auf dem Weg zum großen Wasserfall. Der Mond war im Untergehen, aber die Sterne funkelten wie feurige Nadelstiche und das Nordlicht flammte. Sogar kleine Jungen kamen gelaufen, alle fühlten die Verantwortung für die Grube.

Stundenlang mühte man sich mit dem Eis in der Wasserrinne ab. Das Wasser lief in den steilen Hohlweg hinein, es gefror zu Eis. Der Fuß hatte keinen Halt. Aber als endlich der bleiche Tag heraufdämmerte, war die Wasserrinne frei von Eis und das Gestänge sang sein wieder befreites Lied. Es war an einem Sonntagmorgen, und nie hatte der Morgenkaffee so gut geschmeckt, nie war die Sonntagsruhe willkommener gewesen. Aber obwohl die Bergleute nach der schweren Arbeit der Nacht todmüde waren, spannten doch viele das Pferd vor den Schlitten und fuhren zur Kirche, um Gott zu danken. Und da war wohl keiner, der nicht die schwieligen Hände fest faltete, als am Altar das Grubengebet gesprochen wurde: „Gib denen, in deren Obhut dieses Bergwerk gegeben ist, Weisheit und Kraft, daß sie das, was ihnen obliegt, gut verrichten. Bewahre vor Schaden und Fährnis diejenigen, die in den stillen Räumen der Erde arbeiten und rufe sie auf, sich immer in deine Hände zu befehlen! Lasse es ihnen auch angelegen sein, mit allem Fleiß, aus den reichen Gruben deines Wortes die Schätze heraufzuholen, die uns reich machen vor dir!"

Der Mond war schon ein gutes Stück über den Scheitel des Fullerbergs gelangt, als er auf seiner Wanderung so weit gekommen war, daß er durch ein kleines Fenster auf dem Kohlsta-Hof sehen konnte. Ganz hinten an der Wand neben dem Kachelofen stand ein Kinderbettchen und darin lag Anneli und schlief. Aber der Mond schien so hell, daß sie davon wach wurde. Anneli erschrak. Da stand ein großer Mann mit einem gelben Gesicht und sah zum Fenster herein! Es mußte ein riesengroßer Mann sein, wenn er unten auf dem Hof stehen und so weit heraufreichen konnte, daß er durchs Fenster hereinguckte. Anneli kroch unter die Decke. Sie zitterte vor Angst und hoffte, der Mann würde weggehen. Aber als sie aufsah, war er noch da. Es sah so aus, als wollte er durch das Fenster hereinkriechen. Er hatte einen großen häßlichen Mund und boshafte Augen. Anneli kroch wieder unter die Decke. Sie wagte Vater und Mutter nicht zu wecken und blieb mit ihrer Angst allein. Das Zittern ging in Schluchzen über und das Schluchzen in stilles Weinen. Jetzt hörte sie Schritte, es kam jemand leise zu ihr her. Dann zog jemand die Decke fort. Anneli wollte schreien, aber sie brachte keinen Laut heraus. Sie schlug die Augen auf und sah, daß Mutter sich über sie beugte. „Anneli", sagte Mutter, und ihre Stimme war nicht hart und streng, sondern merkwürdig sanft, fast wie Vaters Stimme.

„Anneli, warum weinst du, Kind?"
„Ich fürchte mich so", schluchzte Anneli.
„Wovor fürchtest du dich?"
„Ich fürchte mich vor dem gelben Mann", schluchzte Anneli.
„Vor welchem Mann?"
„Er steht dort im Fenster. Sieh doch, Mutter!"
„Da steht kein Mann im Fenster. Sieh selbst! Da ist kein Mann."
Anneli sah hin. Der Mann war fort.
„Er ist um die Hausecke gegangen", sagte Anneli. Sie reckte sich über das Fußende des Bettes.
„Da ist er!" keuchte sie.
„Oh, Mutter, er ist nicht weggegangen. Er ist hinter der Hausecke. Wenn du wieder schläfst, kommt er herein und holt mich."
„Kleine Anneli", sagte Mutter, „das ist ja der Mond. Komm, ich zeige ihn dir."
Kari hob ihr kleines weinendes, zitterndes Kind heraus und trug es zum Fenster.
„Sieh doch", sagte sie, „es ist kein Mann; es ist der Mond. Siehst du nicht, daß er weit fort ist, weit, weit jenseits des Fullerbergs?"
Anneli schlang die Arme fest um Mutters Nacken. Sie durfte es so selten tun.
„Mutter, ich habe aber doch Angst", sagte sie. Kari trug Anneli ins Bett zurück und deckte sie zu.
„Wovor hast du Angst, Anneli?" fragte sie und strich etwas unbeholfen über das dunkle, straffe Haar des kleinen Mädchens.
„Ich habe vor allem Angst. Ich habe Angst, daß das Schachtgestänge stehen bleibt und davor, daß Vater in der Grube ertrinkt. Und ich habe Angst vor dem Knecht Philipp, der so häßliche Worte sagt, und ich habe Angst davor, in den Teich zu fallen, und ich habe Angst davor, daß..." Anneli begann wieder zu schluchzen.
„Vor was? Sag' es nur!" sagte Kari.

„Ich habe Angst davor, daß ich nicht lesen lernen kann. Ich hab' es versucht, aber es geht nicht."

„Liebe Anneli", erwiderte Kari, „du bist ja noch nicht vier Jahre alt. Mutter konnte auch nicht lesen, bevor sie vier Jahre alt war. Aber dann konnte ich es, und du lernst es auch."

„Konntest du es auch nicht, Mutter?" fragte Anneli und versuchte, sich mit ihren Händchen die Tränen wegzuwischen. Kari nahm einen Zipfel des Lakens und trocknete die letzten Tränen vom Gesicht ihres Kindes.

„Jetzt wirst du gut schlafen, meine Anneli."

„Ich kann nicht schlafen", sagte Anneli. „Ich kann nie mehr schlafen, ich fürchte mich so vor dem gelben Mann."

„Als ich klein war", sagte Kari, „konnte ich auch manchmal nicht schlafen. Aber dann kam meine Mutter an mein Bett und sprach ein Gebet."

„Warst du klein, Mutter?" fragte Anneli. „Ebenso klein wie ich?"

„Ja, gewiß", sagte Mutter. „Alle Menschen waren einmal kleine Kinder und alle kleinen Kinder werden groß."

„Werde ich ebenso groß wie du, Mutter? Und ebenso tüchtig?"

„Du wirst viel tüchtiger als ich", sagte Kari.

„Hattest du auch Angst, als du klein warst, Mutter?"

„Gewiß", sagte Kari.

„Habe ich keine Angst mehr, wenn ich groß bin?" fragte Anneli.

„Niemand braucht Angst zu haben, weder groß noch klein, der an Gott glaubt. Aber jetzt werde ich dir ein Lied vorsprechen, das mir meine Mutter immer vorbetete, als ich klein war und nicht schlafen konnte. Falte die Hände, Kind!"

Anneli faltete die Hände und Kari begann zu beten:

„In der Schatten stiller Stunde
Lob des Herrn ich künden werde.
Himmel gibt von seiner Klarheit Kunde,

Fußschemel ist ihm die Erde.
Glaube mein, du Seelenauge,
Schaue den, der einst gemacht
Lichter an der Himmelsaue,
Uns zu leiten in der Nacht.

Schreib' am Himmel, Mond so licht,
Unsers Schöpfers Milde nur,
Daß wir, wenn die Nacht anbricht,
Dort auch sehen seine Spur.
Leuchte über Tal und Berge;
Alles lobt des Herren Werke.
Hüll' in Silber Land und Meer;
Über alles herrscht nur Er."

„Der Mond", flüsterte Anneli. Sie war überglücklich und von aller Furcht befreit. Und Kari betete weiter:

„Ach, so nahe, mir so nahe
Bist, Unendlicher, du dann.
Wenn mein Aug' auch deiner Nähe
Glänzen nicht ertragen kann.
Mag mein Geist auch, dich zu fassen,
Nutzlos sich ermüden lassen,
Leb' ich doch und bin in dir;
Gott, mein Gott, so nahe mir."

Obwohl Kari sah, daß Anneli eingeschlafen war, sprach sie auch noch den letzten Vers. Dann ging sie leise zu dem großen Doppelbett hinüber und legte sich neben Anders. Er war nicht wach geworden. Er schlief den traumlosen Schlaf des müden Bergmanns.

Die Sonne war die Uhr des Grubentals. Wenn sie am Morgen aufging, begann der Tag, wenn sie abends unterging, war es Nacht. Der Sommer war ein einziger langer Tag, der Winter eine einzige lange Nacht. Aber die Arbeit in der Grube fragte nicht nach Winter oder Sommer. Im Winter war die Grube warm und im Sommer war sie kühl.

Der Weg zur Grube führte am Kohlsta-Hof vorüber. Anneli kniete oft auf dem Sofa am Küchenfenster und sah die lange Reihe der Bergleute und Grubenarbeiter, die morgens und abends über den Hof gingen.

Vor allem erinnerte sie sich ihrer, wenn sie auf dem Heimweg waren. In einer langen Reihe kamen sie, grell beleuchtet vom abendlichen Licht der untergehenden Sonne. Wenn Anneli von den Patriarchen Abraham, Isaak und Jakob las, dachte sie immer, daß sie den Grubenarbeitern geglichen haben mußten. Alle hatten lange dunkle Bärte, alle außer Vater, der immer glatt rasiert war. Alle trugen sie ein Schurzfell aus Leder mit einem Gürtel um den Leib und einer blinkenden Messingspange, die wie Gold funkelte, wenn die Sonne darauf schien. Alle trugen sie über der Schulter eine Hacke und am Gürtel hing bei allen die Grubenlampe. Die Grubenlampe war ein Kuhhorn mit einem Holzpflock. In dem Pflock war ein Messingrohr und in dem Rohr ein Docht.

Bei der kleinen Flamme der Grubenlampe arbeitete Vater wie alle anderen tief unten in der Erde.

Großvater hatte den Hof gebaut. Vom Großvater erzählte Kari oft in der Dämmerung. So rastlos Mutter auch war, in der Dämmerung ruhte sie immer eine Weile. Mit dem Licht ging man sparsam um, sowohl mit dem Talglicht wie mit dem Lampenlicht. Die Leichtöllampe auf dem Kaminsims wurde erst angezündet, wenn es stockdunkel war.

Man arbeitete, solange man sehen konnte, und wenn es nicht mehr ging, mußte man Dämmerstunde halten.

Anneli gewann die Dämmerstunde lieb; obwohl sie die Zeit erlebte, da man Petroleumlampen mit Zylinder und Porzellankuppel und später das elektrische Licht bekam, hielt sie immer ihre Dämmerstunde. Sie liebte es, zwischen der Arbeit am Tage und der am Abend eine Weile zu ruhen, zu sehen, wie das Abendlicht langsam aus den Ecken im Zimmer wich, wie die Sterne aufleuchteten und der Mond aufging.

Es waren die Stunden, die ihre liebsten Kindheitserinnerungen wurden.

Mutter Kari erzählte dann von ihrem Vater. Es mußte ein bedeutender Mann gewesen sein. Er hatte die Kräfte von vier Männern, sagte Mutter Kari, und auch den Kopf von vier Männern. Er war alles zugleich: Bauer, Forstmann, Bergmann und Baumeister.

Er hatte den Kohlsta-Hof umgebaut. Ein einziges Haus durfte stehenbleiben, das uralte Häuschen, in welchem er selbst geboren war. Es war ein niedriges Holzhaus mit altertümlichen Ecken. Es hatte ein Torfdach und zu oberst auf der Schornsteinmauer einen eisernen Schornstein mit einer in der Fullerberghütte gegossenen „Krone“. In dem alten Haus wohnte jetzt der Knecht Philipp.

Das neue Haus lag auf der Anhöhe, wo die Landstraße aufwärts führte. Es war mit Brettern verschalt und weiß bemalt und leuchtete von seiner Höhe herab weithin über das Grubental. Östlich vom Wohnhaus lag der Keller mit seinem Erdhügel und der Brunnen mit dem großen Ahornbaum. Weiter unten gegen Westen lagen die Stallgebäude, die Scheunen und die Speicher. Das Schönste war der Teich mit seiner Wehrschütze für die Dreschmaschine und dahinter die Schmiede am Grubenbach. Rings um die Schmiede hatten die Himbeeren ihr sonniges Fleckchen und die Schlangen ihre Schlupfwinkel. Allabendlich wurde das Pferd zur Tränke zum Teich hinuntergebracht, und wenn Vater da war, hob er Anneli immer auf den Pferderücken. Sie hielt sich an der Mähne fest, während das Tier weit hinaus in den Teich ging und seinen Durst löschte. Am Teich stand auch der Waschkessel. Anneli liebte die Waschtage: Das Feuer unter dem Kessel, das glitzernde Wasser im Teich und in dem munteren silbernen Bach, die Musik der Wäschebleuel auf dem Waschbrett, den Duft der frischgewaschenen Wäsche, die zum Trocknen auf den zwischen Birkenstämmen gespannten Leinen hing, den Plättofen, der im Winter solch schöne Wärme in der großen Küche verbreitete.

Schon frühzeitig mußte Anneli alle Arbeiten auf dem Hof mitmachen. Sie lernte alles außer dem Dreschen mit dem Dreschflegel; denn bevor man mit dem großen Herbstdreschen begann, mußte das Korn zuerst mit dem Flegel gedroschen werden. Sie standen dabei zu zweien und zweien oder zu vieren und vieren auf der großen Tenne und die Flegel gingen in gleichmäßigem Takt. Anneli lernte nie mit dem Flegel zu hantieren. Als Kind konnte sie die schweren Klöppel kaum heben, die mit groben Lederriemen befestigt waren.

Aus dem ersten Korn, das mit der Hand gedroschen war, wurde ein besonderes Brot gebacken. Und ein Laib von diesem Brot wurde bis zum Pflügen im Frühjahr aufgehoben. Wenn der Pflug in die Erde gesetzt wurde, dann wurde der Brotlaib unter die erste Furche gepflügt. Das war eine uralte Sitte, die man heilig hielt; es war ein Dankopfer an den Herrn der Schöpfung und eine Bitte um künftige gute Ernten.

Im Herbst wurde geschlachtet, aber Anneli kam schon in die Schule, ehe sie beim Schlachten dabei sein mußte, und darüber war sie froh; sie lernte es nie, ein Schwein abzustechen oder einem Huhn den Hals umzudrehen, weshalb Mutter Kari sie immer für „ein zimperliches Mädchen“ hielt.

Anneli fühlte frühzeitig, daß sie mehr ihrem Vater als ihrer Mutter glich. Den Vater liebte sie, aber vor ihrer Mutter hatte sie fast immer Angst. Wenn sie sich wehgetan hatte oder wenn sie traurig war, lief sie zu Vater. War Vater nicht zu Hause, so mußte sie ihre Tränen trocknen und ihren Kummer verbergen. Mutter war nicht für Weinen und Klagen. Anneli hatte ihre Mutter nie weinen sehen, so wie andere Frauen es oft tun. Wenn Mutter einmal weinen würde, ja, da würde die Welt untergehen! Manchmal fragte Anneli sich, ob Mutter überhaupt einen Menschen, auch nur Vater lieb hatte. Sie erinnerte sich, daß Mutter nur ein einziges Mal liebevoll gegen sie gewesen war, damals, als sie sich vor „dem gelben Mann“ fürchtete.

Von ihrem eigenen Vater sagte Mutter immer: „Das war ein Mann!" Aber von Vater sagte sie das nie. Anneli begriff aber bald, daß ihr Vater nicht wie andere Männer war. Sie hatte Vater nie ein hartes Wort sprechen hören. Nie gebrauchte er häßliche Ausdrücke. Wenn man ihn ansah, lächelte er. Das tat Mutter nie. Als Anneli einmal unter dem Ahornbaum mit ihrer Holzpuppe spielte und dazu sang und trällerte, kam Vater zu ihr her, strich ihr übers Haar und sagte: „Anneli, du bist wie das Birkhuhn, wenn es im Frühling spielt." Hieran erinnerte sich Anneli ihr ganzes Leben lang. Es war ein Augenblick, der von einem solchen Glück erfüllt war, daß sie noch in ihren alten Tagen bei der Erinnerung einen Schauer von Glückseligkeit empfand.

Erst allmählich begann Anneli zu verstehen, warum Mutter so hart geworden war.

Aus all den vielen Einzelheiten, die Mutter Kari, meistens sich selbst, in der Dämmerstunde erzählte, setzte Anneli das Bild ihres Großvaters zusammen, wie man wohl ein Geduldsspiel zusammensetzt. Großvater hatte nur Töchter, aber keinen Sohn. Als harter Arbeitsmensch, der er war, trauerte er oft darüber. Die Tochter Kari, welche die älteste war, erzählte oft, daß sie ihre Mutter habe weinen sehen; dann war ihr Vater darüber ergrimmt, daß sie ihm keine Söhne, sondern vier Töchter geboren hatte. Die Erbitterung darüber, daß er keinen Sohn hatte, ließ er an den Töchtern aus. Er behandelte sie mit größter Härte und verlangte sehr viel von ihnen. „Ich werde euch zu Männern erziehen", dieser Worte erinnerte sich Kari von allem, was ihr Vater gesagt hatte, am deutlichsten. Sie mußten ihn frühzeitig bei allen Arbeiten auf dem Hof begleiten. Sie mußten mit Axt und Säge umgehen lernen, mit in den Wald und zu den Kohlenmeilern gehen. Großvater arbeitete ungern in der Grube, wenn er nicht dazu gezwungen war. Er liebte den Wald und die Erde zu sehr, um es in der dunklen Grube aushalten zu können. Damit die Töchter besser mit der Arbeit auf dem Feld und im Wald fertig würden, ließ er sie Männerkleider tragen. „Ich weinte mir die Augen aus dem Kopf", pflegte Mutter Kari zu sagen, „als Vater uns Mädchen zwang, mit Lodenhosen und -jakken in die Schule zu gehen. Als wir mit an den Kohlenmeilern arbeiten sollten, schnitt er uns sogar das Haar ab. „Entweder fängt es Feuer oder es friert an der Kojenwand fest", scherzte er. Aber wir lachten nicht über diesen Scherz. So, wie wir uns abarbeiteten, verging uns das Lachen und das Weinen, wie wir schließlich auch nicht mehr daran dachten, daß wir Mädchen waren. Aber wenn die Leute über uns lachten, geriet Vater in Wut und er lehrte uns auch, uns zu wehren. Immer hart auf hart! Daher sind wir auch so geworden. Einmal sagte ich zu Vater, daß ich nicht mehr in den Wald gehen wolle, ich wolle in die Stadt und Doktor werden; denn ich hatte in der Zeitung gelesen, daß jetzt auch Mädchen Medizin studieren könnten. Ich sagte es nie wieder, denn Vater zog mir die Hosen herunter, legte mich übers Knie und schlug mit der Rute, bis er nicht mehr konnte. Damals war ich vierzehn Jahre alt, ich ging zum Konfirmandenunterricht und von Kohlenmeilern verstand ich so viel, daß ich die Aufsicht über die Männer an vier Meilern hatte."

Wenn Mutter Kari diese Begebenheit erzählte, und sie tat es oft, konnte sie hinterher lange schweigen. Anneli hätte weinen mögen, wenn sie es hörte, aber sie wagte es nicht. Einmal ergriff sie die Hand ihrer Mutter und strich sanft darüber hin, aber es war, als habe Mutter diese Liebkosung gar nicht gemerkt. Stumm und starr saß sie da, in ihre Erinnerungen versunken, bis sie sich auf einmal mit einem Ruck erhob, die Lampe auf dem Kaminsims anzündete und mit ihrer Abendarbeit begann.

Das weiße Wohnhaus hatte im Erdgeschoß nur drei Räume: die Küche, die Kammer und die gute Stube. Die Küche lag im Ostflügel, die gute Stube nach Westen, dazwischen lagen nach Süden die Kammer, nach Norden der Vorplatz und die Bodentreppe. Auf dem Boden befanden sich zwei Giebelzimmer. Der nach Osten gelegene Raum war ein Schlafzimmer, der nach Westen gelegene war unmöbliert und wurde manchmal als Gastzimmer benutzt; dann holte man ein Bett vom Boden und stellte es hinein. Sonst war das Gastzimmer leer. Aber es war etwas darin, was schon früh Annelis Phantasie anregte. An der Wand hingen zwei gerahmte Bilder. Es waren eigenartige Bilder. Jedes stellte einen Baum dar. Der eine Baum war reich belaubt und trug Früchte, große Früchte wie Riesenäpfel und auf diesen Früchten stand etwas geschrieben, was Anneli nicht lesen konnte. Auch ganz unten auf dem Bild stand etwas: es waren nur drei Worte. Der andere Baum war kahl und leblos; er schien aus der Erde gerissen zu sein, denn er hatte trockene, verzerrte Wurzeln. Die Zweige des Baumes waren dürr und stachelig. Einige Stacheln waren groß wie spitze Zähne und auch auf diesen Zähnen standen Worte, die Anneli nicht lesen konnte.

Anneli konnte lange vor den beiden Bildern stehen und sie betrachten. Der Baum mit den schönen Früchten gefiel ihr, aber den Baum mit den Stacheln und den trockenen, schlangenähnlichen Wurzeln verabscheute sie.

Das erste, was Anneli lesen lernte, war das, was zu unterst auf den beiden Bäumen stand. Dann buchstabierte sie die schweren Worte auf den Früchten und Stacheln. Unter dem einen Bild stand: *Der gute Baum.* Und auf den Früchten stand geschrieben: Liebe, Freude, Friede, Langmut, Milde, Güte, Glaube, Sanftmut, Keuschheit. Unter dem anderen Bild stand: *Der schlechte Baum.* Und auf den spitzen Stacheln, die grausamen Zähnen glichen, stand: Hurerei, Buhlerei, Unreinlichkeit, Liederlichkeit, Abgötterei, Zauberei, Feindschaft, Zorn, Verrat, Parteilichkeit, Neid, Mord, Trunkenheit, Völlerei und dergleichen.

Die beiden Bilder waren die einzigen, die sich in dem weißen Haus befanden. Aber es war nicht nur das, was Anneli zu ihnen zog. Ob an einem Sommerabend in der kleinen Kammer Sonnenhitze brütete, oder ob es im Winter eisig kalt darin war, Anneli schlich sich auf den Boden.

Mit gefalteten Händen, erfüllt von heiligem Beben oder vor Angst erschauernd, stand sie da und betrachtete die Bilder, bis sie Worte und Bilder ihrem Gedächtnis fürs ganze Leben eingeprägt hatte. Diese Bilder lehrten sie frühzeitig etwas über das Leben. So war das Leben, so waren die Menschen. Leben war gefährlich und schwer. Man wurde entweder das eine oder das andere. Anneli wußte wohl, was sie werden wollte, aber Angst und Sorge sollten zu einer ständigen Unruhe werden, nicht die sein zu können, die sie sein wollte.

Von allen Räumen im weißen Haus liebte Anneli am meisten die kleine Kammer. Die Familie hielt sich meistens in der großen Küche auf. Dort war der riesige Kamin mit der Kaminhaube und dem Kaminsims. Der Herd war eine einzige riesige Eisenplatte, die direkt im Sand neben der Fullerberghütte gegossen worden war. Die Platte war ständig blank gescheuert und glänzte wie Silber. In der einen Ecke des Kamins war ein moderner eiserner Ofen eingemauert, in der anderen Ecke war der große Backofen. Wenn Anneli später das Märchen von Hänsel und Gretel las, sah sie immer die große Backofenluke auf dem Kohlsta-Hof vor sich. Vor dem Sofa am Fenster stand ein großer Klapptisch mit Platten, die aufgeklappt werden konnten. Wochentags waren ständig viele Leute in der Küche. Aber an Sonntagen wurden die Platten heruntergelassen. Ein weißes Tuch wurde über den Tisch gebreitet und darauf eine Vase gestellt, im Frühling mit Weidenkätzchen und Birkenlaub, im Sommer mit Blumen und im Winter mit Tannenzweigen. Das erste, was Anneli vom Sonntag wußte, war dieses weiße Tuch und die Blumen auf dem Küchentisch. Dann entdeckte sie, daß sie die eine Platte etwas in die Höhe heben und unter den Tisch kriechen konnte. Dort hatte sie dann ihr Haus und konnte stundenlang mäuschenstill sitzen und auf alles lauschen, was gesprochen wurde. Auf diese Weise bekam Anneli vieles zu hören, viel mehr, als sie hätte hören dürfen; wenn Vater oder Mutter Sonntagsbesuch bekamen und beim Kaffeetrinken ein Gespräch in Gang kam, konnte es daher vorkommen, daß Mutter eine Tischplatte in die Höhe hob, um nachzusehen, ob Anneli nicht unter dem Tisch saß und zuhörte.

Jeden Sonnabendabend wurde der Küchenfußboden gescheuert. Das besorgte die Frau des Knechtes Philipp. Sie hieß Anna und war der schweigsamste Mensch im ganzen Grubental. Deshalb wurde sie oft die stille Anna genannt, aber wo Anna in ein Haus kam, wurde es immer still. Sie tat, was sie tun sollte und dann ging sie. Anna sprach nie mit Anneli. Aber manchmal blickte sie zu ihr hin, und wenn Anneli gerade dann auch zu ihr hinsah, schlug Anna die Augen nieder und unter den Lidern kam eine Träne hervor, die hinunterfiel und sich mit dem Scheuerwasser auf dem Fußboden vermischte. Anneli hatte ein seltsames Gefühl in der Brust, wenn sie diese Tränen sah. Und sie fühlte, daß sie Anna gern hatte. Einmal fragte sie ihre Mutter:

„Warum weint denn Anna, wenn sie den Fußboden scheuert?“ Mutter Kari sah Anneli streng an. „Frag nicht so dumm, Kind!“ gab sie zur Antwort. Aber Anneli grübelte viele Jahre darüber nach, warum Anna weinte und warum sie nie sprach.

Wenn der Fußboden gescheuert und Anna gegangen war, kam Philipp mit dem Tannen- und Wacholderreisig herein.

Er streifte seine Holzschuhe auf dem Stein vor der Küchentür ab. Der Stein war die Hälfte eines riesengroßen Mühlsteins, der querdurch zersprungen war. Er war blankgescheuert von tausend Schritten, aber man sah noch die runden Furchen, die in den harten Granit eingehauen waren. Wenn Anna still war, so war Philipp das Gegenteil. Er war frech, polterte los und fluchte bisweilen ganz greulich, aber er konnte auch scherzen und lachen; aber in seinem Scherz war etwas Geringschätziges. Vater war immer freundlich gegen Philipp, Mutter war streng gegen ihn und Anneli hatte Angst vor ihm.

Mit seinen nackten Füßen, die nicht sauberer als die Holzschuhe waren, kam er in die frischgescheuerte Küche hereingetappt und wendete den Sack mit dem feingehackten Tannen- und Wacholderreisig um. Er nahm dann immer eine große Handvoll gehacktes Reisig und warf es auf Anneli. Anneli versuchte wegzulaufen, aber nur zum Spaß. Wenn niemand anders in der Küche war, geschah etwas Gräßliches; da packte Philipp sie und schob ihr eine ganze Handvoll Reisig in den Rücken unter das Hemd. Dann lief Anneli in die Kammer und weinte, nicht wegen des Reisigs, das sie im Rücken stach, sondern weil Philipp sie angefaßt hatte. Dort saß Anneli, bis Philipp gegangen war. Dann schlich sie sich hinaus, schloß sich im Abort ein, zog sich aus und entfernte alles, was stach und sie an den bösen Philipp erinnerte. Aber wenn sie wieder in die Küche kam, war der Kummer bald vergessen, denn der Geruch vom frischgescheuerten Fußboden, von Tannenwald und Wacholdergebüsch drang ihr entgegen. Es war Sonnabend und morgen war Sonntag. Sie würde von Kopf bis Fuß gewaschen werden und saubere Wäsche für den Sonntag bekommen. Mutter war im Stall und melkte mit Anna zusammen die Kühe. Vater war im Pferdestall. Die Sonne schien in das Grubental und das Schachtgestänge sang sein ewiges Lied. Vater würde einen ganzen langen Tag zu Hause sein.

Jetzt kamen Mutter und Anna mit dem großen Milcheimer zwischen sich über den Hof. Mutter war stark und kräftig und hielt sich gerade. Anna aber war zart und schwach. Und der Eimer war so schwer, daß sie sich, um ihn tragen zu können, mit der freien Hand auf Mutters Schulter stützen mußte. Anneli konnte Anna nie unter der schweren Last wanken sehen, ohne daß sie dasselbe merkwürdige Gefühl in der Brust hatte, wie dann, wenn sie Anna beim Scheuern weinen sah. Wenn am Sonnabend die Milch hereingetragen wurde, ging Anneli immer in die kleine Kammer.

Mit der kleinen Kammer war es etwas Merkwürdiges.

Wenn man die Tür zur Küche schloß, war man da drinnen wie in einer anderen Welt. In der kleinen Kammer war immer Sonntag, so schmuck und fein war es dort. Auf dem Fußboden war kein Wacholderreisig, aber feine, saubere Matten lagen da. Die Möbel waren alle weiß, das Sofa sowohl wie der Tisch davor, und auch das stets ordentlich gemachte Bett mit der gehäkelten Spitzendecke. In der einen Ecke stand ein gußeiserner Ofen. Er stand auf drei Füßen, hatte eine runde Form, eine Luke mit zwei Löchern, die wie Feueraugen leuchteten und in denen es sang, wenn das Feuer loderte. Das Ofenrohr ging, bevor es in der Mauer verschwand, in Windungen auf und ab. Aber das Merkwürdigste in der kleinen Kammer war der Eckschrank. Er war vorne nicht gerade, sondern abgerundet und hatte geriffelte Türen. Zwischen dem Ober- und dem Unterteil befand sich ein Brett und auf diesem lag Vaters und Mutters Brautbibel. Weil hier die Brautbibel lag, wurde die kleine Kammer auch die Brautkammer genannt. Aber es war wohl nicht nur deshalb. Als Anneli sich einmal in der kleinen Kammer eingeschlossen hatte, war das Schloß übergeschnappt, so daß sie nicht mehr hinauskonnte. Vater mußte den Grubenschlosser holen und dieser öffnete das Schloß mit dem Dietrich. Anneli hatte sich schon ganz müde geweint, ehe sie herauskonnte. Vater nahm sie auf den Schoß und tröstete sie. Und als Mutter und der Schlosser gegangen waren und sie sich alleine in der Küche befanden, flüsterte Vater ihr etwas ins Ohr. In dieser Kammer war niemand eingeschlossen, seit zuletzt Hochzeit auf dem Hof gefeiert wurde und Vater und Mutter in der Kammer eingesperrt waren. Vielleicht wirst du selbst einmal darin eingesperrt, mein kleines Birkhuhn. Aber Anneli erklärte sehr bestimmt, daß sie nie wieder in der kleinen Kammer eingesperrt sein wollte. Und Vater sagte mit schelmischem Blick: „Du bist deiner Mutter gar nicht so unähnlich, mein Mädel! Deine Mutter ließ sich auch nicht gerne einsperren.“

Am Sonnabendabend, wenn die Küche gescheuert und das Wacholderreisig gestreut war, wenn die Milch geseiht und die Tischbretter heruntergeklappt waren und Mutter am Herd stand und das Abendessen bereitete, kam Vater herein, frisch rasiert und feiertäglich gekleidet. Er setzte sich aufs Küchensofa und Anneli krabbelte auf sein Knie.

„Was sollen wir jetzt tun, meine Anneli?"

„Märchen erzählen!"

Vater konnte viele Märchen erzählen, sicher tausend. Es waren Märchen von Wichteln, Trollen, vom Waldschrat und den Zauberkühen, von der Himmelsziege, die fliegen konnte und die man im Frühjahr hörte. Anneli wollte vor allem, daß sie mit der Himmelsziege flögen. Dann lockte Vater die Himmelsziege* zu sich her. Er ahmte ihren Ruf nach und dem konnte die Himmelsziege nicht widerstehen. So weit fort sie auch sein mochte, hörte sie es, wenn Vater sie lockte. Und dann kam sie. Zuerst war sie nur ein Pünktchen zwischen den Wolken. Dann wurde sie größer und größer. Jetzt erschien sie über dem Ahorn am Brunnen. Jetzt stand sie auf dem Hof und faltete ihre Flügel. Und jetzt kam sie zur Küchentür hergetrippelt. Und jetzt klopfte sie mit dem Horn an die Tür.

„Hörst du, wie sie klopft, Anneli? Geh hin und mach die Tür auf!" Anneli wagte es zuerst nicht. Vater mußte mitgehen und sie bei der Hand halten. Und herein kam die Himmelsziege. Anneli konnte sie nicht sehen, aber Vater streichelte die Ziege und sagte, wie sie aussah, so daß Anneli sie schließlich auch sah. Sie war schimmernd weiß und ihre Haare waren weicher als Seide und freundliche Augen hatte sie. Sie ging in der Küche umher und schnupperte an Mutters Rock, der aus Buckskin war. Aber dann kam sie zum Sofa und stampfte mit ihren feinen Hufen, die aus Gold waren.

„Jetzt will sie, daß wir hinausgehen und mit ihr flie-

* Himmelsziege ist einer der vielen im Volksmund gebräuchlichen Namen für Bekassine.

gen", sagte Vater. Und dann setzten sie sich auf ihren Rükken und die Himmelsziege flog los, direkt durchs Fenster, hoch hinauf in die Luft, über den Ahorn am Brunnen, über die Espen an der Grube, hoch über den Fullerberg und dann weiter über den Få-See! Vater saß rittlings auf dem Rücken der Ziege mit Anneli vor sich und Anneli hielt sich am Bart der Himmelsziege fest und lenkte sie damit, wie man ein Pferd mit dem Zügel lenkt. Und wohin Anneli auch fliegen wollte und was sie auch sehen wollte, dorthin flogen sie mit der Himmelsziege und Vater erzählte von allem, was sie sahen.

Sie sahen Kirchtürme und Schlösser und große Städte, sie flogen über das Meer und sahen große Schiffe mit weißen Segeln. Sie flogen nach Afrika, wo die Neger wohnten und wo es Löwen und Elefanten gab. Sie kamen nach Amerika, wo es Indianer gab, und nach Indien und China und Japan. Sie flogen zum Nordpol, wo es so eisig kalt war, daß Vater Anneli unter seinen Rock stecken mußte, damit sie nicht erfror.

„Du machst das Kind ganz wirr, Vater", sagte Mutter manchmal, die am Herd stand und mit dem Löffel im Grütztopf rührte. Aber Anneli saß leuchtenden Auges da und war weit fort. Schließlich konnte die Ziege nicht mehr fliegen und sie mußten umkehren, und es war merkwürdig, gerade, wenn die Ziege auf den Hof hinunterflog und die Flügel zusammenfaltete, stellte Mutter die Grütze auf den Tisch und Anneli mußte aufstehen und das Tischgebet sprechen:

„Segne unser Heim, segne unsern Tisch,
Segne unsre ganze arme Erde!"

Als Anneli so groß war, daß sie anfing, die Buchstaben zu kennen, bat sie ihren Vater eines Abends, ihr die große Brautbibel herunterzuheben, damit sie hineinsehen könne. Aber die Bibel war so groß, daß sie auf dem Tisch, auf dem Mutter das Abendessen auftrug, keinen Platz hatte. Da legte Vater die Bibel auf den sauber gescheuerten

Fußboden, er setzte sich auf das Tannenreisig, Anneli aber legte sich vor der Bibel auf den Bauch. Anneli konnte die Bibel nie mehr betrachten, ohne daß sie fühlte, wie das Tannenreisig sie mit spitzen Nadeln in Arme und Beine stach.

Die Bibel enthielt viele Holzschnitte. Und alles, was darin stand, konnte man in den Bildern lesen. Vater kannte gewiß die ganze Bibel, denn er konnte von allem erzählen. Und was er nicht wußte, das las er.

Es war Anneli sehr schmerzlich, daß sie nicht lesen konnte. Wenn sie nun niemals lesen lernte! Sie hatte richtig Angst vor den vielen merkwürdigen Zeichen, die sie nicht kannte. Aber wenn Vater ihr am Sonnabendabend die Bilder zeigte, vergaß sie ihre Angst. Es waren Bilder von der Schöpfung, von Adam und Eva, von Kain und Abel und ihrem Opfer, und wie Kain seinen Bruder Abel erschlug.

Da waren Bilder in der Bibel, bei denen Anneli in trostloses Weinen ausbrach. Es war das Bild, auf dem ein Engel, der Cherub hieß, mit „bloßem, hauendem Schwert" Adam und Eva aus dem Paradiese trieb. Adam barg das Haupt in den Händen und Eva weinte und zu ihren Füßen ringelte sich die häßliche Schlange. Und da war das Bild von Kain und Abels Opfer. Abels Rauch stieg gerade auf zum Himmel, aber der Rauch von Kains Altar schlängelte sich am Boden hin. Und da war das Bild, auf dem Abel erschlagen auf dem Felde lag und sein Bruder von Gott, der von den Wolken gefahren kam, vertrieben wurde. Und da war die Sintflut und die Arche Noah und Abraham, Isaak und Jakob und Joseph, den seine Brüder nach Ägypten verkauften. Und da war Moses mit den Gesetzestafeln und der ehernen Schlange, und Elia, der Brot von einem Raben bekam. Und da war David, der auf der Harfe spielte, und Salomo, der den Tempel von Jerusalem erbaute.

Es dauerte lange, bis Anneli die Bilder von Jesus zu sehen bekam, denn sie paßte genau auf, daß kein Bild überschlagen wurde. Anneli gewann die Bilder von Jesus lieber als alle anderen Bilder in der Bibel. Sie streichelte das Bild des Knäbleins, das im Stall auf dem Stroh lag, und sie weinte, als Jesus am Kreuz hing. Aber ein Bild war da, das sie immer zu allererst sehen wollte, wenn Vater das Neue Testament aufschlug. Es war ein Bild von Jesus im Regenwetter. Man sah, wie der Regen aus den Wolken herabströmte, wie sich die Bäume im Sturm bogen und wie der Rauch aus den Schornsteinen der verschlossenen Stadt emporwirbelte. Die Vögel flogen erschrocken zu ihren Nestern und der Fuchs kroch in seine Höhle. Jesus aber wanderte mit dem Stab barfuß und mit dem Mantel, der naß war vom Regen. Traurig und bittend blickte er Anneli an. Wenn es regnete, kniete Anneli oft auf dem Küchensofa und sah auf die Landstraße hinaus.

„Glaubst du, daß er heute abend draußen umhergeht?" sagte sie zu ihrer Mutter.

„Wer geht draußen umher?", fragte Mutter.

„Jesus", sagte Anneli. Mutter schwieg.

„Willst du ihn nicht hereinlassen, wenn er kommt?" fragte Anneli.

„Er kommt nicht", sagte Mutter. „Weißt du nicht, daß er zum Himmel aufgefahren ist? Er ist nicht mehr auf Erden."

Aber Anneli fragte sich, ob Mutter es denn besser wisse als Vater; denn Vater hatte gesagt, daß Jesus überall sein könne. Er könne draußen auf der Straße sein und er könne hier im Haus sein. Er könne auch in der Grube sein.

„Hast du ihn in der Grube gesehen?"

„Ja", sagte Vater.

„Erzähl!"

Und Vater erzählte: „Einmal erlosch meine Grubenlampe. Das Öl war zu Ende. Ich war weit hinein zu einem ‚Ort' nach der alten Grube gegangen. Ich leuchtete mir mit ‚Reibhölzern', aber die waren bald alle. Ich fand nicht zurück. Es liefen Gänge nach allen Seiten und ich, der die Grube so gut kannte, wußte nicht, wo ich war. Manchmal blieb ich stehen und horchte, ob ich meine Kameraden oder das Geräusch von der großen Grubenpumpe hören könnte. Aber ich hörte nichts als das Wasser, das aus den Ritzen und Löchern in den Wänden rann. Ich rief, hörte aber nur das Echo meiner eigenen Stimme, das in den tiefen Gewölben und Gängen dröhnte. Schließlich hatte ich merkwürdige Erscheinungen in Rot und Grün und Lila. Ich schloß die Augen, aber ich sah nur diesen seltsamen Grubenschein, den man sieht, wenn es dunkel in der Grube ist. Schließlich entdeckte ich, daß ich im Wasser ging, das mir bis zu den Knien reichte. ‚Jetzt bin ich am Grubensee', dachte ich. Dort war ich noch nie gewesen. Da war eine gefährliche Stelle in der alten Grube, wo oft Einstürze vorkamen. Ich kehrte um und ging, mich an den Wänden entlang tastend, weiter, aber dann war ich wieder am Grubensee. Da verzweifelte ich und in meiner Verzweiflung rief ich Jesus. ‚Herr Jesus!' rief ich, ‚Du kamst zu deinen Jüngern auf dem Wasser, hilf mir!'

Da erblickte ich ein weißes Licht, das sich langsam auf dem Wasser bewegte. Es kam immer näher und schließlich war es ganz dicht bei mir. Aber der Schein ging an mir vorbei, doch als ich mich umwandte, sah ich, daß es kein Schein war, sondern die Gestalt eines Mannes, der von mir fortwanderte. Ich folgte dem Wandernden, voller Angst, ihn aus den Augen zu verlieren. Ich wanderte lange und immer in seiner Spur, bis ich das Dröhnen der Grubenpumpen und den Klang der Hacken meiner Kameraden hörte, die gegen die Felswände schlugen, und bis ich das Licht ihrer Grubenlampen sah. Da verschwand die Gestalt vor mir, so wie der Nebel verschwindet, wenn die Sonne aufgeht. Ich aber fiel auf die Knie und dankte Gott. Und dann sprach ich für mich das Lied, das mein Vater mir vorsprach, als ich ihn zum erstenmal hinunter in die Grube begleiten durfte:

„In der Tiefe, in der Höhe,
Webt unsichtbar eine Hand,
Und ein immer offnes Auge

Wacht über dem kleinsten Tand.
Kein Gewölbe dich umenget,
Wo dir diese Hand nicht naht,
Keine Nacht dich je umfaht,
Wohin dieses Aug' nicht dränget.
Wo du bist, wohin du fliehst,
Vor dir schon der Herr dort ist."

„Steht das von den Gruben in der Bibel?", fragte Anneli, als Vater den Bericht von seiner Erscheinung in der Grube beendet hatte.

„Und ob es darin steht", erwiderte Vater. „Bei Hiob steht ein Kapitel über die Grube der Weisheit und der dieses Kapitel geschrieben hat, weiß alles über Gruben."

„Lies es mir vor, Vater!"

Und Vater schlug das Buch Hiob auf und las das achtundzwanzigste Kapitel.

Eines Tages entdeckte Anneli, daß sie lesen konnte. Sie war gerade erst vier Jahre alt geworden und es ging, wie Mutter gesagt hatte.

„Ich konnte erst lesen, als ich vier Jahre alt war. Aber da konnte ich es, und du lernst es auch."

Keiner wußte, wie es zugegangen war, am wenigsten Anneli selbst. Aber lesen konnte sie. Die Brautbibel war in Fraktur gedruckt und die Sprache in der Bibel war merkwürdig, sie war keineswegs so, wie die, welche man sprach. Die Buchstaben in der Bibel waren wie die im Almanach, aber nicht wie die Buchstaben in der Zeitung. Es dauerte eine ganze Zeit, bis Anneli auch die Zeitung lesen konnte. Dann las sie alles. Es gab nicht sehr viele Bücher auf dem Hof, aber ein Gesangbuch war da und Luthers Hauspostille, aber die war nicht so schön wie die Bibel.

Als Anneli die Bibel zu lesen begann, fing sie an, nach allem zu fragen. Mutter konnte nicht immer antworten oder wollte es auch nicht. „Frag' Vater, wenn er nach Hause kommt", sagte Mutter. Und das tat Anneli. Aber

Vater konnte auch nicht auf alles antworten. Manchmal sagte er: „Das verstehst du erst, wenn du groß bist."

„Ich bin schon groß", antwortete Anneli tiefernst. Und Vater lachte und nahm sie in die Arme und warf sie hoch in die Luft. Anneli schrie und lag zitternd und schluchzend in Vaters starken Armen, nachdem er sie aufgefangen hatte.

„Da kannst du sehen, wie klein du bist", sagte er. „Man kann Ball mit dir spielen!"

Anneli mochte es nicht, wenn man sagte, sie sei klein. Sie glaubte, daß sie alles verstehen könnte, wenn es ihr jemand erklärte.

Als Anneli lesen konnte, wollte sie auch schreiben lernen. Mit einem stumpfen Bleistiftstummel zeichnete sie ganze Tage lang gedruckte Buchstaben auf altes Zeitungspapier ab, bis Vater ihre Versuche zu sehen bekam und sie die Schreibschrift lehrte.

Anneli war überglücklich, als sie schreiben konnte. Sie schrieb kleine Briefe an Vater, die sie ihm in seinen Eßbeutel steckte und die er in der Grube beim Schein der Grubenlampe lesen sollte, wenn er Essenspause hatte. Sie lernte auch mit Tinte schreiben, aber diese Schreiberei nahm eines Tages ein Ende mit Schrecken. Es war eine umständliche Geschichte, wenn man zu der Zeit, als Anneli klein war, auf einem alten Bergmannshof mit Tinte schreiben wollte.

Auf dem untersten Brett in dem weißen Schrank in der kleinen Kammer stand die Schreibschatulle. Das war ein Kasten mit einem schrägen Deckel und einem waagrechten Brett ganz oben, ungefähr wie der obere Teil eines Schulpultes. Die Schatulle war blau bemalt mit roten Rosen und grünen Ranken. In dem waagrechten Brettchen befand sich ein Ausschnitt für das Tintenfaß und eine Rille, in die man die Federn legen konnte. Wenn man den schrägen Deckel aufmachte, lag Papier und ein Bund Gänsefedern darunter in dem Kasten, ferner ein Korkfederhalter mit einer Stahlfeder. Da war ein Tintenfaß aus Ton mit einem Korken und da war ein Stück von einem abgesägten

Kuhhorn mit einem Boden aus Holz und einem Schraubdeckel aus Horn. In dem Deckel waren kleine Löcher und „das Horn“ war mit feinstem Sand gefüllt. Löschpapier gab es nicht, man mußte die Tinte trocknen, indem man von dem Sand darüberstreute. Anneli mochte den dicken Korkfederhalter nicht, sie schrieb lieber mit einer leichten Gänsefeder, aber die mußte manchmal zugeschnitten werden und das konnte nur Vater machen.

Wenn man nun schreiben wollte, stellte man die Schatulle auf einen Tisch, das Tintenfaß in sein Loch auf dem Brettchen und legte ein Blatt Papier auf den Schatullendeckel, der ganz unten einen schmalen Rand hatte, so daß das Papier nicht rutschte. Anneli konnte die Schatulle nicht auf den Tisch heben, sie war zu schwer für sie und der Tisch war zu hoch. Sie zog die Schatulle auf den Fußboden und legte die Bibel daneben. Dann legte sie sich auf der Matte auf den Bauch und las und schrieb abwechselnd. Manchmal schrieb sie Worte aus der Bibel ab, die ihr gefielen und legte sie sich nachts unter das Kopfkissen. Dann träumte sie von den Engeln, die auf der Jakobsleiter, die sich bis zum Himmel erhob, auf- und niederstiegen.

Bis Anneli in die Schule kam – und da war sie noch nicht sieben Jahre alt – verbrachte sie einen guten Teil ihres jungen Lebens damit, daß sie auf dem Fußboden in der kleinen Kammer lag und in der Bibel oder in anderen Büchern las und das, was sie las, abschrieb.

Eines Tages hatte Mutter etwas in der Kammer zu tun. Sie erschrak und ereiferte sich selten, aber jetzt schrie sie auf, sie beugte sich hinunter, ergriff Anneli am Arm und riß sie mit einem Ruck hoch. Anneli hatte gerade die Feder in die Tinte getaucht und ein paar große Tropfen Tinte fielen auf die frischgewaschene Matte.

Aber Mutter Kari kümmerte sich nicht um die Matte.

„Was um alles in der Welt machst du da mit der Bibel, Kind!“

Anneli starrte erschrocken auf die Bibel. Das Titelblatt war aufgeschlagen und es war ein Bild von Moses mit den

Gesetzestafeln. Aber Moses' Augen waren mit dicken Strichen noch nicht getrockneter Tinte übermalt. Mutter Kari bückte sich, nahm das Horn und streute Sand darüber, so trocknete zwar die Tinte, aber die häßlichen Striche, die Moses' Augen für immer verdunkelten, konnte sie nicht entfernen.

Mutter Kari hielt immer noch Annelis Arm fest und sie drückte ihn so heftig, daß Anneli vor Schmerz die Zähne zusammenbiß. Mutter nahm Anneli die Gänsefeder weg, stellte die Tinte in die Schatulle, legte Feder und Papier hinein, schob sie in den Schrank, schloß die Schranktür zu und steckte den Schlüssel in ihre Rocktasche. Die Bibel lag noch immer auf dem Fußboden.

Kari sank aufs Sofa, und Anneli stand als kleine, schluchzende Missetäterin vor ihr.

„Verzeih, süße, liebe Mutter, aber ich wußte nicht, daß ich das getan hatte!"

„Du wußtest nicht, was du getan hattest? Was faselst du da, Kind! So ein großes Mädchen wie du, weiß doch, was es tut."

„Ich wußte es nicht, ich wußte es nicht", schluchzte Anneli. „Ich wurde nur so böse auf Moses!"

„Du wurdest böse auf Moses?" Kari hatte in ihrem Leben schon vieles gehört, aber noch nie, daß ein Christenmensch böse auf Moses war, am allerwenigsten ein Kind und noch dazu ihr Kind.

Jetzt weinte Anneli schrankenlos. Mutter Kari war vielleicht eine harte Frau. Das Leben hatte sie zu einer solchen gemacht, aber sie hatte einen klaren Verstand und zu innerst hatte sie ein Herz für ihr Kind. Aber sie zeigte jetzt keine Milde.

„Bevor ich dich strafe, mußt du sagen, warum du böse auf Moses wurdest", sagte sie.

„Ich dachte auf einmal an Vater in der Grube", sagte Anneli.

„Was hat das mit Moses zu tun?" fragte Mutter Kari in strengem Ton; sie glaubte, Anneli wolle sich mit einer

Lüge herausreden, und für Leute, die mit Lügen kamen, hatte Kari kein Erbarmen.

„Ich dachte, die Grube stürze über Vater ein, wie sich die Erde unter Korah, Dathan und Abiram öffnete und sie verschlang."

„Aber Korah hatte einen Aufruhr gegen Gott gemacht", sagte Kari. „Er erhielt seine gerechte Strafe."

„Mutter", sagte Anneli und ihre Augen waren geweitet vor Entsetzen.

„Da steht, daß Dathan und Abiram Frauen und Kinder hatten, kleine und große. Die hatten ja nichts Böses getan."

„Da steht, daß nur Korah von der Erde verschlungen wurde."

„Aber Korah hatte vielleicht auch Kinder", sagte Anneli. „Er hatte vielleicht eine kleine Tochter zu Hause. Und er kam nie mehr zu ihr nach Hause. O Mutter, denk', wenn die Grube Vater verschlänge und er nie wieder nach Hause käme!"

Annelis Worte trafen Mutter ins Herz.

Sie hob den Blick zu einem Wandteppich, der über dem Brautbett hing.

Den hatte sie von ihrer Mutter bekommen, darauf war mit Perlen auf das grobe Leinen gestickt:

Geh' nicht im Zorn von Frau und Kind!
Gar viele nie zurückgekommen sind.

Es war die innerste, heimliche Unruhe einer Bergmannsfrau, daß der Mann, der am Morgen wegging, vielleicht nie wieder kommen würde.

Aber Mutter Kari ließ die Gefühle nicht die Oberhand bekommen. Anneli hatte etwas getan, was kein Mensch tun darf, sie hatte sich an Gottes heiligem Wort vergriffen.

„Du hast eine Sünde begangen", sagte Mutter Kari, „und Sünde muß bestraft werden. Aber es ist besser, daß ich dich strafe, als daß Gott dich straft. Hol die Rute!" Anneli ging in die Küche. Sie zog einen Stuhl an den Türpfosten und reckte sich nach der Rute aus. Schläge bekommen war das Schrecklichste von allem, nicht nur, weil es wie Feuer brannte, sondern auch, weil es so schmachvoll war, wenn man sich ausziehen mußte und sei es auch vor Mutter. Schluchzend legte sie sich über einen Stuhl und entblößte ihren kleinen runden Kinderpopo. Ohne einen Laut ließ sie sich von Mutter mit der Rute schlagen. Sie dachte nur an Vater in der Grube. Kein Böses auf der Welt tut weh, wenn nur Vater heute abend nach Hause kommt. „Lieber Gott!", bat sie, „laß Vater heute abend nach Hause kommen!"

Anneli merkte es nicht, als Mutter mit Schlagen aufhörte. Sie war bei Vater in der Grube, wie damals, als sie ihn begleiten durfte und er sie auf dem Arm die schwindelerregend hohen Leitern hinuntertrug. Sie erinnerte sich, wie sie beim Schein der Grubenlampe auf seinem Schoß saß. Aus einer Spalte im Berg lief ein schmaler klarer Wasserstrahl. Sie durfte den Mund an den Wasserstrahl halten und das kalte, reine Wasser kosten. Jetzt glaubte sie, das Wasser kühle ihren brennenden Schmerz und Vater streiche ihr übers Haar wie damals: „Freust du dich, Anneli, daß du einmal mit in die Grube hinunterkommen durftest?" Ja, sie freute sich. Wenn sie nur dort wäre, dann dürfte die Grube einstürzen, wenn sie nur bei Vater wäre!

Aber jetzt hörte sie Mutters Stimme: „Steh auf, Kind, knie nieder und bitte Gott um Verzeihung, daß du Vaters und Mutters Brautbibel beschädigt hast!"

Anneli stand auf, nachdem Mutter die Tür hinter sich geschlossen hatte, sie brachte ihre Kleider in Ordnung und fiel vor dem Sofa auf die Knie. Aber sie bat nur darum, daß Vater zum Abend nach Hause kommen sollte.

Mutter Kari ging in die Küche. Die alte achteckige Wanduhr ohne Schlagwerk ging langsam wie nie zuvor. Was Kari dachte, weiß niemand. Aber sie sah auf die Uhr, als diese auf sechs ging. War die Zeit stehengeblieben?

Nein, sie ging. Und Vater kam schließlich. Sie hörte das Absatzeisen gegen die alte Mühlsteinstufe klingen. Jetzt hörte sie sein freundliches „Gottes Friede, Kari“. Und gleich darauf: „Wo ist Anneli?“ „Anneli ist in der Kammer. Sie war ungezogen und hat noch nicht um Verzeihung gebeten.“

„Hast du sie geschlagen?“

Mutter Kari nickte und Vater seufzte. Es kam nicht oft vor, daß man Anneli schlagen mußte. Er selbst tat es nie.

„Was hat sie denn getan?“

Mutter Kari erzählte.

„Worüber lachst du?“, fragte Kari.

„Darüber, daß Anneli dir so ähnlich ist.“

„Sie ist doch mehr dir ähnlich!“ entgegnete Kari.

Vater ging in die Kammer. Anneli flog in seine Arme und drückte ihn so fest an sich, als wolle sie ihn nie wieder loslassen.

„Jetzt gehst du hinaus und bittest Mutter um Verzeihung.“

„Muß ich das?“, fragte Anneli.

„Ja, das mußt du.“

Anneli ging in die Küche: „Verzeih, liebe Mutter“, sagte sie und knickste.

Mutter Kari nahm Annelis ausgestreckte Hand. „Ich verzeihe dir. Und möge Gott dir verzeihen, wie auch wir unseren Schuldigern verzeihen.“

„Amen“, sagte Vater still.

Und Anneli kam es auf einmal vor, als sei es im Hause Sonntag geworden.

„Wir müssen das Kind im Herbst in die Schule schikken“, sagte Kari zu Anders, als er an einem Sonnabendabend nach der Abendmahlzeit die Zeitung las.

„Sie ist ja gerade erst sechs Jahre alt geworden“, meinte Anders.

„Es geht nicht an, daß sie so viel für sich liest“, erwiderte Mutter. „Sie fragt mehr, als man beantworten kann und darf und sie muß auch Kameraden bekommen. Sie ist viel zu viel allein und zu viel mit Erwachsenen zusammen. Das Kind ist altklug."

Vater seufzte. Die Schule! Er selbst hatte, als er in die Schule kam, das Gefühl gehabt, als sei er aus dem Kindheitsparadies vertrieben worden. Nun, in der heutigen Zeit war die Schule ja besser. Er erinnerte sich daran, wie der Lehrer sie mit dem Lineal auf die Hand geschlagen hatte, und an die Grausamkeiten der Kameraden. Er war ein stilles Kind gewesen und war Schlägereien am liebsten aus dem Wege gegangen. Deshalb mußte er mehr Schläge hinnehmen als andere. Aber jetzt war es sicher anders. Er versank in Gedanken.

„Ich hatte gedacht..." sagte er.

„Was hattest du gedacht?"

„Ich hatte gedacht, sie sollte noch ein paar Jahre warten und dann mit der Schule in der Stadt anfangen. Sie kann in mancher Beziehung schon alles, was sie in der Schule im Grubental lernen kann."

Kari schwieg. Manchmal hatte sie mehr Achtung vor ihrem Mann, als sie zeigte. Er sagte jetzt genau das, was sie selbst gedacht hatte. Aber es war nicht leicht, es zuzugeben.

„Es kann nichts schaden", sagte sie, „wenn das Kind es zuerst hier versucht. Und dann kannst du sie auch länger zu Hause haben."

Es gab Anders einen kleinen Stich. Kari ließ sich selten anmerken, wie gut sie wußte, daß ihre Tochter den Vater lieber hatte als die Mutter. Aber ehrlich wie sie war, gab sie zu, daß es ihre eigene Schuld sei, wenn man überhaupt von Schuld sprechen könne. Doch auf solche Gedanken gab sie nichts.

„Es wird wohl so werden, wie du willst", sagte Anders, und Kari hatte ja nichts anderes erwartet.

Aber als Anneli erfuhr, daß sie in die Schule kommen sollte, geriet sie vor Entsetzen ganz außer sich.

„Nein, nein!" rief sie, „ich will nie in die Schule gehen!"

Mutter sah sie erstaunt an. Sie waren allein im Haus. Es war Montagmorgen und Vater war zur Grube gegangen.

„Was meinst du, Kind, du willst nicht zur Schule gehen?“

„Nein“, sagte Anneli. Sie legte den Löffel weg und schob die Grützeschüssel fort, legte den Kopf auf die Arme und brach in Tränen aus.

Auch Mutter Kari legte ihren Löffel fort. Sie blickte gedankenvoll aus dem Fenster... Es war ein klarer, aber etwas kühler Augustmorgen. In den feinen kleinen Spinnengeweben auf der Spiräenhecke vor dem Fenster glitzerten Tauperlen. Hinter dem Kohlgarten führte der Weg über die Wiesen zum Kälbergehege. Wenn man darüber ging und an der großen Kiefer vorbeigekommen war, gelangte man zu einem ruhig fließenden Bach und dort auf der anderen Seite der Brücke lag das Schulhaus.

Kari dachte daran, wie sie einmal selbst als kleines Mädchen zur Schule gewandert war. Schon damals trug sie Hosen und wußte, was sie zu erwarten hatte. Sie wußte, daß sie vom ersten bis zum letzten Schultag Büxen-Kari heißen würde, und sie erinnerte sich des ersten boshaften Gejohles, mit dem sie von der Kinderschar empfangen wurde.

„Büxen-Kari! Büxen-Kari!“ Aber ihre Anneli brauchte keine Hosen zu tragen. Nein, bei Gott, das brauchte sie nicht!

Wovor konnte Anneli dann Angst haben?

Kari grübelte darüber nach. Dann beugte sie sich vor, legte ihre grobe Arbeitsfaust auf Annelis feine kleine Hand und sagte: „Sieh mich an, Anneli!“

Anneli hörte in Mutters Stimme einen selten warmen Ton. Sie hob ihr verweintes Gesicht.

Jetzt sah Kari es. Die Warze war in letzter Zeit größer geworden. Sie saß neben der einen Nasenwurzel. Kari war nicht weichherzig, aber das kleine Mädchen tat ihr leid. Die Warze beeinträchtigte das Aussehen des Kindes. Man sah von allem zuerst die Warze. Sie war anfangs nur ein kleiner Punkt in der Haut gewesen, aber dann hatte sie angefangen zu wachsen. Kari hatte sie mit Salbe eingerieben und mit Höllenstein gebeizt. Sie war dann zwar verschwunden, aber die Wurzel war noch da, und sie kam wieder, und zwar ständig größer. Jetzt wagte sie sie nicht mehr zu berühren. Anneli hatte sich sonst nie viel Sorgen wegen der Warze gemacht. Aber jetzt verstand Kari sie.

Alle diese Gedanken schossen Kari durch den Kopf, als Anneli jetzt ihr Gesicht hob und sie ansah, mit einem verzweifelten, hilflosen Blick in den Augen, in denen noch die Tränen standen.

„Denkst du an die Warze?" fragte sie leise, als habe sie Angst, ihr Kind mit Worten zu verletzen.

Kari erinnerte sich nicht, je gesehen zu haben, daß ihr Kind rot wurde. Aber jetzt wurde es glühend rot vor Scham. „Sie ist ja schon Frau", dachte Kari und empfand eine mit Beben gemischte Freude.

„Du mußt nicht traurig sein wegen der Warze", sagte Mutter Kari. „Du weißt doch, daß ich in Hosen zur Schule gehen mußte."

„Ich würde lieber in Hosen gehen", sagte Anneli schluchzend. „Die kann man ja ausziehen, aber die Warze werde ich nie los. Und ich höre sie schon ‚Warzen-Anneli' zu mir sagen."

„Dann laß sie es sagen", erwiderte Mutter. „Das mußt du ertragen können. Du könntest schlimmere Sachen zu hören bekommen."

„Ich bitte den lieben Gott jeden Abend darum, daß ich die Warze loswerde. Aber er tut ja nichts", sagte Anneli.

„Wenn wir alles bekämen, um was wir Gott bitten, dann ginge die Welt zugrunde", erwiderte Kari. „Die Warze hat sicher eine Bedeutung. Du wirst so tüchtig in der Schule sein, daß du hochmütig würdest. Vielleicht will Gott mit der Warze dich vor Hochmut schützen."

„Ich will lieber das dümmste Mädchen in der ganzen Schule sein, wenn ich nur nicht die Warze hätte."

„Das meinst du ja gar nicht“, sagte Kari. „Das ist so dumm, daß du es nicht sagen solltest. Übrigens siehst du ganz gut aus, wenn dir das ein Trost sein kann. Und die Warze wird mit der Zeit verschwinden. Solange Gott eine Absicht damit hat, mußt du sie ertragen.“

Östlich vom Hof führte der Weg zur Grube durch ein großes Espengehölz. Die glänzenden Stämme mit ihrer gelben Flechte glichen Pfeilern in einer Kirche. Die Baumkronen bildeten ein undurchsichtiges Gewölbe, in welchem die Blätter sich ständig bewegten. So windstill es auch war, die Espenblätter bewegten sich. Anneli hatte gehört, daß das Laub der Espe nie still sein konnte, weil Jesu Kreuz aus Espenholz gezimmert war. Man hörte das Seufzen des Erlösers, wenn das Espenlaub rauschte.

Anneli durfte sich nicht weiter vom Hof entfernen als bis zum Espengehölz. Dort saß sie oft und wartete auf Vater, wenn er von der Grube kommen sollte. Sie liebte das Rauschen der Espen, besonders dann, wenn sie traurig war. Und jetzt wanderte sie, zögernden Schrittes, zum Espengehölz. Sie ging barfuß und trug ein kurzes Kleidchen, unter dem man die Spitzen der Hosen hervorgucken sah. Mutter hatte sie selbst gehäkelt. Sie hatte ein kariertes Schürzchen mit einer Tasche an, und mit der rechten Hand hielt sie etwas in der Tasche umklammert.

Als Anneli so weit in das Gehölz gekommen war, daß man sie weder von der Straße noch vom Hof aus sehen konnte, setzte sie sich auf eine Bülte, nahm die Hand aus der Tasche und faltete das Taschentuch auseinander. Darin lag ein dreieckiges Spiegelstückchen, das sie in Vaters Tischlerwerkstätte gefunden hatte. Es war so klein, daß man nur ein Auge darin sah. Aber es war groß genug, daß man die Warze sehen konnte. Anneli betrachtete diesen verunstaltenden Auswuchs ganz genau. Ja, sie war gewachsen, sie war bestimmt gewachsen, seit sie gestern hier auf derselben Bülte gesessen und in den Spiegel geguckt hatte. Sie war groß und braun und häßlich und borstig. Sie war schrecklich. Anneli wickelte die Spiegelscherbe wieder sorgfältig in ihr Taschentuch. Die Tränen begannen zu rinnen. Es war ein stummes, stilles Weinen, ein Wimmern, wie bei einem wirklich großen Kummer, einem Kummer, den man nicht loswerden konnte, wie wenn jemand stirbt und nie wiederkommt. Anneli glaubte, nie wieder froh werden zu können.

Auf einmal kam ihr ein Gedanke, so furchtbar, daß sogar das Weinen aufhörte. Diese Warze hatte sie zur Strafe bekommen, weil sie Moses' Augen in der Bibel zerstört hatte. Anneli wurde von Schreck ergriffen. Moses in der Bibel konnte seine Augen ja nicht wieder bekommen! Und sie würde die Warze nie loswerden. Und jetzt erinnerte sie sich: sie hatte Gott nicht um Verzeihung gebeten, wie Mutter ihr befohlen hatte. Sie hatte nur darum gebeten, daß Vater von der Grube nach Hause kommen sollte. Aber dieses Gebet hatte Gott ja erhört! Vater war nach Hause gekommen. Gott hatte, statt ihr Verzeihung zu gewähren, ihr den Vater geschenkt. Und das war tausendmal besser als alles andere. Was bedeutete es schon, wie sie aussah, wenn sie Vater nur hatte! Aber dann fiel ihr ein, was sie Vater fragen wollte. Und da war wieder der Gedanke an die Schule, und es war wieder schrecklich. Die schreckliche Warze! Aber wenn sie versuchte, Gott um Hilfe zu bitten?

Anneli faltete die Hände. Wie ein Einsiedler in der Wüste saß das kleine Mädchen in dem rauschenden Espengehölz und sprach mit Gott.

Die Sonne geht im Grubental nicht nach dem Kalender unter. Die hohen Berge werfen frühzeitig Schatten auf Felder und Wiesen, auf Grubenhänge und rote Häuschen. Ein Gehöft kann in blauem Schatten liegen, während ein anderes überstrahlt ist vom rosenroten Licht des Sonnenuntergangs. Wenn die Sonne halbwegs hinter einem Bergkamm im Westen verschwunden ist, kann der Wald im Osten oben noch beleuchtet sein, unten aber schon im Dämmerungsdunkel liegen. Und es ist, als reckten sich die letzten sonnenbeleuchteten Baumwipfel in flammendem Gebet dem entfliehenden Licht zu.

Anneli vergaß plötzlich zu beten, denn im Espengehölz geschah etwas. Die herbstlich roten Blätter leuchteten plötzlich auf, als hätte jemand in einem blauschimmernden Kirchengewölbe gewaltige Lichtkronen angezündet. Sie hatte noch nie etwas so Schönes gesehen. Bebend preßte sie die Hände an ihr kleines, klopfendes Herz. Sie konnte nicht mehr stillsitzen; sie stand auf und streckte die Hände empor. „Gott", flüsterte sie, „Gott"! Und ihr ganzes Wesen war erfüllt von einem Gefühl, das sie nie zuvor wahrgenommen hatte. Und da verstummten alle die leuchtenden Blätter. Es war, als hielte der ganze Wald den Atem an, als warte er auf etwas, was kommen würde.

Und es kam jemand und löschte die Lichter in den Kronen. Als wenn ein Kirchendiener Kranz auf Kranz in den Lichterkronen löscht, so schritt Gottes stiller Nachtwächter durch den Wald und löschte das Licht in den Espenkronen. Jetzt leuchtete hoch oben ein letztes Blatt. Lange. Als winke eine Hand. Dann erlosch es und nun ging wieder ein Rauschen durch das Gehölz. Gott war durch seine Kirche gegangen. Aber in Annelis Herzen war noch sein Friede.

Oben auf der Straße waren jetzt Schritte zu hören. Keuchend lief Anneli den Waldhügel hinauf. Sie kam gerade rechtzeitig, um ihr Händchen in Vaters gewaltige Faust zu schieben.

„Anneli, kommst du mir entgegen?"

Anneli nickte. Aber sie brauchte Vater nicht mehr nach dem zu fragen, wonach sie ihn hatte fragen wollen.

Anneli kam in die Schule. Anfangs war es gar nicht so schlimm und so schwer. Die Schwierigkeiten kamen, als der Lehrer nicht wußte, wo er Anneli unterbringen sollte, denn die Lehrerin hatte bald offen gesagt, sie könne sie nicht in der Unterstufe behalten. Sie könne lesen, schreiben und rechnen; es sei eine Qual für das Kind, da zu sitzen und das anzuhören, was es schon wisse. Anneli war erst einige Wochen zur Schule gegangen, als eines Tages Lehrer Englund kam, um sie zu holen und in die Oberstufe zu bringen. Dort setzte er sie auf eine leerstehende Bank ganz hinten neben der Tür. „Du darfst eine Zeitlang hier zur Probe herkommen“, sagte er.

Alle Kinder hatten sich umgedreht, als Anneli hereinkam. Sie konnte diesen Augenblick nie vergessen, als sie die Augenpaare von vierzig großen Schulkindern auf sich gerichtet sah. Es war, als kribbele es sie im Körper, wie alle nur auf eines blickten: die Warze. Sie sah, wie ein paar Mädchen, die lange Zöpfe trugen, kicherten, und ein paar Jungengesichter grinsten sie boshaft an.

In der Pause lief sie zu ihren Kameraden in der Kleinkinderschule zurück und als es läutete, saß sie wieder auf der Bank neben Mia aus Kåfallstorp. Aber Lehrer Englund kam herein und holte sie wieder und jetzt meinte sie, daß die Mädchen noch mehr kicherten und die Jungen noch mehr grinsten als vorher.

So lang war bisher kein Tag in Annelis Leben gewesen, nicht einmal der Tag, an dem sie Zahnschmerzen gehabt hatte. Die ersten Zahnschmerzen! Da war eine schön gekleidete Frau, eine Dalekarlierin aus Gangnef, auf den Kohlsta-Hof gekommen. Anneli ging weinend umher und bat und bettelte: „Ach, liebe, süße Mutter, hilf mir doch, es tut so weh!“ Und Mutter hatte alles versucht; sie hatte sogar einen Wattebausch in Branntwein getaucht und ihn in den schlechten Zahn gesteckt. Aber es hatte nichts geholfen, obwohl es wie Feuer brannte.

Da war die Dalekarlierin gekommen. Die heitere Frau hatte ihren Lederbeutel geöffnet, der voll bunter Tücher, Bänder und Spielsachen war. Mutter hatte ein schönes Tuch gekauft und dann Anneli gefragt, ob sie nicht ein Spielzeug haben wolle. Da waren kleine Spinnrocken und kleine Backtröge und Rollhölzer mit Griffen und Rollhölzer ohne Griffe und kleine Puppenschaukelstühle und hölzerne Männchen, die um einen Messingdraht schnurrten, und noch alles mögliche andere. Aber Anneli hatte solche Schmerzen; nichts von dem, was sich in dem Beutel der Dalekarlierin befand, konnte sie trösten. Und die Frau schnürte ihren Beutel wieder zu, bekam eine Tasse Kaffee und ging dann singend ihres Wegs. Anneli aber ging weiter weinend und wimmernd umher.

Am nächsten Tag war das Zahnweh fort. Und da dachte Anneli an die Dalekarlierin mit den schönen Sachen. Wie dumm war sie gewesen! Warum hatte sie Mutter nicht um den kleinen Spinnrocken gebeten? Und warum war die Dalekarlierin gerade gestern gekommen? „Glaubst du nicht, daß sie wiederkommt, Mutter?" Aber das glaubte Mutter nicht. Anneli gab die Hoffnung nicht auf. Tage-, wochen- und monatelang sah sie die Straße hinab, ob die singende Dalekarlierin in den schönen Kleidern nicht zurückkomme. Es war eine Sehnsucht, die nie ein Ende nahm, eine Sehnsucht nach etwas auf ewig Verlorenem.

Wenn Anneli jetzt von der Schule nach Hause kam, tat ihr das Herz weh; es war dieselbe Sehnsucht. Es war die Sehnsucht nach etwas, das sie verlassen hatte und das nie wiederkommen würde.

Mutter wartete vielleicht darauf, daß Anneli ihr etwas von der Schule erzählte, wenn sie nach Hause kam. Mutter war kein Mensch, der unnötig fragte. Aber Anneli sagte nichts. Erst als sie gegessen hatte, sagte sie plötzlich.

„Mutter, ich glaube, mein Herz wächst."

Mutter Kari starrte auf ihr Kind.

„Was meinst du denn, Mädchen?"

„Ja, Mutter, als ich einmal Schmerzen in den Beinen hatte, hast du gesagt, das komme vom Wachsen. Und jetzt tut mir das Herz weh."

„Das geht vorüber", sagte Mutter Kari barsch. „Auch das Herz muß wachsen."

Es dauerte nicht lange, da mußte sich Anneli im Schulzimmer weiter nach vorne setzen; nicht nur, weil sie so tüchtig war, sondern auch, weil sie auf so eine große Entfernung nicht sehen konnte, was auf die Wandtafel geschrieben wurde. Niemand hatte bisher gewußt, daß Anneli kurzsichtig war. Dem Lehrer war bald klar, woher es kam. Wenn die Kinder schreiben sollten, saßen sie alle aufrecht, wie der Lehrer es sie von Anfang an gelehrt hatte, aber wenn Anneli schrieb, lag sie mit der Nase auf dem Heft, genau so wie sie sich angewöhnt hatte, in der kleinen Kammer mit der Nase auf der Bibel zu liegen.

Der Lehrer hatte schreckliche Mühe mit Anneli.

„Ich sehe nicht so weit", sagte Anneli, als der Lehrer sie unter das Kinn faßte und ihr Köpfchen in die Höhe hob.

„Du gewöhnst dich bald daran", erwiderte der Lehrer. „Wenn du so weitermachst, mußt du bald eine Brille haben und das willst du doch nicht."

„Nein", sagte Anneli erschrocken. Jedesmal, wenn Annelis Nase wieder auf das Buch hinuntersank, brauchte der Lehrer nur die beiden Worte „Brille, Anneli!" zu sagen und schon fuhr Annelis Kopf in die Höhe. Der Lehrer sagte es so oft, daß die Kameraden anfingen, sie „Brillen-Anneli" zu nennen. Und darüber freute sich Anneli, denn es wäre viel schlimmer gewesen, wenn sie „Warzen-Anneli" zu ihr gesagt hätten.

Die Kameraden wußten nicht recht, wie sie Anneli behandeln sollten. Sie war viel zu klein für sie und für ihre früheren Kameraden in der Unterstufe war sie wieder zu groß. So kam es, daß Anneli in der Schule ebenso einsam war, wie sie zu Hause gewesen war. Mutter Kari war bekannt als eine strenge, stolze Frau, die sich die Leute fernhielt. Aber Anneli hatte das dringende Bedürfnis, sich anderen anzuschließen. Wenn sie in der Pause versuchte, sich einer Gruppe Mädchen zu nähern, die ihre Geheimnisse austauschten, liefen sie entweder fort oder sie fingen an, von etwas anderem zu sprechen. Da waren die Jungen schon besser. Besonders einer von ihnen war freundlich gegen sie. Er hieß Jonas Asp und war Linkshänder. Lange saßen sie nebeneinander auf der Bank. Anneli und Jonas. Anneli konnte nicht begreifen, daß Jonas mit der linken Hand schreiben konnte. Und daß er mit der linken Hand am Teich besser Steine springen lassen konnte als irgend ein anderer. Stark war er auch, der Jonas, und bei Keilereien war er gefährlich, denn man wußte nie, wo er seinen linken Arm hatte, bis man seine Faust dort fühlte, wo man sie am wenigsten erwartet hatte. Einmal sagte einer der Jungen „Warzen-Anneli", daß Jonas und Anneli es beide hörten. Das genügte. Jonas schlug sich für Anneli, bis der Lehrer kam und die beiden Kampfhähne trennte. Von da an kam Jonas öfter zum Teich hinunter und warf Hüpfsteine. Jonas war ein guter Spielgefährte. Er baute einen kleinen Damm im Bach und stellte ein kleines Hammerwerk her. Ein großes Wasserrad trieb ein kleineres Rad und das kleine hielt einen Hammer in Gang, der auf eine leere Blechdose schlug. Wenn es abends still war, konnte man bis ins Schlafzimmer hinauf hören, wie der „Blechhammer" im Bach ging.

Jonas erzählte Anneli vieles, worüber Jungen und Mädchen nur miteinander flüstern. Aber Anneli verstand sehr wenig von dem, was er sagte und vielleicht verstand Jonas nicht viel mehr.

Als sie einmal am Bach spielten, ging der Knecht Philipp über die Brücke. Philipp grinste ihnen bedeutungsvoll zu und rief etwas, was Anneli nicht verstand.

Jonas wurde rot.

„Was sagte er?", fragte Anneli. „Er hat was Dummes gesagt, das Zigeuneraas!" antwortete Jonas.

Jetzt wurde Anneli rot. Sie fragte nichts weiter. Aber das Spiel war nicht mehr so schön.

Anneli hatte etwas zum Nachgrübeln bekommen. Vieles auf der Welt war so seltsam. Und vieles mit dem Knecht Philipp und Anna, seiner Frau, war sehr merkwürdig. Anneli mochte Anna gern, aber vor Philipp hatte sie Angst. Und jetzt begann sie vieles von dem zusammenzusuchen, was sie gehört hatte, als sie unter dem Küchentisch saß, während sich die Frauen in der Küche miteinander unterhielten. Es war genau so, als wenn man ein Bild zusammensetzte, das in viele Stücke mit allen möglichen Formen zersägt war, die anfangs gar nicht zusammenpaßten. Aber wenn man sich lange genug damit abgab, wurde es zuletzt ein Bild. Anfangs ging es sehr langsam, aber dann immer schneller. Was das Bild eigentlich vorstellte, sah man jedoch erst, wenn die letzten Stücke eingefügt waren.

Und eines Tages hatte Anneli das Bild fertig, das Annas und Philipps Geschichte darstellte. An dem Tag, an dem Anneli diese Geschichte begriff, glaubte sie, auf einmal erwachsen zu sein. Sie war in eine neue Welt eingetreten und diese Welt war seltsam kalt, böse und trostlos.

Anna war die Tochter des reichsten Bergmanns im Grubental, der im Norden einen großen Hof besaß. Wenn Mutter von dem reichen Halvar, wie er genannt wurde, erzählte, fand Anneli, daß vieles dem glich, was Mutter von ihrem eigenen Vater erzählte. Halvar war ein strenger, harter Mann. Er hatte vier Söhne, die schon erwachsen waren, als er schließlich noch eine Tochter bekam, und das war Anna. Als Anna aufwuchs, war sie das schönste Mädchen im Grubental und der reiche Halvar war sehr stolz auf sie. Er hatte sie Erik in Lerslätt versprochen, dem einzigen Sohn auf einem Nachbarhof. Erik war zwar ein freundlicher Mensch, aber er schielte, hinkte und war so alt, daß Anna als Kind Onkel zu ihm gesagt hatte. Heiraten wollte sie ihn durchaus nicht.

In einer Mittsommernacht tanzte Anna mit einem jungen Bauernknecht, der aus Zigeunergeschlecht sein sollte. Anna tanzte gern und keiner tanzte wie Philipp. Sie gewannen sich lieb, und als Halvar begriff, wie es um Anna stand und daß der Knecht Philipp der Vater des Kindes war, das Anna erwartete, geriet er außer sich.

Hätte Annas Mutter noch gelebt, dann wäre es wohl anders gekommen. Halvar schlug Anna, bis sich die Söhne dazwischen legten. „Ich werde die Zigeunerbrut aus dir herauspeitschen!“ schrie er. Dann schloß er sich in seinem Kontor ein, nahm die Büchse und erschoß sich.

Spät am Abend dieses schrecklichen Tages klopfte es an die Fensterscheibe von Philipps Knechtsstube. Draußen im Dunkeln stand jemand, mit einem Tuch über dem Kopf und einem Bündel in der Hand. Philipp zog sich die Hosen an und stand barfuß in der Tür.

„Bist du es, Anna?"

Philipps Jubelruf erstarb auf seinen Lippen, als er Anna in die Kammer gezogen und ein Licht angezündet hatte.

Anna sank wimmernd auf einen Stuhl und erzählte alles.

Philipp war wie vom Donner gerührt.

Als er begriffen hatte, was geschehen war, fühlte er als erstes einen seltsamen, vielleicht durch Generationen vererbten Trieb in sich, ein Wanderleben zu führen und alles zu verlassen. Er sah weite, verlockende Wege, freie Fernen, wo man sein eigener Herr war, neue Abenteuer, andere Orte, andere Mädchen. Und er fühlte eine zehrende Sehnsucht, alles Schwere zu fliehen, alles, was einen an einen einzigen Fleck auf Erden, an einen einzigen Menschen band. Es fehlte nicht viel, daß Philipp in diesem Augenblick aus der noch immer geöffneten Tür gestürzt wäre und sich auf den Weg gemacht hätte.

Aber da sah er das Mädchen an, das, Kopf und Arme über die Lehne hängend, dasaß und weinte. Und er empfand etwas für Anna, was er nicht fühlte, als er sie auf dem Tanzboden oder umweht von Anemonenduft auf der Frühlingswiese in seinen Armen gehalten hatte.

Scheu und unbeholfen strich er über Annas zuckende Schultern. „Du bist zu mir gekommen, Anna", sagte er.

„Ja, Philipp! Ich habe niemand anders als dich. Niemanden auf der Welt."

„Und du willst bei mir bleiben, Anna?"

„Ja."

„Ich bin nur ein Knecht, Anna, und du bist des reichen Halvar Tochter."

„Das bin ich nicht mehr, Philipp. Ich gehöre nur dir."

Das waren die Worte, die Philipp aufrichteten. Es war, als sei die Schmach, sein Leben lang Zigeuner genannt zu werden, in diesem Augenblick getilgt. Wollte Anna ihn haben, dann mochten die Leute ihn nennen, wie sie wollten.

„Willst du mich heiraten, Anna?“
„Das müssen wir wohl, Philipp.“
„Ja, du wirst ein Kind haben.“
„Wir werden es haben.“ Anna hob den Kopf und Philipp sah etwas, was einem Lächeln glich. Aber dann kam wieder die Angst über sie.
„Vielleicht kommen sie und holen mich“, sagte sie. „Ich habe meinen Vater getötet.“
„Und er hat dich fast totgeschlagen, Anna. Nein, keiner wird dich mir wegnehmen.“
Da hörten sie Schritte auf den Stufen.
Anna fuhr auf. „Sie kommen und holen mich.“
Es war Per, Annas jüngster Bruder, der einzige der Halvarssöhne, der unverheiratet war. Er war immer freundlich gegen Anna gewesen.
„Wir suchen dich, Anna. Gott sei Dank, daß du lebst! Du mußt jetzt mit nach Hause gehen.“
„Ich gehe nicht mehr nach Hause, Per. Ich bleibe bei Philipp.“
„Das kannst du nicht, Anna!“
„Es bleibt, wie ich gesagt habe; ich bleibe bei Philipp.“
„Ihr seid noch nicht verheiratet. Und übrigens...“ Per sah unsicher zu Philipp hin.
„Übrigens ist Philipp der Vater meines Kindes“, sagte Anna. „Wir gehören zusammen, vor Gott und vor den Menschen. Geh jetzt, Per!“
Per ging.
Philipp ging in der kleinen Knechtsstube unschlüssig hin und her. Dann blieb er neben dem Ofen stehen und sagte, das Gesicht von ihr abgewandt: „Vielleicht wäre es das beste, wenn du doch nach Hause gingst. Du kannst heute nacht nicht hier bleiben. Wir müssen anständige Leute werden, wenn wir heiraten wollen.“
„Daran zu denken, ist es jetzt zu spät. Und ich gehe nicht von dir, Philipp. Ich habe Angst vor allen Menschen, außer vor dir.“
Es klopfte laut an der Tür.

„Das ist der Gendarm!“ schrie Anna. „Sie dürfen mich nicht holen! Sie dürfen es nicht!“

„Hab’ keine Angst!“ sagte Philipp. Er ging zur Tür.

„Mach’ nicht auf!“, schrie Anna.

Philipp öffnete. Draußen stand Per und bei ihm Philipps Herrschaft, das Ehepaar Håkansson.

„Was habt ihr angestellt!“ schrie Mutter Håkansson außer sich. „Die Schande über mein Haus bringen, das könnt ihr, aber jetzt müßt ihr hinaus. Ich will kein Zigeunerpack auf meinem Hof!“

Anna sah ihren Bruder Per an mit einem Blick, der ihm ins Herz schnitt. *Das* hatte er nicht gewollt; er war zu den Bauersleuten gegangen, um sie zu bitten, Anna ein Obdach für die Nacht zu geben.

„Wir gehen alle beide“, sagte Philipp ruhig.

An der Wand hing ein von Alter geschwärzter Tragkorb aus Birkenrinde. Philipp packte seine Habseligkeiten hinein, hängte sich die Büchse über die Schulter und nahm seinen Geigenkasten unter den Arm.

Dann nickte er Anna zu: „Komm, dann gehen wir.“

Aber Håkansson stellte sich ihm in den Weg und Per ergriff Anna am Arm.

„Komm mit mir nach Hause, Anna!“ bat Per.

„Mutter, du kannst doch Philipp nicht so hinausjagen“, sagte Håkansson.

Aber Philipp faßte den Büchsenkolben und bahnte sich seinen Weg. Und mit Anna an der Hand wanderte er in die Nacht hinaus.

Als Anneli sich daran zu erinnern versuchte, was vor langer Zeit geschehen war, fiel ihr eine Nacht ein, in welcher Mutter Kari davon wach wurde, daß jemand an die Küchentür klopfte. Sie erinnerte sich, daß Mutter Vater weckte, und daß sich beide anzogen und hinuntergingen, um aufzumachen. Und als sie älter wurde und mehr vertraut mit Anna war, erzählte diese, was geschehen war. Als sie draußen vor der Gesindestube standen, nachdem Mutter Håkansson das Licht ausgelöscht und den Schlüssel an sich genommen hatte und Per verschwunden war, hörte Anna, wie Philipp sagte: „Es gibt nur einen einzigen Menschen, zu dem wir jetzt gehen können, und das ist Anders auf dem Kohlsta-Hof."

„Kari nimmt uns niemals auf", erwiderte Anna.

„Sie tut es, wenn Anders es will. Er bestimmt, wenn es auch niemand glaubt."

Und so war es. Während Philipp und Anna in der Küche saßen, wo Kari die Lampe auf dem Kaminsims angezündet hatte, saßen Vater und Mutter in der Brautkammer und berieten sich. Mutter Kari führte das Wort. Anders schwieg lange, aber er ließ sich nicht überzeugen.

„Wir sind Christen, Kari", sagte er. „Und ein Christ fragt nicht danach, was Menschen meinen, sondern danach, was Gott will. Ich war ein Fremdling, und ihr nahmt mich nicht auf; ich war nackt, und ihr kleidetet mich nicht; ich war krank und im Gefängnis, und ihr besuchtet mich nicht! Willst du, daß wir, wir beide diese Worte am Tage des Jüngsten Gerichtes hören, Kari?"

Kari schwieg lange. Schließlich erhob sie sich.

„Es soll so geschehen, wie du willst", sagte sie kurz.

„Nicht wie ich will, sondern wie Gott will", erwiderte Anders.

Wenn Kari etwas tat, dann tat sie es richtig. Philipp durfte in der Gesindestube wohnen, aber Anna mußte in der kleinen Kammer bleiben, bis Mutter Kari eine stille Hochzeit gerichtet hatte. Dann zog Anna in die Gesindestube hinüber, die sie in ein gemütliches Heim verwandelte. Ohne Murren fand sie sich darein, als Magd auf dem Hof zu dienen. Anfangs war es sonderbar, des reichen Halvar Tochter bei groben Arbeiten zu sehen. Aber Anna selbst murrte nie. Ihr war keine Arbeit zu schwer. Sie hatte eine Schuld abzutragen. Sie konnte nie von dem Gedanken freiwerden, daß sie durch ihre jugendliche Torheit den Tod ihres Vaters verursacht hatte.

Was ihr auch geschah, sie trug es in dem Glauben: „Dies muß so sein, damit mein Vergehen gesühnt werden kann."

Als die Zeit kam, daß das Kind geboren werden sollte, wurde Anna tiefsinnig und schwermütig.

„Hast du Angst?" fragte Philipp eines Nachts, als Anna davon sprach, daß es nun nicht mehr lange dauern würde.

„Ja, ich habe Angst, daß das Kind nicht am Leben bleibt", sagte Anna. „Ich habe das Gefühl, daß Vater mich in seiner Todesstunde verflucht hat. Und er hat so etwas Schreckliches von meinem Kind und von dir gesagt."

Philipp versuchte sie zu trösten. Aber Annas Angst wuchs. Als ihre Stunde kam, konnte sie nicht gebären. Keine der Frauen im Grubental, die den jungen Müttern zu helfen pflegten, wußte einen andern Rat zu geben als nach der Wehmutter zu schicken. Als sie kam, rief sie den Arzt aus der Stadt. Als dieser nach langem Warten mit seinem Schlitten eintraf, nahm er Anna mit ins Krankenhaus. Dort wurde Anna auf dem Operationstisch entbunden. Das Kind war totgeboren und wahrscheinlich würde Anna nie mehr Mutter werden können.

Als Anneli alle diese Puzzlestücke zu Annas und Philipps Geschichte zusammengefügt hatte, bekam sie ein Herz für Philipp. Sie hatte keine Angst mehr vor ihm; denn er tat ihr so unendlich leid.

Philipp merkte, daß Anneli ihn mit anderen Augen betrachtete als früher. Er war daran gewöhnt, in den Augen der Menschen Hohn und Verachtung zu sehen. Manchmal sah er auch Furcht und Schrecken darin und dann fühlte er eine boshafte Freude. Aber jetzt entdeckte er, daß Anneli die Augen ihres Vaters und nicht die ihrer Mutter hatte. „Das Kind wird seinem Vater ähnlich", sagte er, und Annelis Vater war der einzige Mensch auf der Welt, den Philipp gern hatte.

Als Anneli keine Angst mehr vor Philipp hatte, ging sie oft zu Anna in die Gesindestube. Es war eigentümlich, wie heimisch Anneli sich dort fühlte, als hätte sie schon einmal lange vor ihrer Geburt darin gewohnt.

Da war ein großer, offener Herd, auf dem Anna alles Essen kochte. Da war ein Wandbett mit einer Wiege darüber, in der Großvater einmal als Kind gelegen hatte. Anneli krabbelte manchmal in die Wiege hinauf und spielte, sie sei Annas Kind. Da wurden Annas Augen so seltsam blank, aber Anneli gab nicht nach, bis Anna so tat, als sei sie Annelis Mama und ihr Wiegenlieder vorsang.

An Sonntagabenden spielte Philipp manchmal auf seiner Geige. Er konnte spielen, der Philipp! Sein Instrument hatte einen zauberhaften Klang. Und wenn er spielte, wurde er schön und alles wurde bei seiner Musik schön. Das Schlimmste war, daß man nicht stillsitzen konnte, wenn Philipp spielte. Anneli wollte nur oben in der Wiege schaukeln und sogar die stille Anna, wie die Leute Anna nannten, bewegte sich im Walzerschritt, wenn sie zwischen Küchentisch und Herd hin- und herging, wo der Kaffee duftete.

Einmal kletterte Anneli von der Wiege herunter und streckte Anna die Arme entgegen. Und da lehrte Anna sie tanzen, Anna war schlank und geschmeidig, ihre Füße schwebten über den Boden. Anneli war klein und pummelig und konnte zuerst gar nicht tanzen. Aber mit der Zeit lernte sie es dann doch.

Mutter Kari sah es nicht gerne, daß Anneli so viel in der Gesindestube war. Aber Vater sagte: „Laß sie nur! Philipp ist ein anderer Mensch geworden, seit Anneli so gut Freund mit Anna ist." Mutter Kari gab nach. Immer öfter mußte sie den Leuten recht geben, wenn sie sagten: „Anders auf Kohlsta ist nicht nur ein guter Mensch, er ist auch klug."

Aber daß Anna ihre Anneli tanzen lehrte, gefiel Kari nicht. Nicht weil es Sünde war; wenn man sich in acht nahm, war es ja kein Unrecht. Aber wenn man ein schwacher Mensch war, tanzte man leicht in sein Unglück. Und dazu war Anneli zu gut; wie auch Anna es gewesen war.

Es gab eine Stelle im Grubental, die das Paradies genannt wurde. Sie lag ganz einsam auf einer muldenförmigen Wiese, die man vom Tal aus nicht sah. Stand man jedoch an dem steilen Felsen auf dem Brattberg oder wanderte man auf den Preißelbeerpfaden zum Fullerberg hinauf, dann konnte man die Sonne auf einen kleinen grünen Fleck im dunklen Tannenwald leuchten sehen. Diese grüne Wiese mit ihren roten Häuschen war wie eine andere Welt, weshalb sie das Paradies genannt wurde. Dort wohnte der Schuster Israel Larsson. Er hatte langes Haar und einen langen Bart und wurde einem der Apostel aus der Bibel immer ähnlicher. Israel war von irgendwoher aus dem Oberland gekommen; dort redete man eine merkwürdige Sprache, denn wenn gewöhnliche Menschen „eine halbe Stiege Eier" sagten, sagte Israel „eine albe Stiege Heier".

Israel war, wie auch seine Frau, sehr fromm. Sie lasen viel in der Bibel und sangen Kirchenlieder, aber sie sangen auch aus „Mose und Lambsens Lieder". Anneli war noch ganz klein, als sie schon mit Vater oder Mutter zum Paradies gehen durfte. Israel sang ihr, während er Schuhe flickte, immer etwas vor. Am besten gefiel Anneli das Lied, das begann:

Der große Gott tut große Wunder.

Israel war nicht nur fromm, er war auch hellsichtig. Wenn er in seiner Werkstatt saß, sagte er manchmal, er habe eine „Botschaft" von Gott erhalten.

Dann stand er von seinem Schusterschemel auf, legte das Schurzfell ab und sagte zu seiner Frau: „Lovischen, ich habe eine Botschaft erhalten und muß fortgehen."

An dem Morgen, an dem sich der reiche Halvar erschoß, hatte er in der Frühe eine solche Botschaft bekommen. Er hatte frühmorgens, während Lovisa Kaffee kochte, in der Bibel gelesen. Da war er auf das Wort „Lasset die Sonne nicht untergehen über eurem Zorn" gestoßen, und er hatte den reichen Halvar mit einer Büchse in der Hand gesehen. Halvar war schrecklich anzusehen, seine Augen glühten vor Haß und er hob die Büchse, um jemanden zu erschießen. Aber bevor der Schuß losging, war die Erscheinung verschwunden. Israel faltete die Hände über der Bibel und betete für Halvar. Aber mit Beten war es nicht getan; den ganzen Tag dachte Israel an die Erscheinung, die er gehabt hatte, und am Abend machte er sich auf den Weg.

Als er zu Halvars Hof kam, der höher als ein anderer Hof im Norden des Grubentals lag, begegnete er Anna, die mit zwei Eimern auf dem Weg zum Brunnen war.

Als Anna den Schuster erblickte, blieb sie stehen und ihr Gesicht wurde schneeweiß.

„Gottes Friede mit dir, Anna!" begrüßte Israel sie.

„Wo ist dein Vater?"

„Was willst du von Vater?" fragte Anna.

„Ich habe eine Botschaft an ihn. Von unserem Herrn." Israel sah Anna mit großer Sanftmut an, als er das sagte. Anna wurde es bei diesem Blick warm ums Herz, aber dann wurde sie wieder von Angst ergriffen.

„Hat es etwas mit mir zu tun?" fragte sie.

„Nein, Kind, es betrifft nur deinen Vater. Wo ist er?"

„Er ist in seinem Kontor."

Israel ging weiter zum Hof hinauf. Anna sah ihm lange nach.

Halvar saß, als Israel hereinkam, über die Kontobücher gebeugt an seinem Sekretär.

„Bringst du meine Stiefel?", fragte er.

„Nein", sagte Israel, „die sind noch nicht fertig. Aber Gott kann bald fertig mit dir sein, Halvar. Ich habe dich heute gesehen. Und ich bin gekommen, um dich vor dem Zorn zu warnen. Eines Mannes Zorn bringt nicht zuwege, was vor Gott gut ist."

Halvar drehte sich hastig um und sah Israel fest an. „Wer hat dich hergeschickt?" fragte er brüsk. „Hast du einen Weiberklatsch über Anna gehört?"

„Über Anna?"

„Ja, über Anna. Heraus mit der Sprache, Mann! Weißt du etwas über Anna?"

„Ich weiß nichts über Anna."

„Herrgott!" Halvar packte mit beiden Händen seinen großen Schädel. „Du sollst hellsichtig sein, Israel, und von geheimen Dingen wissen, und da hast du nicht einmal gehört, daß sich Anna mit einem verdammten Zigeuner abgegeben hat, mit einem Knecht, mit Philipp!"

„Verfluche ihn nicht, Halvar! Auch Zigeuner sind Gottes Kinder. Du könntest als Zigeuner geboren sein, Halvar! Auch sie müssen leben."

„Ich werde ihn niederschießen. Nein, ich werde es ihm vergelten. So wahr ein Gott im Himmel lebt..."

Weiter kam Halvar nicht, denn Israel hatte sich erhoben. Der reiche Halvar sank an seinem Sekretär zusammen. Israel ging zu ihm hin – hochaufgerichtet und ernst, als sei Gottvater selbst in die Stube gekommen. Seine Augen waren weit aufgerissen und hielten Halvars Blick fest, als wenn eine Schlange einen Vogel bannt.

„Halvar", sagte Israel, und seine Stimme kam wie von weither, wie aus einem großen hallenden Kirchenraum. „Gott läßt mich nicht alles sehen, was geschieht, aber manchmal schickt er mir eine Botschaft und jetzt gilt die Botschaft dir. Und Gott sagt zu dir ‚Lasse die Sonne nicht untergehen über deinem Zorn'. Lebe wohl, Halvar, ich habe dir nichts mehr zu sagen. O Land, Land, höre des Herrn Stimme!"

Als Halvar wieder zu sich kam, war Israel gegangen. Halvar griff sich wieder an den Kopf. „Ich habe geträumt", sagte er. Dann sah er die Büchse an der Wand und dachte wieder an Anna und Philipp.

Es war der Herbst, in welchem Anneli acht Jahre alt wurde. Mutter hatte sie mit einem Auftrag zu Israel ins Paradies geschickt. Der Weg zum Paradies war hügelig und steinig. „Geradeso wie der Weg zum richtigen Paradies" pflegte Israel scherzend zu sagen. Anneli liebte diesen Weg. Im Frühling waren die Gehölze voller Anemonen. Im Herbst leuchtete das gelbe Laub der Birken und das rote der Espen gegen den dunklen Tannenwald ringsum. Auch bei trübem Himmel schien die Sonne zu leuchten, wenn man zur Herbstzeit in die Laubgehölze des Paradieses kam.

Anneli trug ein Bündel mit Schuhen, die geflickt werden sollten. Sie hatte auch etwas Eßbares bei sich, das Mutter ihr für Lovisa mitgegeben hatte.

Und jetzt saß sie in Israels Schusterwerkstatt, wo es immer so gut nach Leder roch. Israel sang, als Anneli hereinkam. Er nickte ihr zu, sie solle sich setzen, und sang weiter. Es war ein neues Lied von Rosenius:

„Mit Gott, seiner Freundschaft,
Seinem Worte und Geist,
Mit der Brüder Gemeinschaft
Und der Gnade zumeist..."

Als Israel das Lied zu Ende gesungen hatte, schob er die Brille auf die Stirn und sah Anneli forschend ins Gesicht. „Ich habe dich heute gesehen", sagte er lächelnd. „Ich wußte, daß du kommen würdest."

Anneli wurde rot. Kein Mensch konnte sie ansehen, ohne an ihre häßliche Warze zu denken.

„Ich habe dich gesehen", sagte Israel noch einmal. „Aber deine Warze sah ich nicht; was das nun bedeuten mag? Ich sah, daß dir eine große Freude zuteil wird, aber auch ein großer Kummer. Mehr sah ich nicht. Das war, als ich heute morgen im Buch Hiob las: ‚Haben wir Gutes empfangen von Gott und sollten das Böse nicht auch annehmen?' Du kannst diese Worte zu Hilfe nehmen, was auch kommen wird. Es ist gut, bereit zu sein; denn es wird jedermann viel geschehen."

Und Israel fuhr fort, Rosenius' Lied zu singen:

„Die kommenden Tage
Erschrecken uns nicht.

Uns folgt ja der Hirte,
Der treufeste Hirte,
Sein Wort zu uns spricht."

Anneli ging in seltsamen Gedanken nach Hause. Sie sah nicht mehr die brennenden Büsche im Laubgehölz. Israel hatte sie „gesehen". Was sollte das bedeuten?

An einigen Tagen im Herbst arbeitete niemand in der Grube. Da sollte die Ernte eingebracht werden. So weit sich Anneli erinnern konnte, waren diese Tage die schönsten im Jahr. Sie erinnerte sich lebhafter an sie als an Weihnachten und Ostern. Diese Tage erfüllten das sonst so stille Tal mit Leben. Auf allen Feldern waren die Leute an der Arbeit, Pferde schnaubten, Männer lachten, Frauen sangen. Die Kinder waren überall mit dabei, aber am liebsten saßen sie auf den hohen Fuhren. In den Gräben brannten Kaffeefeuer und um die Mittagszeit kamen die Frauen mit Eßkörben. Das ganze Tal war wie eine einzige Familie. Die Sonne schien wie ein guter Freund auf die ganze Welt hinunter und alle waren besonders freundlich gegeneinander. Sogar Philipp war an diesem Tag fröhlich und die Augen der stillen Anna, die immer so ernst war, leuchteten, wenn die Männer beim Tanzen mit ihr scherzten. Aber das Allerschönste an diesen Tagen war, daß Vater zu Hause war. An drei oder vier Tagen durfte Anneli mit Vater zusammen sein, sie war mit ihm bei den Heureitern, sie war bei ihm, wenn der Wagen mit den Garben die hohe Brücke zu der Dreschtenne hinauffuhr, und wenn er den Wagen leer zurückgelenkt hatte, durfte sie neben ihm am Feuer sitzen und einen Zwieback in seine Tasse tauchen.

Aber inmitten aller Freude gab es ihr einen Stich, wenn sie den Schuster Israel Larsson in Begleitung Lovisas kommen sah. Israel besaß keine Felder und Scheunen. Oben im Paradies waren nur ein paar magere Wiesen, wo im Sommer eine Ziege graste. Im Winter stand diese in einem kleinen Ziegenstall und lebte von Laub, das Lovisa in den Gehölzen geholt hatte.

Es gehörte zur Ordnung, daß Israel an den Erntetagen mit dabei war. Er half, wo es nötig war und Lovisa durfte immer eine Plauderstunde mit den Alten halten, die nicht mehr arbeiten konnten. Mitunter war während der stillen Rasten Israels laute, kräftige Stimme zu hören, wenn er ein geistliches Lied sang. Eines der Lieder hatte einen Kehrreim, der bis zu Anneli drang, als sie neben Vater am Feuer saß:

„Mit Jubel dürfen wir die Ernte bergen."

Anneli legte ihre kleine Hand heimlich in die ihres Vaters. „Vater, ich habe Angst", sagte sie. Anders blickte auf seine kleine Tochter: „Wovor hast du Angst, meine Anneli?"

Anneli sah zu Vaters Gesicht empor. Sie sah die freundlichen Augen, die immer lächelten. Das krause dunkle Haar, das in der Mitte gescheitelt war und in glänzenden Wellen über den Ohren lag; die stets glattrasierten Wangen mit dem schmalen Bart unter dem Kinn. „Ich habe Angst vor Israel", sagte Anneli.

Anders fühlte, wie Annelis kleine Hand ganz kalt wurde und zitterte.

„Vor Israel brauchst du keine Angst zu haben", sagte Vater. „Er ist der gütigste Mensch auf Erden."

„Ja, aber er hat mich ‚gesehen', Vater." Anneli bohrte ihr Köpfchen unter Vaters Rock. Das war so ein herrliches Versteck. Dort brachen endlich die Tränen hervor, die sie alle die Tage und Nächte, seit sie im Paradies gewesen war, zurückgehalten hatte. Und schluchzend erzählte sie, was Israel gesagt hatte: daß sie eine große Freude und einen großen Schmerz erleben werde. Vater strich Anneli tröstend übers Haar. „Unser Leben steht in Gottes Hand, meine Anneli. Wir müssen die bösen Tage hinnehmen wie die guten. So ist das Leben. Aber über einen Kummer, der noch nicht gekommen ist, sollen wir uns keine Sorge machen. Heute hast du keinen Kummer. Darf ich mein fröhliches kleines Mädchen sehen?"

Anders nahm Annelis Kopf zwischen seine Hände und

sah sie an. Und mit einem Mal war es, als ginge am Morgen die Sonne über den Bergen auf. Die Tränen verschwanden, wie der Tau verschwindet, wenn das Licht steigt. Und als Vater seine Anneli in die Höhe hob und sie zu dem vollgeladenen Wagen trug, sang sie wie eine kleine Lerche Israels Lied.

Dann geschah es.

Der Knecht Philipp saß schon hoch oben auf dem schwerbeladenen Wagen. Vater hatte Anneli hinaufgehoben und wollte hinterherklettern, als die Pferde scheuten. Vater kam nicht hinauf. Philipp zog nicht schnell genug an den Zügeln. Die Pferde gingen durch. Vater rannte hinter der Fuhre her und schrie: „Halt dich fest, Anneli!" Auch Mutter kam gelaufen und viele von den Erntearbeitern.

Aber Anneli hatte nichts, woran sie sich hätte festhalten können. Die Garben flogen hinunter, eine nach der andern, Anneli lag noch oben, wurde aber hin- und hergeschleudert.

Endlich bekam Philipp die Pferde wieder in seine Gewalt. Da war man schon bei der Brücke, die zur Scheune hinaufführte. Aber gerade bevor der Wagen unter das Scheunendach fuhr, rollte Anneli von der Fuhre hinunter und fiel über das Brückengeländer in die Dunggrube neben dem Stall. Wie ein im Flug getroffener Vogel flog der kleine Kinderkörper von der hohen Fuhre herunter, schlug auf das Brückengeländer auf, rollte herum und verschwand in der Tiefe.

Vater kam zuerst an. Er watete in den Mist hinaus zu der Stelle, wo Anneli mit geschlossenen Augen lag. Das Blut strömte über ihr Gesicht.

„Ein Toter blutet nicht", war das erste, was Vater dachte. Er hob Anneli auf und trug sie zum Brunnen, wo jemand Wasser über sie pumpte.

Anneli schlug die Augen auf.

„Stell mich hin, damit ich mich saubermachen kann", sagte sie ruhig. „Warum blute ich?"

Anders stellte Anneli vorsichtig hin. „Sie hat sich also nichts gebrochen", dachte er.

Anneli suchte in ihrer Schürzentasche, holte ihr Taschentuch hervor und wickelte ihr Spiegelstückchen heraus.

„Ich blute", sagte sie und besah sich im Spiegel. Dann stieß sie einen Schrei aus. „Vater, die Warze ist fort!"

Jetzt sahen es alle. Wo noch eben die verunstaltende Warze gesessen hatte, war ein tiefes Loch, aus dem das Blut unablässig hervorfloß, ja hervorströmte.

Anneli ging zum Brunnen und wollte ihr Taschentuch in den Brunnentrog tauchen.

Aber jetzt kam die Mutter.

„Halt, Kind!", sagte sie, „laß es noch etwas bluten!"

In diesem Augenblick kam Philipp gelaufen. Er hielt etwas zwischen den Fingern, das wie eine große rote Preißelbeere aussah.

„Seht", sagte er, „auf dem Brückengeländer saß ein Nagel dort, wo Anneli von der Fuhre fiel und auf diesem Nagel saß die Warze. Das war eine Operation! Kein Doktor hätte es besser machen können."

„Doktor Gott!" ertönte eine ernste Stimme. Alle wandten sich um. Da stand Israel mit gefalteten Händen. Sein Prophetenbart wogte im Wind und sein weißes Haar glänzte in der Sonne. Und dann stimmte er mit seiner lauten klaren Stimme an: „Der große Gott tut große Wunder!"

Vater brachte an diesem Tag keine Fuhre mehr ein. Das mußte Philipp tun. In der kleinen Kammer aber lag Anneli auf dem „Brautbett". Mutter hatte ihr ein Tuch unter den Kopf gelegt, denn das Blut rann und ließ sich nicht stillen.

Vater hatte seinen Rasierspiegel hergeholt. Das war ein kleiner Kasten, dessen Deckel man aufklappen konnte, so daß er einen Spiegel bildete. Das Kästchen war aus schön geflammter, polierter Birke. Da war eine Schieblade und darin lag Vaters Rasierzeug. Dort hatte Vater einen Alaunstein liegen, mit dem man Blut stillen konnte.

Die stille Anna brachte unaufhörlich Wasser vom Brunnen herein. Vater tauchte den Alaunstein in das kalte Wasser und drückte ihn auf die tiefe Wunde, wo die Warze gesessen hatte, die mit „den Wurzeln“ herausgezogen worden war. Viele Stunden saß Vater dort. Mitunter schlummerte Anneli, dann sah sie wieder auf und lächelte Vater zu.

Es war schon Abend und die Sonne war untergegangen, als das Blut endlich aufhörte zu fließen. Es war ein blasses, aber glückliches kleines Mädchen, das Vater zum Giebelzimmer hinauftrug.

Groß und neugierig stieg der Vollmond über den Fullerberg empor. Aber Anneli hatte keine Angst mehr vor dem „gelben Mann“.

Als Vater gute Nacht sagte, flüsterte Anneli: „Glaubst du, daß dies auch der große Kummer war, von dem Israel sprach?“

„Wir wollen es glauben“, sagte Vater. Aber Anneli war nicht ganz sicher.

Da kam Mutter herein, um zu Bett zu gehen.

„Mutter“, sagte Anneli.

„Ja, meine Anneli.“

„Mutter, willst du heute abend nicht das Abendlied sprechen?“

„Das will ich ganz gewiß, Anneli.“ Und Mutter setzte sich auf den Bettrand und sprach:

„In der stillen Schatten Stunde,
Geb' von Gottes Lob ich Kunde...“

Weiter kam sie nicht, denn da war Anneli schon eingeschlafen.

Anneli ging ein paar Tage nicht in die Schule. Sie war matt und schwindelig nach dem Blutverlust, aber sie erholte sich schnell. Das Schwerste war, daß man die Wunde nicht anfassen durfte. Es hatte sich eine kleine Kruste darauf gebildet.

„Berühr auf keinen Fall die Kruste!“ hatte Mutter gesagt. Und Anneli gehorchte, obwohl es mitunter schrecklich juckte.

Eines Morgens war die Kruste abgefallen. Vielleicht hatte Anneli sie im Schlaf abgerieben, denn da war ein kleiner blutiger Rand, aber das heilte bald. Anneli behielt ihr Leben lang eine kleine weiße Narbe zurück nach „Gottes Operation“, wie sie das nannte, was an jenem merkwürdigen Tag geschehen war, als die Ernte geborgen wurde.

Seltsamerweise war Anneli gar nicht so froh, wie sie zu werden glaubte, wenn sie einmal die Warze los sein würde. Sie konnte die Angst vor dem großen Kummer nicht loswerden, von dem Israel gesprochen hatte. Weder Mutters Abendlieder noch Vaters tröstende Worte konnten die Unruhe in ihrem Herzen beschwichtigen. Was auch werden mochte, Vater durfte nichts geschehen. Alles andere konnte sie ertragen. Sie hatte das Grubengebet auswendig gelernt. Mutter hatte es auf den Einband ihres Gesangbuches abgeschrieben und jeden Abend faltete sie die Hände zu diesem Gebet: „Bewahre vor Schaden und Fährnis, die in den stillen Räumen der Erde arbeiten...“

Der Herbst schritt voran. Die Tage wurden kürzer und die Nächte kühler. Das Kartoffelkraut erfror auf den Feldern und Ringelblumen und Kresse um die Hauswände. Aber jeden Tag stand die Sonne an einem wolkenlosen blauen Septemberhimmel. Jeden Tag war sonntägliche Stille. Der Rauch stieg kerzengerade aus den Schornsteinen empor. Kein Vogel sang mehr. Aber über den Stoppelfeldern krächzten die Krähen, daß es an den Bergwänden widerhallte und die Schreie der Möwen über dem Fåsee waren bis zum Grubental zu hören. Jeden Tag ertönte das trockene Knarren eines Raben an den Steilhängen.

Diese seltsame herbstliche Stille erhöhte die Feierlichkeit des ewigen Liedes des Schachtgestänges.

An einem Sonnabendmorgen in dieser merkwürdigen

Zeit stand Anneli auf der Küchentreppe, bereit, in die Schule zu gehen. Sie hatte ihre Bücher unter dem Arm und wollte sich gerade auf den Weg machen, als Mutter mit einem Schal herauskam. Mutter Kari war nicht zimperlich, aber sehr besorgt um ihre kleine Tochter.

Es herrschte strenger Frost und der Boden war ganz weiß. „Nimm den Schal um den Kopf, Kind, und dann mußt du Handschuhe anziehen, du hast einen weiten Schulweg."

Wie alle Kinder war Anneli widerspenstig, was Kleider anbetraf, aber Mutter gegenüber wagte sie nicht unfolgsam zu sein. Am Brunnen drehte sie sich um und winkte und Mutter winkte zurück. Da ertönte ein Getöse aus dem Innern der Erde, als sei die ganze Welt auseinander geborsten. Im nächsten Augenblick stieg irgendwo eine Wolke auf, die die Sonne verdunkelte. Nach einer Weile ertönte erneutes Donnern, das kein Ende zu nehmen schien und es wurde völlig dunkel. Die Sonne glühte noch einen Augenblick wie eine Flamme hinter einem geschwärzten Glas, dann erlosch sie.

Anneli stieß einen verzweifelten, durchdringenden Schrei aus. Sie wollte zu Mutter hinlaufen. Aber wo war Mutter? Rings um sie war ein dichter Nebel, wie von grauem Rauch und ein ekelerregender Geruch fuhr ihr in die Nase.

„Mutter, Mutter!" schrie sie, außer sich vor Angst.

Da fühlte sie, wie sich ein Paar Arme fest um sie schlossen. Und sie hörte Mutters Stimme. Sie klang leise und ruhig, bebte aber etwas: „Gott tröste uns, mein armes Kind!"

Jetzt verstummte das Getöse. Es herrschte eine Stille, als sei die ganze Welt vernichtet. Aber durch das Schweigen hindurch war ein beruhigendes, singendes Geräusch zu hören.

„Gott sei Dank", flüsterte Mutter, „das Gestänge geht. Vielleicht ist die alte Grube eingestürzt. Aber komm herein, Kind, hier draußen ersticken wir."

Als sie in die Küche kamen, war es dort so dunkel, daß Mutter die Lampe auf dem Kaminsims anzündete. Sie zündete sogar die Petroleumlampe in der Brautkammer an. Draußen vor dem Fenster stand der erstickende graue Nebel aus Erdstaub.

Es klopfte an der Tür. Philipp und Anna kamen herein. Philipp war Knecht und arbeitete nicht in der Grube.

Anneli hörte jemand schreien, „Vater!“ schrie es, „Vater!“

Jetzt ertönte wieder ein Klopfen an der Tür. Es waren die Nachbarsleute Asp. Jonas ging zu Anneli hin.

„Ist dein Vater auch in der Grube?“

Anneli konnte nicht sprechen. Sie war ganz starr.

„Die kommen nicht mehr nach Hause“, sagte Jonas sachlich, als spräche er von einer Kuh, die sich im Wald verirrt hat. Da kam Leben in Anneli. Sie nahm Jonas' Hand. „Wir laufen zur Grube.“

Aber Mutter stand in der Tür, groß und würdevoll. „Niemand läuft zur Grube, bevor die Luft klar ist. Wenn es doch wehen wollte!“

Kaum hatte Mutter Kari das gesagt, als das Haus von einem Windstoß erschüttert wurde. Endlich kam der Westwind, der Wind, der von der See jenseits von Norwegen kam, der im Herbst wochenlang wehte, bis er nach Osten umschlug und der Regen von der Ostsee kam.

Es wurde langsam hell im Haus, die Sonne leuchtete wie eine rote Kugel durch die Fenster. Jetzt war der Weg voll von Menschen, von Frauen, Kindern, alten Leuten. Mutter Kari übernahm die Führung.

„Die Kinder kommen zuletzt“, sagte sie. „Nehmt euch ihrer an, ihr beiden, Anna und Philipp!“ Philipp wurde rot trotz seiner braunen Haut. Es war das erste Mal, daß er von der gestrengen Mutter Kari ein Wort des Vertrauens hörte.

Als Kari an der Spitze der kleinen Schar auf die Straße hinauskam, schlug ihr wieder der erstickende Geruch entgegen. Das Atmen und das Gehen fiel einem schwer, der

Weg bis zur Grube schien unendlich weit zu sein. Der Wind hatte sich wieder gelegt und das Dunkel verdichtete sich. Die Sonne verschwand ab und zu, wenn sie aber sichtbar wurde, glühte sie in dem dichten Nebel wie ein böses Auge. Auf der Straße lagen Menschen auf den Knien und rangen die Hände.

Ein erneutes Donnern ertönte und der Boden bebte unter den Füßen. Frauen begannen laut zu schreien und hielten, hin- und herwiegend, die Arme umeinander geschlungen, Kinder klammerten sich an sie. Mitten in alledem ertönte die ewige Musik des Schachtgestänges, aber sie klang wie ein kreischendes Jammern, als wäre es ein menschliches Wesen.

Jetzt ertönte irgendwo ein Schrei: „Das ist das Jüngste Gericht! Jesus kommt! Ich sehe ihn, oh, ich sehe ihn! Herr, erbarme dich unser!" Und jetzt brach ein Sturm los, wie man ihn seit Menschengedenken nicht erlebt hatte. Fichtenstämme wurden geknickt und große Tannen fielen über den Weg. Das vergilbte Laub wurde von den Bäumen gerissen, Krähen krächzten, Möwen schrien und ein schwarzer Rabe kam blindlings herangeflattert und taumelte hin und her. Pferde wieherten und Kühe brüllten in den Ställen. Der Nebel zerriß in Fetzen, die Sonne leuchtete auf und verlosch. Frauen und Kinder schrien: „Das Jüngste Gericht! Jesus kommt!"

In all diesem Sturm und dieser Angst strebte Mutter Kari mit ihrer kleinen Schar vorwärts. Sie arbeiteten sich voran über umgewehte Tannen und abgebrochene Baumwipfel. Aber hinter dem Espengehölz war die Welt zu Ende. Im letzten Augenblick hielt Mutter Kari vor einem gewaltigen Abgrund an, aus dem Rauch aufstieg. Der Weg war verschwunden, aber dicht daneben hing ein Haus über dem Steilhang. Es war das Leutehaus, in dem die Armen des Grubentals zu hausen pflegten. Seit vielen Jahren hatte hier niemand mehr gewohnt. „Gott sei gedankt!", dachte Kari. In diesem Augenblick wurde vom Wind eine Tür aufgerissen. Sie schwang hin und her, als wenn ein

Huhn zu fliegen versucht, und plötzlich stürzte das ganze Haus in den furchtbaren Abgrund. Das war mehr als selbst Mutter Kari ertragen konnte. Sie fuhr zurück, als sollte sie selbst in den Abgrund gezogen werden. Ihre Knie bebten und sie sank auf einen Stein.

Da kam Philipp zu ihr her. Er hielt Jonas an der einen Hand und Anneli an der andern.

„Wir müssen um diese Grube herumgehen, denn der Weg ist nicht mehr da."

Das waren nüchterne, sachliche Worte.

Mutter Kari stand entschlossen auf. „Du hast recht, Philipp. Komm, dann gehen wir." Sie nahm Annelis Hand. Die ganze Schar machte kehrt. Sie gingen zum Hof zurück und schlugen den Weg über das Kälbergehege ein. Sie krochen bei dem Wendestuhl unter dem Grubengestänge durch und kamen auf der Landstraße auf den Weg zur Stadt heraus, auf dem die Erzwagen von der Grube fuhren. Dort schlossen sie sich einer anderen Schar an, die ebenfalls unterwegs war. Nun folgten sie dem Steig längs des Grubengestänges. Dieses gab einem ein Gefühl der Sicherheit. In ewigem, unerschütterlichem Takt bewegten sich die riesigen Holzstämme hin und zurück. Wenn das eine Glied herkam, ging das andere zurück, und jedesmal, wenn ein Glied anhielt und wendete, knackte und knirschte und stöhnte es. Dieses Stöhnen war wie das Atemholen von jemandem, der schwer zu arbeiten hatte. Und das Gestänge arbeitete für sie alle: für die Männer in der Grube, daß sie nicht im Wasser ertranken, für die Frauen und für die Kinder, daß sie ihr tägliches Brot von dem Erz in der Grube bekamen.

Hier war der Weg zur Grube hinunter zu Ende. Jetzt sah man den gewaltigen Steilhang, wo alles „taube Gestein" vermittels einer Seilbahn heraufgeholt wurde. Jetzt wurde das große Grubenloch sichtbar, wo das Gestänge hinunterging, wo das Wasser durch das Rohr herausgepumpt wurde und wo die Seilbahn für die Förderwagen entlanglief.

Dort führten auch die Grubenleitern in die Höhe. Und jetzt kamen die ersten Männer aus der Grube.

Es ertönten Freudenrufe, sobald eine Frau oder ein Kind den Mann oder den Vater erkannt hatte. Aber die Männer, die heraufkamen, waren mehr tot als lebendig. Sie schleppten sich oder krochen die letzten Sprossen empor, sanken zu Boden und husteten stark. Einer der Männer, die heraufkamen, trug seinen Sohn auf dem Rücken. Er war fast noch ein Knabe und spuckte Blut.

Eine ganze Zeit vermochte keiner zu sprechen, aber allmählich begann man zu verstehen, was geschehen war. Die alte Grube war eingestürzt. Im Berg befand sich ein riesiger Saal, der die Grubenkirche genannt wurde. Man wußte, daß der Einsturz dort begonnen hatte, denn dort lag der Grubensee. Man hatte nur ein furchtbares Krachen gehört, und dann kam das Wasser geströmt. Es stieg den Männern bis über die Knie, an manchen Stellen bis zum Leib. Aber schlimmer als das Wasser waren der Staub und der Ruß, der sich dort unten angesammelt hatte, seitdem man nicht sprengte, sondern das Erz löste, indem man Feuer anzündete und Wasser auf die heißen Steine goß. Die Luft war so dick von Rauch und Ruß, daß die Grubenlampen nicht leuchten wollten. Es wäre Panik in der Grube ausgebrochen, wenn Anders nicht da gewesen wäre. Er stand am Fuß der untersten Leiter und ordnete alles an. Wenn alle auf einmal hinaufgestiegen wären, wären die Leitern zerbrochen und keiner hätte lebend hinaufkommen können. Jetzt wurden die Jüngsten und die, denen es am schlechtesten ging, zuerst hinaufgelassen. Aber als der Letzte vor Anders seinen Fuß auf die Leiter setzte, hielt dieser ihn zurück. Mit einer Stimme, die vom Rauch fast erstickt war, sagte er: „Es fehlt noch ein Mann. Ich habe Erik Asp nicht gesehen. Sage ihnen da oben, daß ich ihm zu Hilfe kommen will, ich weiß, wo er arbeitet."

Als Kari das hörte, drang es ihr wie ein Schwert durch die Seele. Jetzt wußte sie es. Anders würde nicht wiederkommen. Stundenlang warteten Männer und Frauen aus dem Grubental darauf, jemanden die Leiter heraufkriechen zu sehen. Eine dumpfe Lähmung schien alle ergriffen zu haben. Starr wie eine Bildsäule stand Mutter Kari da und starrte in das Grubenloch. Immerfort stieg noch ein rußiger stickiger Rauch aus dem Abgrund herauf. Schließlich wandte sie sich an einen der Arbeiter, der, den Kopf in den Händen, auf der Erde saß.

„Leihe mir deine Lampe“, sagte sie. „Ich gehe in die Grube hinunter.“

Da kam Philipp her. „Wenn Mutter Kari geht, gehe ich mit“, sagte er.

Mutter Kari nickte. „Leihe mir deine Lampe“, sagte sie.

Aber bevor Kari hinunterging, wandte sie sich an Anna. „Geh mit den Kindern nach Hause“, sagte sie zu ihr. „Nimm Jonas Asp und seine Mutter mit zu uns! Es hat keinen Zweck, daß die Kinder hier sind, wenn wir heraufkommen.“

Erst als Kari die Kinder hatte gehen sehen, wandte sie sich den Männern zu.

„Macht die Seilbahn zurecht“, befahl sie. „Wir ziehen den Erzwagen herauf und fahren damit ein.“

Die Männer sahen sich erschrocken an. Aber Philipp lächelte seltsam. Es war lebensgefährlich, mit dem Förderwagen einzufahren. Herauf fuhr er langsam, aber hinunter in rasender Fahrt, und leicht konnte er entgleisen.

Einer der Männer stand mühsam auf und kam auf Kari zu. „Ich fahre an deiner Stelle hinunter. Du findest dich in der Grube nicht zurecht.“

„Du vergißt, daß ich und meine Schwestern als Kinder in der Grube gearbeitet haben. Keiner kennt die Grube besser als ich.“

„Aber nimm nicht den Förderwagen!“ bat der Mann.

„Wir bekommen Anders und Erik niemals die Leitern herauf. Wir fahren mit ihnen im Förderwagen herauf.“

Es hatte keinen Zweck, mit Kari zu streiten. Das wußten die Männer.

Sie gingen zum Maschinenhaus und setzten das schwere

Wasserrad in Gang, das den Wagen heraufzog. Das Seil straffte sich und glitt auf seinen Rollen entlang. Man merkte, daß der Wagen schwer beladen war. Die Arbeit in der Grube hatte um sechs Uhr angefangen, der Wagen mußte voll geladen sein. Langsam, langsam glitt das Seil über seine Rollen. Die Minuten waren so lang wie Stunden, und Mutter Kari fühlte, wie ihr das Herz vor Angst klopfte. Endlich tauchte der Wagen in dem tiefen, nebeligen Grubenloch auf. Zuerst war er ganz klein, dann wurde er größer. Wie ein unterirdisches Ungeheuer stieg er aus dem Abgrund empor. Aber was war das! Kari griff sich ans Herz. Dort lag etwas oben auf der Erzlast. Zwei Männer lagen da, zwei Tote.

Erst allmählich begriff man. Anders hatte Erik Asp gefunden. Wahrscheinlich war er da schon tot. Anders hatte ihn zum Förderkorb getragen. Er hatte selbst mit dem Wagen hinauffahren wollen, da er nicht mehr die Kraft hatte, die Leiter hinaufzusteigen. Er hatte das gewöhnliche Signal gegeben und an dem Klingelzug gezogen, bis dieser abgerissen war. Er hielt noch ein Stück der Leine in der geballten Faust. Niemand hatte das Signal im Maschinenhaus gehört.

Der Propst kam einmal im Jahr nach Grubental. Das war im Herbst zum Hausverhör. An dem Tag, an dem Hausverhör war, ruhte alle Arbeit. Die Leute waren feiertäglich gekleidet wie am Sonntag, und alle gingen zur Schule, wo der Fußboden frisch gescheuert und mit zerhacktem Tannenreisig bestreut war.

Dort saß der Propst auf dem Katheder, das große Kirchenbuch aufgeschlagen vor sich, und rief alle mit Namen auf. Darauf sang man ein Lied, und der Propst hielt eine Predigt und verhörte den Katechismus. Das letztere wurde mit den Jahren immer weniger, denn der Propst war fast neunzig Jahre alt und hörte und sah schlecht. So verkehrt man auch antwortete, der Propst sagte: „Ja, das ist gut, das ist gut. Im Grubental hat man seine Seligkeitslehre immer gekonnt." Aber keiner wagte den Mund zu verziehen, wenn auch drollige Sachen vorkamen. So bekam Philipp, der Schelm, einmal eine Frage: „Kann jemand das Gesetz halten?" Da stand er auf und antwortete: „Ich kann es nicht, nein." „Das ist gut, das ist gut", sagte der Propst, „macht nur immer so weiter, mein guter Mann."

Philipp setzte sich, froh über das erhaltene Lob, und mancher hätte wohl gelächelt, wenn jemand anders als Philipp diese Antwort gegeben hätte.

Mutter Kari dachte an das Hausverhör, als sie jetzt auf dem Weg in die Stadt war, um mit dem Propst zu sprechen. Philipp fuhr den Einspänner, er hatte die Kinder, Anneli und Jonas Asp, neben sich sitzen. Hinten im Wagen saßen die beiden Witwen, Mutter Kari und Britta Asp.

Es wurde unterwegs nicht viel gesprochen. Der Weg führte meistens durch dichten Wald, aber die letzte halbe Meile ging es an den Seen entlang, und man sah schon von weitem den weißen Kirchturm mit seiner Kupferspitze sich über die Stadt erheben, die einen westlich vom See gelegenen Hügel hinaufkletterte.

Die Wagenräder ratterten laut, und der Wagen schwankte, als er am nördlichen Zollhaus in die Hauptstraße fuhr und am Pfarrhof abbog. Die Pfarrhöfe lagen unten am See, einer auf jeder Seite der Straße. Dort stiegen Kari und Britta ab und ließen die Kinder in Philipps Obhut auf dem grünen Hang zurück.

Der Propst hatte schon von dem Grubenunglück gehört und sagte den schwarzgekleideten Frauen viele tröstliche Worte. Aber die Pröpstin, die von ihren Mägden gehört hatte, wer gekommen war, kam herein und unterbrach ihren Mann mitten in seiner langen Rede.

Sie war ein weichherziger Mensch, die Pröpstin, und scheute sich nicht, ihre Gefühle zu zeigen. Kari war peinlich berührt, sie weinen zu sehen (sie war doch nicht auch Witwe geworden!), und sie widersetzte sich entschieden, als die Pröpstin sie zu einer Tasse Kaffee in den Salon bitten wollte. Aber es half nichts, und als Kari vorgab, daß sie sich um die Kinder kümmern müßte, ließ die Pröpstin sie von einer der Mägde holen, während Philipp seinen Kaffee in der Küche bekam.

Für Anneli war der Pfarrhof eine neue Welt. Sie ging mit Jonas auf Entdeckungsfahrt durch sämtliche Räume, schließlich kam sie wieder in das Studierzimmer des Propstes, das vom Boden bis zur Decke mit Büchern angefüllt war. Daß es so viele Bücher gab und daß ein einziger Mensch sie alle lesen konnte!

Der Propst, der kinderlieb war, schenkte Anneli und Jonas jedem ein Buch. Er war in seiner Jugend Schullehrer gewesen. Er hatte sogar Lehrbücher geschrieben, und jetzt bekam Jonas seine Rechenlehre und Anneli ein Buch mit biblischen Geschichten. Aber auf der Heimfahrt tauschten die Kinder die Bücher, denn Anneli konnte die Geschichten in Mutters Brautbibel lesen, und für die Rechenlehre interessierte sich Jonas nicht.

Aber bevor sie sich auf den Heimweg begaben, wurde beschlossen, daß in diesem Herbst kein Hausverhör stattfinden sollte. Das konnte bis zum Frühjahr verschoben werden, wenn der Propst einen Vikar bekommen würde. Statt dessen würde der Propst kommen und die Trauerfeier für die verunglückten Bergleute halten.

Der Propst hatte noch ein Anliegen, aber darüber wollte er mit Kari unter vier Augen sprechen. Britta mußte zur Pröpstin und den Kindern in die gute Stube gehen. Der Propst setzte sich in seinen hohen Stuhl und bot Kari einen Platz auf dem Sofa unter den vielen Familienbildern an.

„Ich mache mir Sorge“, sagte der Propst, „ich sorge mich wegen des Grubentals.“

Kari schwieg. Sie ahnte, was kommen würde.

„Ihr seid da oben sicher ‚Leser‘ geworden“, sagte er.

„Wir haben im Grubental immer in der Bibel gelesen“, erwiderte Kari. „Ist das ein Unrecht?“

„Keinesfalls, keinesfalls, meine gute Frau. Aber sie sollen dort oben einen Mann namens Israel Larsson haben.“

„Ja, das stimmt. Es ist ein guter Mensch."

„Sicher, sicher", sagte der Propst. „Aber er soll auch predigen. Und das ist gegen die Satzung unserer Kirche. Er ist nicht ‚rite vocatus' und hat sich nicht durch Wunderwerke dokumentiert."

„Der Mann ist selbst ein Wunder", sagte Kari. „Wenn Gott einen frommen Mann erschaffen hat, dann ist es Israel Larsson."

„Ich habe gehört", fuhr der Propst fort, „daß man dort oben ein Bethaus zu bauen gedenkt."

„Das ist schon richtig", erwiderte Kari, „wir haben weit zur Kirche und sehen selten einen Pfarrer."

„Wie ist das nun?" fragte der Propst. „War einer der Dahingeschiedenen der Meinung, daß eine Kapelle gebaut werden soll?"

„Mein Mann und ich haben nie darüber gesprochen", sagte Kari. „Und Britta und ihren Mann habe ich auch nie darüber sprechen hören."

„Es freut mich zu hören", sagte der Propst, „daß die Dahingeschiedenen hierin rechtliche Männer waren. Ich habe nun vor, die Sache zur Sprache zu bringen, wenn ich zur Trauerfeier komme. Vor allem will ich Israel Larsson zur Rechenschaft ziehen. Ich mache mir Sorge um das Grubental, große Sorge."

Kari stand auf. Sie war in diesem Augenblick des Ansehens wert.

„Ist es nicht schon Kummer genug, daß zwei Männer den Tod in der Grube gefunden haben, so daß Witwen und vaterlose Kinder zurückgeblieben sind? Will der Herr Propst jetzt Israel Larsson zur Rechenschaft ziehen, weil er Gottes Wort predigt und eine Betkapelle bauen will, dann wäre es besser, daß der Herr Propst überhaupt nicht zur Trauerfeier kommt, die kann dann Israel Larsson halten."

Der Propst erhob sich langsam aus seinem Stuhl und ging zu Kari hin. Mit seinen kurzsichtigen Augen kam er ganz nahe und sah ihr forschend ins Gesicht.

„Ich kannte deinen Vater, Kari. Ich habe dich getauft, und du bist mein Beichtkind. Es war eine andere Zeit damals. Ich bin wohl ein zu alter Pfarrer für die heutige Zeit, wo alles anders geworden ist. Und wenn du sagst, daß Israel Larsson ein frommer Christ ist und Gottes Wort recht predigt, dann glaube ich dir. Ich glaube dir, weil du deines Vaters Tochter bist und weil du mein Beichtkind bist, das tüchtigste Beichtkind, das ich gehabt habe, und ich habe viele gehabt in meinem langen Leben, das hoffentlich bald zu Ende ist. Ich komme zu euch, und ich werde nichts von der Betkapelle sagen und Israel nicht zur Rede stellen. Bist du nun zufrieden, Kari?"

„Danke, Herr Propst! Ich bin zufrieden."

Kari verneigte sich selten, aber jetzt machte sie einen tiefen Knicks.

Der Propst hielt sein Versprechen. Als er in seinem uralten von zwei Pferden gezogenen Wagen gefahren kam, standen alle Leute vom Grubental auf dem geräumigen Hofplatz des Kohlsta-Hofes. Sie trugen ihre dunklen Feiertagskleider, die älteren Bergleute waren mit den typischen Bergwerksröcken, die denen der Pfarrer ähneln, bekleidet. Die Frauen trugen schwarze Kopftücher, und im Rockbund steckte das gestärkte weiße Tuch, das nur benutzt wurde, wenn man zur Beichte ging oder an einer Beerdigung teilnahm.

Mitten auf dem Hof standen die Särge. Die toten Bergleute Anders und sein Kamerad Erik Asp waren mit ihrer Festtracht bekleidet. Ihre harten Arbeitshände waren auf der weißen Decke um das Gesangbuch gefaltet, das sie mit ins Grab bekamen.

Der Propst hatte seinen Kantor bei sich, der ebenfalls neunzig Jahre alt war. Mit seiner vom Alter zitterigen Stimme stimmte er das Begräbnislied an:

„Wo ich auch geh', geh' ich zum Tod;
Mag mir auf meinen Wegen

Begegnen Freude oder Not:
Es geht der Gruft entgegen.
Hab' keine andere Wahl:
Mitten durch Lust und Qual
Zur Bahre gehts nach dem Gebot.
Wo ich auch geh', geh' ich zum Tod."

Der Propst ging zu den Särgen hin. Er war schön anzusehen, der Propst. In der Stadt ging er unter dem Namen „der Silberpropst". Vielleicht wegen seines silberglänzenden Haars oder wegen seiner silbernen Stimme, die noch im Alter einen so jugendlichen Klang hatte. Er war musikalisch und spielte Geige, was die „Leser" für eine bedenkliche Sache bei einem Geistlichen hielten. Seine Rede glich einem schönen Musikstück, von dem man vielleicht nicht viel mehr begriff, als daß es schön war. Jetzt standen die schwarzgekleideten Menschen also auf dem Kohlsta-Hof und lauschten voll Ehrfurcht und Andacht dieser wohlklingenden Stimme und den wohlgeformten Worten. Es war, wie es bei einer Beerdigung sein mußte. Alle dachten dasselbe. Es ist eine große Ehre, daß der alte Propst zur Beerdigung gekommen ist, sonst hätte man sich wohl mit Israel Larsson begnügen müssen. Israel stand wie die anderen da, lauschte auf die Worte des Propstes und sang das Lied mit, das der Kantor jetzt anstimmte:

„Wo ich auch geh', geh' ich zum Himmel nur,
Wenn ich verfolge Jesu Spur.
Mein Seel' von ihm die Kron' empfängt,
Wenn einst das Grab den Leib umfängt.
Ich tu ein' sel'ge Wahl:
Mitten durch Todes Tal
Geh' ruhig ich auf Jesu Spur.
Wo ich auch geh', geh' ich zum Himmel nur."

Aber als das Lied gesungen war, trat Israel vor. „Ich habe eine Botschaft bekommen", sagte er. „Ich habe eine Botschaft von dem Herrn bekommen. Ich habe die Botschaft bekommen, die Elia erhielt und die wir lesen können im 1. Buch der Könige im 19. Kapitel! Und siehe, der Herr ging vorüber und ein großer, starker Wind, der die Berge zerriß und die Felsen zerbrach, vor dem Herrn her, der Herr aber war nicht im Winde. Nach dem Winde aber kam ein Erdbeben, aber der Herr war nicht im Erdbeben. Und nach dem Erdbeben kam ein Feuer, aber der Herr war nicht im Feuer. Und nach dem Feuer kam ein stilles, sanftes Sausen. Da das Elia hörte, verhüllte er sein Antlitz mit seinem Mantel und ging hinaus und trat in die Tür der Höhle. Und siehe, da kam eine Stimme zu ihm und sprach: ‚Was hast du hier zu tun, Elia?‘

Ich stand in der Tür meiner Höhle oben im Paradies, als der Sturm kam und das Erdbeben und der Herr den Berg zerriß und die Felsen zerbrach. Und ich hörte die Stimme meines Gottes, die da sagte: ‚Was hast du hier zu tun, Elia?‘ Und dies ist des Herrn Botschaft an euch heute: Was hast du hier zu tun? Erinnerst du dich der Stunde, Schwester, und erinnerst du dich ihrer, Bruder? da wir alle des Herrn Stimme im Grubental hörten? Erinnerst du dich, als du auf den Knien lagst und die Hände rangst? Erinnert ihr euch, ihr Männer, die ihr in den dunklen Räumen der Erde arbeitet, als die alte Grube einstürzte und das Wasser stieg und der Rauch aus dem Abgrund euch umgab? Was dachtet ihr alle in jener Stunde? Hörtet ihr des Herrn Stimme, die da sagte: ‚Was hast du hier zu tun, Elia?‘ Hörtet ihr in eurem innersten Herzen das stille Sausen des Geistes Gottes, welcher die Seele weckt wie eine Mutter ihr Kind in einem brennenden Haus? Denn Himmel und Erde werden brennen, aber der Herr kann die Seele erretten, wenn auch durch Feuer: Und dies war sein Auftrag an uns, als das Gericht über das Grubental kam. Hier ruhen in ihren Särgen unsere besten Männer. Der Herr hat sie von hinnen gerufen, denn sie waren es würdig und sie waren bereit. Frömmere und gütigere Männer haben wir hier im Grubental nie unter uns gesehen. Und doch sind sie nicht durch eigenes Verdienst so geworden, sondern durch

Christi unverdiente Gnade. Aber bist du bereit, Bruder? Bist du bereit, Schwester? Fühltest du dich bereit, vor deinen Richter zu treten, als du auf den Knien lagst und die Hände rangst, oder als du in der dunklen Grube nach Atem rangst, fast erstickt vom Ruß der Sünde? Denn es war der Ruß der Sünde, der dich ersticken wollte, als deine Lungen verbrannt wurden von den Flammen des Abgrunds. Was hast du hier zu tun, Elia? Seht auf Anders, seht auf Erik, die da in ihren Särgen liegen! Was hast du hier zu tun, in dieser Welt des Todes, die du einmal verlassen mußt, wie Staub, der vergeht!

Des Herrn Stimme hat zu dir gesprochen, so daß du hören mußtest, so daß du in Angst wimmern mußtest. Vergiß nicht, daß du des Herrn Stimme gehört hast, vergiß nicht dein Wimmern. Rechne ab, solange du noch Zeit hast! Rechne ab mit deiner Sünde! Laß den Herrn sich deiner annehmen, wie er sich um Elia angenommen hat! O Land, Land, höre des Herrn Wort!"

Was Israel da sagte, war nicht viel anders, als was der alte Propst gesagt hatte. Nur daß Israel Worte benutzte, die von den Leuten verstanden wurden, einfache, schlichte Worte.

Der alte Propst saß auf einem Stuhl neben den Särgen. Sein Kopf war, während Israel sprach, immer tiefer gesunken. Es sah aus, als schlafe er. Aber als Israel Rosenius' neues Lied anstimmte „Mit Gott und seiner Freundschaft...", hob der Propst den Kopf. Er blickte über das von waldbedeckten Höhen umgebene stille Tal, in welchem das letzte goldene Laub wie Goldstaub vor dem Dunst des blauen Berges schimmerte. Er lauschte auf die ewige Musik des Schachtgestänges, den Lebensrhythmus des Grubentals. Er sah die Menschen in ihren feiertäglichen Kleidern stehen, erschreckt von der prophetischen Glut des alten Israel. Er war ergriffen angesichts dieser schlichten, tapferen, strebsamen Menschen. Er war menschlichen Schwächen gegenüber zu weich. Er liebte Musik und das Schöne im Leben, und er dachte bei dem

Eifer der „Leser“ um die Seelen mehr an ein am Gesetz haftendes Wesen als an ein evangelisches.

Aber er war ein alter Mann. Und er war von dem Ernst in Israels Worten tief ergriffen. „Was hast du hier zu tun, Elia?“ Und er erinnerte sich eines alten Wortes aus seiner lateinischen Grammatik: Quis custodiet ipsos custodes? Wer wird die Wächter selbst bewachen?

Wer weiß, vielleicht war er heute hier heraufgekommen, damit er, der Seelenhirte dieser großen Berggemeinde, ein Wächterwort zu hören bekam, bevor er selbst von seinem Wachtdienst aufbrach. Hatte er nicht herkommen wollen, um Israel zur Rede zu stellen! Er freute sich über das Versprechen, das er Kari gegeben hatte. Auch hier sah er Gottes Hand. Gott hatte ihn selbst durch Israels Worte zur Rede gestellt.

Jetzt sang Israel die zweite Strophe seines geliebten Lieds:

„In stürmischen Zeiten
Durch Trümmer und Dunst
Gar manche doch schreiten
Zu Himmels Gunst.“

Der Propst liebte im geheimen dieses Lied, wie Nikodemus Jesus im geheimen liebte. Aber jetzt, da er dem Tod so nahe war, trat er wie Nikodemus vor.

Als Israel die dritte Strophe sang, erhob sich der Propst, und mit seiner Stimme, die wie eine silberne Flöte die Stimmen aller andern übertönte, sang er mit:

„O Jesus, bleib' nah' uns,
Bleib' nah' uns fortan!
Und schütz' uns, umfah' uns,
Wie stets du getan!

So sei's: deine Treue
Sei Gott und dem Lamm!
Lob, Preis, Dank und Ehre
Seit Gott und dem Lamm!“

Wer in den Tagen nach dem großen Grubeneinsturz in das Grubental kam, kannte weder Land noch Leute wieder. Nicht nur, daß ein neuer Weg angelegt werden mußte, am Rande des Abgrunds, der sich in einem Umfang von mehreren hundert Metern gebildet hatte, als die alte Grube einstürzte. Auch nicht, weil viele Bergleute kostbares Acker- und Weideland verloren hatten sowie mit der Ernte des Herbstes gefüllte Scheuern, die jetzt alle unter Grus und Gestein begraben lagen.

Was geschehen war, hatte wie ein inneres Erdbeben in der Welt der Seelen gewirkt. Israels Worte aus der Heiligen Schrift: „Was hast du hier zu tun, Elia?“, war tief in die Herzen gedrungen. Und wenn man bedachte, daß man jahrelang, ja ein ganzes Leben lang den alten Weg zur Grube wanderte, auf einem Boden, der wie eine dünne Schale über einem Abgrund war, dann wurde es manchem klar, daß die Lebenswanderung ja nichts anderes war als eine gleiche Wanderung über den ständig lauernden Abgrund, der Tod und Grab und unbekannte Ewigkeit hieß. Die Menschen fühlten sich nicht mehr sicher.

In dieser Zeit geschahen seltsame Dinge im Grubental. Die kleine Schar der „Leser“, die sich in dem Schusterhaus im Paradies zu versammeln pflegten, wuchs rasch. Bald wurde Israels Häuschen zu klein. Asp-Britta war die erste, die ihr geräumiges Haus für „Versammlungen“ zur Verfügung stellte. Andere Bergmannshöfe folgten ihrem Beispiel. Aber ständig kamen mehr Zuhörer dazu, die Israels Bibellektüre und Predigten lauschten. Und eines Tages wurde beschlossen, endlich das Bethaus zu bauen, woran man schon lange gedacht hatte. Und jetzt wurde das sonst so ruhige und besonnene Volk im Grubental von demselben Eifer erfüllt wie damals, als man sich entschloß, das Schachtgestänge zu bauen.

Aber Kari stand außerhalb. Sie kam nicht zu Israels „Versammlungen“. Auch nicht ihr Gesinde, auch Anneli nicht. Kari und ihr Hof waren immer „etwas für sich“ gewesen. Keiner wußte, was Kari dachte oder fühlte. Man konnte in ihrem Gesicht und ihrem Wesen weder Zeichen der Freude noch des Schmerzes sehen. Die stille Anna war wie immer, aber der Knecht Philipp war ernst geworden. Er trauerte um Anders wie ein Hund um seinen Herrn trauert.

Schwer war es jedoch, Annelis Anblick in dieser Zeit zu ertragen. Es war, als habe Anneli erst jetzt richtig erfaßt, was geschehen war. Solange Vaters Sarg draußen in der Mangelstube stand, war es, als liege er nur dort und schlafe und würde wieder aufwachen. Aber als sie von der langen, schweren Fahrt in die Stadt und auf den Kirchhof nach Hause kam und sich während des Trauermahls in die Mangelstube schlich, begriff sie endlich, was sich ereignet hatte. Vater war fort und würde nie wieder kommen. Dort standen noch die zwei Böcke, auf denen Vaters Sarg geruht hatte. Anneli konnte es nicht ertragen, die leeren Böcke zu sehen. Sie schleppte eines der langen Backbretter her, auf die man beim Knäckebrotbacken die weichen frischgebackenen Laibe reihte. Sie legte das schwere Brett auf die Böcke, dann kletterte sie hinauf, legte sich der Länge nach auf das Backbrett und weinte, weinte. Anneli wollte nur zu Vater. Dort hatte Vater die lange Woche gelegen, als er nicht zu ihr sprechen, ihr nicht antworten wollte. Sie wollte, man solle kommen und sie auf den Kirchhof in der Stadt fahren und sie neben Vater ins Grab legen.

Niemand vermißte Anneli. Mutter hatte vollauf zu tun. Es waren viele Leute da, denn Kari hatte Asp-Britta vorgeschlagen, das Trauermahl zusammen zu halten. Es zog sich lange hin, bis man nach der Heimkehr aus der Stadt den Kaffee getrunken hatte und dann zum Essen decken konnte. Überall waren Leute, in der guten Stube, in der kleinen Kammer, in den beiden Stuben auf dem Boden. Ja, sogar der Boden war ausgeräumt, und dort war ein langer Tisch gedeckt. Überall war Kari und sah nach, daß jeder bewirtet wurde. An Anneli dachte niemand. Es war Mitternacht geworden, als sich das Haus geleert hatte, als alle Tische abgeräumt waren, so daß man daran denken konnte, zu Bett zu gehen.

Als Kari mit Annas Hilfe die Betten im Schlafzimmer zurechtmachte, sah sie Annelis leeres Bett.

„Wo ist das Kind?“ fragte sie. Anna sah auf. Erst jetzt dachte sie auch an Anneli.

„Ich habe sie den ganzen Tag nicht gesehen“, sagte sie.

„Ist sie nicht drinnen bei euch?“

„Ich will Philipp fragen.“ Aber Philipp hatte Anneli nicht gesehen.

Kari fühlte einen Stoß. Hatte sie den ganzen Tag nicht an ihr Kind gedacht? Was war sie für eine Mutter! An alle anderen hatte sie gedacht. Sie war so daran gewöhnt, daß Anneli „Anders' Tochter“ war. Anders hatte immer Sorge für sie getragen. Sie glaubte Anders' gewöhnliche Frage zu hören, wenn er von der Grube nach Hause kam: „Wo hast du Anneli?“ Diese Frage hatte sie oft verletzt. Es war gerade so, als kümmere sie sich nicht um ihr Kind! Aber gerade das hatte sie heute nicht getan! Doch die Vernunft bekam die Oberhand. Das Kind mußte ja irgendwo sein, man mußte es nur erst finden. Erst als der Mond im letzten Viertel um zwei Uhr nachts aufging, sah Philipp, daß die Tür zur Mangelstube angelehnt stand. Dort hatte niemand gesucht; nachdem Anders dort gelegen hatte, war es da drinnen „nicht ganz geheuer“. Philipp, der bei Tageslicht so munter auf alles losging, zögerte einen Augenblick, ehe er in die Mangelstube zu gehen wagte. Es war nur Annelis, des kleinen Goldkinds wegen, das seine Anna zum Lachen und Tanzen brachte, daß er sich schließlich doch hineinwagte. Aber er rannte sofort wieder hinaus; die Haare standen ihm zu Berge, und die Augen waren vor Entsetzen geweitet. Er kam in die Küche, wo Anna auf dem Sofa saß und weinte und Kari geschäftig hin- und herging.

Philipp brachte zuerst kein Wort heraus. Er konnte das Kinn nicht stillhalten, und die Zähne klapperten ihm.

Kari erbleichte und stützte sich gegen die Wand.

„Hast du sie gefunden?"

„Nein, aber ich habe etwas in der Mangelstube gesehen. Etwas Schreckliches! Anders geht um. Er liegt auf den Böcken, wo der Sarg gestanden hat."

Kari zündete die Stallaterne an.

„Komm!" sagte sie zu Anna. Philipp folgte zitternd.

In der Mangelstube lag Anneli auf dem breiten Brotbrett und schlief. Eine ganze Tränenflut war auf den Fußboden getropft. Es war kalt hier, eine Todeskälte. Kari hob die kleine Gestalt vorsichtig in die Höhe. Anneli wurde nicht wach.

Kari gab ihre Anweisungen: „Philipp, du heizt den Kamin in der kleinen Kammer, und du, Anna, machst das Bett dort zurecht. Und mach' Wasser heiß für die Wärmflasche! Wir müssen das Mädchen warm machen."

Philipp und Anna waren endlich nach Hause gegangen.

Im Osten hinter dem Waldrand graute ein neuer Tag über dem Fullerberg. Aber im Kamin brannte ein Feuer. Und Kari saß bei brennendem Licht vor der aufgeschlagenen Bibel. Aber sie las nicht. Sie betrachtete nur zwei Bilder, die sie sehr schnell fand, weil Anneli sie am öftesten aufgeschlagen hatte.

Das eine Bild zeigte Moses mit den mit Tinte überstrichenen Augen. Das andere war das Bild des Menschensohnes im Regenwetter vor der verschlossenen Stadt. Sie hatte Anders so oft den Text zu diesem Bild lesen hören, daß sie seine Stimme vernahm, als wäre er in der Stube. „Die Füchse haben Gruben und die Vögel unter dem Himmel haben Nester, aber des Menschen Sohn hat nichts, da er sein Haupt hinlege."

Karis Blick ging von dem bleichen kleinen Mädchen, das den glücklichen Schlaf des Vergessens schlief, zu dem Bild des Mannes, der umherwanderte, ohne eine Stelle zu haben, wo er sein Haupt betten konnte. Sie glaubte, den Mann jetzt zu verstehen.

Das Gemeindehaus wurde zu Neujahr eingeweiht. Es war noch nicht gestrichen, weder von außen noch von innen, damit mußte man bis zum Sommer warten. Manche hatten wohl gemeint, daß der ganze Bau bis zur warmen Jahreszeit hätte warten können. Aber es war, als hätte ein Fieber die Gemüter ergriffen. Israel Larsson fühlte, daß stärkere Willenskräfte als seine die Führung übernommen hatten. Vor allem war da ein jüngerer Prediger aus der nördlichen Nachbargemeinde Järnås, der in Amerika von der Bewegung der sogenannten Shakerianer ergriffen worden war. Er konnte so reden, daß die Leute hingerissen waren vor Begeisterung. Viele meinten, daß man sich wohl mit Israel als Prediger begnügen könnte, aber Israel war alt und hatte, soviel man wußte, keinen einzigen bekehrt, während „der Amerikaner" das halbe Grubental, groß und klein, bekehrt hatte. Schon bei der Einweihung, als Israel mit einem „Lobgesang an den Herrn" begann, war es zu einem großen Aufruhr gekommen, denn „der Amerikaner" begann „mit Zungen zu reden", und mehrere seiner Anhänger stimmten mit ein. Es endete damit, daß der Prediger für alle betete, die das „Zeichen des Geistes", das Zungenreden, noch nicht empfangen hatten, und zu diesen gehörte auch Israel Larsson. Als Israel aufstand und darum bat, mit Paulus lieber „fünf Worte mit Verstand" als „zehntausend Worte mit Zungen" zu reden, erhob sich ein Sturm der Entrüstung gegen ihn. Der Amerikaner stimmte ein Lied an, das von einer ganzen Schar von Järnåsleuten mit Zithern und Gitarren begleitet wurde. Israel, der schon auf das Podium gestiegen war, ging still wieder hinunter, setzte sich und sang das Lied mit.

Da stand Kari, die in der ersten Bank gesessen hatte, auf, nahm Anneli bei der Hand und ging hinaus. Neben ihr auf der Bank saßen Anna und Philipp. Aber sie folgten ihr nicht. Annas Augen hingen hingerissen an dem Amerikaner, und Philipp sah nur die hübschen Mädchen aus Järnås mit ihren Gitarren. Er hatte ein Gesangbuch bekommen und sang aus vollem Hals mit, und die Mädchen nickten ihm anerkennend zu.

Mit dem jungen Prediger und der neuen Lehre war Unruhe ins Grubental gekommen. Es entstanden zwei, um nicht zu sagen drei Parteien: die Partei des Amerikaners, Israels Partei, und die, welche keiner der beiden angehörten. Die letzteren waren nicht viele, es waren Kari, Halvars Söhne und Håkanssons, bei denen Philipp als Knecht gedient hatte.

Bald machte sich diese Spaltung auch im Alltagsleben bemerkbar. Auf den Höfen und in der Grube war die Frage „wohin man gehöre" und ob man „richtig erlöst" sei. Sogar bei den Schulkindern war der Parteigeist eingedrungen. Es kam vor, daß die Kinder einander zu erlösen versuchten. Ja, eines Abends kam eine Schar Kinder zu Kari, kniete nieder und begann für Kari und Anneli zu beten.

Kari saß mit Anneli neben sich auf dem Küchensofa und ließ sie eine Weile gewähren. Die Kinder blieben stecken und wurden verlegen.

„Singt euer Lied!" sagte Anneli. Und die Kinder sangen:

„Felsen du, der barst für mich,
Laß verstecken mich in dich!"

Kari hörte zu. Sie sah gerade vor sich hin, wie sie es in der Dämmerstunde zu tun pflegte. Aber als das Lied beendet war, stand sie auf. „Jetzt müßt ihr gehen", sagte sie. „Ihr dürft gerne wiederkommen und singen, aber beten können wir selbst."

Als die Kinder gegangen waren, sagte Kari zu Anneli: „Sobald ich kann, bringe ich dich in die Schule in der Stadt. Vater wollte es, und er wußte wohl, was das Beste für dich ist."

Der Amerikaner blieb nicht lange im Grubental. Kari war in der Stadt gewesen und hatte alles für Annelis

Schulbesuch geordnet. Sie war auch zu dem alten Propst gegangen und hatte ihm berichtet, wie es im Grubental und in dem neuen Gemeindehaus zuging.

„Ja, ja", sagte der Propst, „ich mache mir große Sorge um das Grubental. Aber was des Herrn Werk ist, wird bestehen, alles andere zerfällt. Wenn der Wind des Geistes weht, wirbelt er auch viel Staub auf. Das hilft nichts, wenn Gottes Mühlen in Gang kommen sollen. Der Staub wird schließlich fortgeblasen. Und ich denke, daß Israel wieder im Grubental zu Ehren kommen wird. Er hat es verdient. Ein vernünftiger, gottesfürchtiger Mann ist er, und er hat einen tiefen Blick in Gottes Wort getan."

Israel hatte sich völlig vom Gemeindehaus zurückgezogen. Aber eines Tages bat man ihn, wiederzukommen, denn der Amerikaner hatte sich mit seinen Mädchen aus Järnås an einen anderen Ort begeben. Und wo das Feuer eine Zeitlang so heiß in vielen Seelen gebrannt hatte, erlosch es jetzt völlig. Es war eine kleine Schar, die sich sonntags um Israel im Gemeindehaus versammelte. Aber Israel hielt aus. Es kamen immer mehr dazu. Auch viele, die zu „der Partei des Amerikaners" gehört hatten, kamen schließlich, aber „mit Zungen" wurde im Grubental nicht mehr geredet.

Mutter Kari kutschierte selbst den leichten Einspänner, als Anneli mit ihrem Schulbesuch in der Stadt beginnen sollte. Anneli war an diesem Tag gerade zehn Jahre alt geworden. Sie trug ihr bestes Kleid, es war aus kariertem Stoff. Ihr schwarzes Haar war in zwei steife Zöpfe geflochten und mit roten Schleifen geschmückt. Sie trug schwarze Strümpfe aus selbstgesponnener Wolle und ein Paar feste Schuhe aus Israel Larssons Werkstatt. Sie war etwas klein und dick für ihr Alter und hatte merkwürdig kleine Hände und Füße für ein Mädchen aus der Bergwerksgegend.

Wenn das Gesicht ihrer Mutter wie aus Holz geschnitzt war, so war Annelis Gesicht lebhaft und beweglich wie das eines Wieselchens. Ihre etwas kurzsichtigen Augen waren nie ruhig: ständig waren sie auf der Suche nach etwas Neuem. Äußerst empfindlich waren die Nasenflügel, und die geringste Gemütsbewegung trieb ihr die Röte in die Wangen. Meistens war sie ernst, und wenn sie über etwas nachgrübelte, zog sie die Stirn in Falten. Aber wenn es etwas Lustiges gab, konnte sie Tränen lachen. „Du bist wie ein Bergsee, meine Anneli", hatte Vater einmal gesagt, „wie so ein kleiner See zwischen den Bergen, der meistens still und spiegelblank da liegt. Aber wenn es einmal tüchtig weht, gehen die Wogen hoch, und es ist gefährlich, sich auf sie hinauszubegeben, und wenn die Sonne darauf scheint, dann glitzert es." Meistens war Anneli das gutmütigste Kind, das man sich denken konnte, aber sie konnte auch heftig werden, und dann war es schwer, mit ihr auszukommen. Aber das ging immer rasch vorüber, und nachtragend war sie keineswegs.

So war das kleine Mädchen beschaffen, das an der Seite seiner Mutter in den Torweg mit den schön geschnitzten Türen zu der Posthalterei einbog.

Es war ein riesiger gepflasterter Hof, fast so groß wie ein Platz: er war auf allen Seiten von niedrigen Gebäuden umgeben und nahm fast ein ganzes Stadtviertel ein. An der Hauptstraße lag das Gasthaus mit seinen vielen Räumen und dem großen Speisesaal und der Küche daneben. Da waren Ställe für viele Pferde und große Wagenschuppen. Da waren Schuppen für alle die Waren, mit denen Geschäftsreisende umherfuhren. Da war das Gesindehaus für die Knechte und ein anderes für die Mägde. Das Regiment über diesen Hof, auf dem es immer von Menschen wimmelte und von Fuhrwerken ratterte, führten Annelis Onkel, Posthalter und Gastwirt Nils Johann, und Henrika, seine Frau. Jetzt standen beide auf der Treppe und empfingen ihre Schwägerin und deren Tochter.

Anneli hatte nie begriffen, warum sich ihre Mutter mit dem Schwager und seiner Frau nicht recht verstand. Vielleicht kam es daher, weil es Mutter so schwerfiel zu lachen, weil sie sich in einem Haus, wo von morgens bis abends gelacht und gescherzt wurde, nicht wohlfühlte. Kein Mensch auf der Welt war so lustig wie Onkel Nils Johann. Um die Augen herum war er Vater ein wenig ähnlich. Er hatte so freundliche „Fältchen“! Und erst Tante Henrika! Sie war Wermländerin, aus jenem heiteren Land, wo die Gastfreundschaft zu Hause war. Sie sprach unentwegt: sie konnte den Mund nicht stillhalten, und wie drollig sie sprach! Es war das erste Mal, daß Anneli eine andere Mundart als die langsame, breite ihrer Bergheimat hörte. Man ahmt gerne jemanden nach, den man liebt, und Anneli wurde später oft für eine Wermländerin gehalten, weil sie so sprach wie ihre Tante Henrika.

Während Mutter und Onkel Nils Johann das Geschäftliche miteinander besprachen, brachte Tante Henrika Anneli in ein Zimmer, das so fein war, als ob eine Prinzessin darin wohnte. „Wer wohnt hier?“ fragte Anneli.

„Hier sollst du wohnen“, sagte Tante. „Gefällt dir das Zimmer?“

Anneli konnte nicht antworten, so erstaunt war sie. Hier sollte sie also wohnen! Sie ging umher und besah sich alles. Sie strich mit der Hand über die Spitzendecke auf dem Bett und über die gestickten Kissen in der Sofaecke. Sie sah in den Spiegel über der kleinen Kommode, auf der eine Kleiderbürste und eine Haarbürste aus Silber lagen. Sie ging zu dem Schreibtisch am Fenster, das auf die Straße hinausging und das so niedrig war, daß man hinausklettern konnte. Dort standen Fuchsien mit Blüten so rot wie Blutstropfen und diese blaue Blume, die Hiobstränen genannt wird und an der immer nur eine Blüte ausschlägt. An den Wänden hingen Bilder. Eines war unbeschreiblich schön; es stellte einen großen Herrenhof an einem See mit hohen Bergen dahinter dar.

„Das ist Ullaved, mein Elternhaus“, sagte Tante Henrika. „Aber komm, Kind, jetzt essen wir ein wenig, und dann packen wir aus.“

Man speiste im kleinen Eßsaal, einem niedrigen gemütlichen Raum mit weißen Möbeln und einem alten grünen

Kachelofen, in welchem nachmittags immer ein Feuer brannte. Eines der Dienstmädchen bediente bei Tisch. Sie hieß Jenny, hatte kohlschwarzes lockiges Haar und schrägstehende Augen und sah wie eine Zigeunerin aus. Sie blinzelte Anneli mutwillig zu, und Anneli blinzelte zurück. Sie fühlte sofort, daß sie Jenny mochte.

Den Kaffee trank man an einem kleinen Tisch in der Ofenecke. Onkel Nils Johann zündete sich eine dicke Zigarre an und erzählte spaßige Geschichten. Anneli begriff, daß sich Mutter nicht wohlfühlte, da sie nicht mitlachen konnte.

Aber Tante Henrika nahm Anneli bei der Hand und ging mit ihr in ihr kleines Zimmer, um auszupacken. Als alles ordentlich in die Schiebladen gelegt und in die Garderobe gehängt war, sagte Tante Henrika: „Ich werde dafür sorgen, daß du nach und nach etwas städtischere Kleidung bekommst, damit du wie die anderen Mädchen in der ‚Löwengrube' aussiehst."

„Was ist denn die ‚Löwengrube'?" fragte Anneli etwas ängstlich. Sie hatte nur von Daniel in der Löwengrube gelesen.

„Oh, das ist das Lejonhjelmsche Pensionat, wo du zur Schule gehen sollst", sagte Tante Henrika lachend.

„Liebe, süße Mutter!" schrieb Anneli am nächsten Abend nach Hause. „Heute habe ich meinen ersten Schultag gehabt. Und weißt Du, Mutter, ich fühlte mich wie Daniel in der Löwengrube. Oh, wie habe ich mich nach Dir und dem Kohlsta-Hof gesehnt, nach Lehrer Englund und Jonas Asp und Mia aus Kåfaltstorp! Hier ist alles so merkwürdig, und am merkwürdigsten sind meine Kameradinnen. Sie kichern und lachen über mich und machen einander Grimassen, und mit keiner durfte ich in der Pause spielen. Sie haben so feine Kleider und so dünne Strümpfe an und so hohe Absätze an den Schuhen. Und alle haben sie gekräuseltes Haar, und sie sprechen so vornehm und machen sich so wichtig. Aber ich muß Dir sagen, Mutter, daß keine so gut rechnete wie ich, und Tante Lejonhjelm, die, welche Aurora heißt – da ist auch eine, die Teresia heißt –, sagte, ich hätte die beste Handschrift in der ganzen Schule.

Wir haben französisch und deutsch gelesen, obwohl es der erste Schultag ist, und französisch ist am drolligsten, denn es klingt ganz anders als es geschrieben wird. Manche Buchstaben hört man überhaupt nicht. Nein, Schwedisch ist die schönste Sprache; die ist gediegen. Adieu, Mutter! Tante und Onkel lassen grüßen.

Anneli

P. S. Adieu ist französisch. Wußtest du das, Mutter? Es bedeutet ‚Zu Gott'. Das finde ich so schön."

Anfangs schrieb Anneli ihrer Mutter jeden Tag. Aber dann hatte sie so viel Arbeit, daß sie nur einen Brief in der Woche schrieb. Jeden Sonnabend schrieb Anneli an ihre Mutter, und das behielt sie ihr ganzes Leben durch alle Zeiten bei, wenn sie und ihre Mutter getrennt waren.

Das Lejonhjelmische Pensionat oder „die Löwengrube", wie es allgemein genannt wurde, war eine private Mädchenschule mit vier Klassen. Es befand sich eine Treppe hoch in einem schönen alten zweistöckigen Haus am Marktplatz gegenüber der Kirche. Zu dem Haus gehörte ein großer Park, wo die Mädchen in der Pause spielen konnten. Die beiden Lehrerinnen, Töchter eines pensionierten Obersten, hatten ihre Ausbildung in Lausanne erhalten. Die ältere, Fräulein Aurora, unterrichtete in Sprachen, die jüngere, Fräulein Teresia, in den übrigen Fächern. Anneli ging vier Jahre in die „Löwengrube". Mit den Jahren verwandelte sie sich in mancher Hinsicht in eine kleine Städterin. Tante Henrika sorgte dafür, daß sie städtische Kleider und Manieren bekam. Die Lehrerinnen nahmen sich ihrer seltenen Begabung an und förderten nicht zum wenigsten durch ihr Vorbild ihre gute Charakteranlage. Die Kameradinnen taten das übrige.

Aber Anneli entstammte einer Bergmannsfamilie, und diese bildete den granitenen Grund unter all dem Kulturzuwachs, der in ihrem äußeren Dasein gedieh.

Wenn sie nach Hause in das Grubental kam und durch die Pforte zum Kohlsta-Haus trat, war sie die Bergmannstochter und nichts anderes. Und das blieb sie im Grunde ihr ganzes Leben lang.

Während ihrer Schuljahre gewann Anneli die Stadt ebenso lieb wie das Grubental. Es gab dort ja so viel Wunderbares! Auf einem Gebiet, das nicht größer als der Kohlsta-Hof mit seinem Zubehör war, auf dem nur fünf Personen lebten, gab es hier eine Menge Straßen und Häuser und über tausend Menschen. Anneli liebte es, Menschen zu sehen. Wenn sie nachmittags in ihrem Stübchen am Fenster saß und ihre Schulaufgaben machte, fiel es ihr schwer, nicht vom Buch aufzusehen. Auf der Straße gingen immer Leute vorüber, oder es kamen alle möglichen Wagen gefahren. Schwere Erzfuhren von zu Hause, Holzfuhren aus dem Wald, Kohlenladungen, die zu den Hütten ringsumher fuhren, elegante Equipagen mit stattlichen Pferden von den Gutshöfen, ratternde Bauernwagen und schwere Handkarren.

Es war schön, jeden Sonntag in die Kirche zu gehen. Onkel Nils Johann war Stadtrat, und deshalb saß er mit seiner Frau und Anneli in der Stadtratsbank. Da kamen die würdigen, stattlichen Stadtväter und mitunter auch der Bürgermeister. Sie begrüßten sich höflich, aber dann neigten sie den Kopf und hielten sich den Hut vor die Augen, denn unserem Herrn sollte auch Ehrfurcht erwiesen werden. Die Kirche war alt, und das schwere, dunkle Gewölbe war ganz verräuchert von dem Ruß aus den beiden großen eisernen Öfen. Während des Gottesdienstes, sogar mitten in der Predigt, ging der Kirchendiener hin und legte Holz in den Öfen nach.

Auf der Orgelempore saß der alte Organist Rosenlund. Wenn die Glocken aufhörten zu läuten und Rosenlund zu spielen begann, durchfuhr Anneli ein Schauer der Seligkeit. Die Gemeinde sang das erste Lied immer stehend. Dann ging der Pfarrer zum Altar. Den alten „Silberpropst“ mochte Anneli am liebsten. Er sang so schön und voll Innigkeit. Aber wenn er predigte, schlief Onkel Nils Johann immer ein. Dann stieß Tante Henrika ihn in die Seite, und das mußte sie recht oft tun. Aber wenn der Gottesdienst zu Ende war, war er wieder ganz wach und munter!

Manchmal durfte Anneli mit zu einem Essen auf einem der um den See gelegenen Herrenhöfe fahren. In diesem Land gab es nicht einen Fluß oder einen Bach, an dem nicht ein Hüttenwerk oder eine Hammerschmiede lag. Oft gehörte die Hütte oder das Eisenwerk einem einzigen Gutsherrn. Im Grubental dagegen hatten die Bergleute Anteile an ihrer Grube.

Auf den Herrenhöfen ging es munter zu. Da waren viele Menschen in feinen Kleidern. Da gab es vieles und Gutes zu essen, und da mußte man so fein essen, wie Tante Henrika es Anneli gelehrt hatte, wenn sie in dem kleinen Speisesaal der Posthalterei zu Tisch saßen. Nach dem Essen wurde oft laut gebetet. Jemand sang oder spielte. Manchmal spielten auch viele zugleich, Geigen, Baßgeigen, oder sie bliesen Flöte, Karinette und Trompete. Dann wurde getanzt, und wenn Kinder da waren, durfte Anneli mit ihnen tanzen.

Aber die älteren Damen und Herren tanzten nicht. Die Herren saßen oft in einem Zimmer für sich, tranken Kognak und Punsch, rauchten dicke Zigarren und erzählten Geschichten, die von dröhnendem Gelächter begleitet wurden. Die alten Damen saßen im Salon und hielten „Rat", wie Tante Henrika es nannte. Daran nahm sie teil, und was niemand anders wußte, konnte sie erzählen. Onkel Johann scherzte auf dem Heimweg oft über Tante Henrika und ihren „Klatschrat".

Auf manchen Gutshöfen befand sich ein Raum, der Bibliothek genannt wurde. Wenn die Herren sich dort nicht aufhielten, schlich Anneli sich hinein. Bücher waren das Schönste für sie. Sie liebte es, mit einem dicken Buch vor sich auf einem weichen Teppich vor dem Feuer des offenen Kamins zu liegen. Dort konnte sie sich bis nach Mitternacht wach halten, während die anderen Kinder schlafend in ihre Kutschen oder Schlitten getragen wurden. Am meisten liebte sie Bücher über Geschichte und Reiseschilderungen. Oft vergaß sie, daß sie noch ein kleines Mädchen war, und fiel anderen in die Rede.

Einmal erzählte einer der älteren Herren von einer Geschäftsreise nach Frankreich. „Ich hatte für Paris nur zwei Tage Zeit", sagte er. „Am ersten Abend war ich in der Oper und hörte ‚Aida', und am folgenden Tag war ich in Versailles."

„Versailles", unterbrach ihn ein helles Stimmchen, „wurde von ‚le roi soleil' erbaut, und die Fassade ist 840 Meter lang, und da ist ein Saal, in welchem die Wände lauter Spiegel sind, und da gibt es viertausend Bilder und tausend Statuen, und da ist eine Allee, die vierzig Meter breit ist, und da sind große Teiche und Fontänen aus Marmor und..."

Alle starrten Anneli an, und dann brach die ganze Gesellschaft in Lachen aus. Aber der Gutsherr sah Anneli fast ehrfürchtig an. „Verzeihung", sagte er und beugte sich vor, daß die Orden an seinem Frack baumelten, „sind Sie in Versailles gewesen, meine Gnädige?" – „Nein", sagte Anneli, „aber ich habe in der Bibliothek in einem dicken Buch darüber gelesen."

Wieder lachten alle, aber der Gutsbesitzer erhob sich und nahm Anneli bei der Hand. Sie gingen in die Bibliothek. Dort holte er mehrere Bücher über Paris und Versailles her. Anneli machte vor Entzücken eine tiefe Verbeugung und ließ sich mit den Büchern an einem Tisch nieder.

Als der Gutsherr ging, sagte er: „Wenn du groß bist, mußt du nach Paris reisen. Versprichst du mir das?"

„Dazu werde ich wohl keine Zeit haben", erwiderte Anneli sachlich. „Wenn ich groß bin, reise ich nach Stockholm und studiere und werde Ärztin." „Hm", machte der Gutsherr, „hast du dir das selbst ausgedacht?" –

„Nein, das hat Mutter gesagt“, antwortete Anneli.

„Ist das deine Mutter, die man ‚die Frau auf Kohlsta‘ nennt?“ fragte der Gutsherr.

„Ja“, sagte Anneli.

„Du wirst wohl etwas viel Besseres als Ärztin.“

Anneli sah verwundert auf.

„Gibt es etwas Besseres, als Doktor zu werden?“ fragte sie.

„Ja“, sagte der Onkel. „So ein süßes, kleines Mädchen wie du sollte heiraten und viele Kinder bekommen.“ Und dann nahm er Annelis Kopf zwischen seine Hände und drückte ihr einen Kuß auf die Stirn. Darauf begab er sich, leise eine Melodie summend, zu seinen Gästen zurück. Anneli blieb verwirrt, vor Schreck fast gelähmt sitzen. Sie holte ihr Taschentuch heraus und wischte das fort, was der Onkel auf ihrer Stirn getan hatte. So etwas hatte noch niemand getan, weder Vater noch Mutter. Aber Philipp machte es so bei Anna. Und Anneli hatte gehört, daß man davon Kinder bekommen könne. Deshalb rieb sie sich tüchtig mit dem Taschentuch und betrachtete sich sodann im Spiegel. Nein, da war nichts, was so aussah, als könne es ein Kind werden.

Aber es war, als sei für Anneli die ganze Welt auf einmal eine andere geworden. Wenn es etwas Besseres gab, als Ärztin zu werden, dann hatte Mutter ja etwas Verkehrtes gesagt. Ob sie Tante Henrika fragen sollte? Oder vielleicht Tante Aurora? Tante Aurora hatte gesagt, wenn jemand sie nach etwas fragen wolle, dann werde sie versuchen, darauf zu antworten. Und es gab wohl niemanden auf der Welt, der so viel wußte wie Tante Aurora und mit der man ohne Scheu sprechen konnte – seit Vater tot war.

Nicht weit von der Hjulstaer Fähre am Mälarsee liegt ein altes Schloß. Es hat nacheinander vielen Adelsgeschlechtern gehört, unter anderem war es einmal im Besitz Axel Oxenstiernas, Gustav II. Adolfs Reichskanzler.

Jetzt hatte das Schloß viele Jahre leer gestanden. Aber

als sich einige Vorkämpferinnen für die schwedische Mädchenschule in Stockholm umhörten, wo man einen Herrenhof auf dem Lande mieten könne, um dort ein Mädchenpensionat zu gründen, wies man sie auf das alte Schloß an der Hjulsta-Fähre hin.

Es dauerte nicht lange, da hatten diese originellen, energischen Damen eine „Frauenzimmerschule" ins Leben gerufen; es war einer der vielen Versuche, der weiblichen Jugend eine gute Allgemeinbildung zu vermitteln, bevor der Staat zu diesem Unterricht beitrug.

„Die Schloßschule", wie sie von den Leuten in der Gegend genannt wurde, bestand schon seit einigen Jahren, als an einem schönen Herbsttag ein Einspänner mit einem Kutscher und zwei Frauenzimmern die steile Anhöhe zur Hjulsta-Fähre hinunterrollte, wo das Schloß am Südufer des Mälarsees seine schöne Fassade zeigte. Die beiden Frauenzimmer waren mit der neuen Eisenbahn bis Enköping gefahren und hatten dort ein Gefährt gemietet. Jetzt stiegen sie aus, und der Kutscher fuhr den Wagen auf die Fähre, die gerade angelegt hatte. Es dauerte eine Weile, bis sie wieder ablegte. Endlich wurden die Taue gelöst, und ein alter Mann, der wirklich wie ein Charon aussah, begann die Trosse einzuziehen, die über ein Rad an der einen Seite der Fähre lief. Er bekam Hilfe von dem Kutscher, der offenbar an die Überfahrt gewöhnt war. Aber das Wasser, über das man fuhr, glich keinesfalls dem dunklen Styx. Rauschendes Schilf wehte hier im Wind, die dunklen Binsen wogten, Wasserliesch leuchtete, und gelbe und weiße Seerosen fingen in ihren Kelchen das Sonnenlicht ein.

Jetzt legte die Fähre an, man bezahlte die Gebühr, und der Wagen arbeitete sich den steilen Hügel auf der anderen Seite des Sees empor.

Das Schloßtor war geöffnet; gerade als der Wagen in einen von alten Eichen umgebenen Hof fuhr, ertönte eine Schulglocke, und eine Schar hellgekleideter Mädchen strömte die Schloßtreppe hinunter. Ein Wagen, der auf den Schulhof fuhr, war immer sehenswert. Offenbar kannten die Mädchen den Kutscher, und sie versuchten zu erraten, wer das junge Mädchen war, das sich jetzt neben seiner schwarzgekleideten Mutter erhoben hatte, um auszusteigen.

„Bist du unsere neue Kameradin?“ fragte ein hochgewachsenes blondes Mädchen; es hatte ein offenes Gesicht und freundlich blickende Augen.

„Still, Elise, Mademoiselle Périchon kommt!“

„Ah, mes filles, venez-ici! À l’instant!“ Die Stimme kam von einer Erscheinung in Pariser Toilette, wie sie damals Mode war, mit Wespentaille und einem wunderbaren Hinterpolster. Die ganze Mädchenschar stob davon, und um die kleine heißblütige Französin begann ein schreckliches Geplapper.

Der Kutscher, der gerade einen Koffer herunterhob, lachte. „Das ist ihre französische ‚Bonne‘. Ja, die Schule hier ist nicht wenig verrückt. Kann man sich so was vorstellen, daß die armen Mädchen an manchen Tagen von morgens bis abends nur französisch sprechen dürfen, an anderen Tagen nur deutsch oder englisch? Wenn sie schwedisch sprechen, kriegen sie einen Tadel, als ob das ein Unrecht wäre. Man kann nur froh sein, daß man ein einfacher, ungelehrter Mann ist und seinen Verstand behalten hat. Soll ich den Koffer hineintragen?“

Mutter Kari, denn sie war die ältere Dame, antwortete: „Wir müssen zuerst wissen, wo meine Tochter wohnen soll.“

Jetzt kam jemand über den Hof gegangen. Es war eine hochgewachsene Dame mit klugen, ernsten Augen und einem ruhigen, gewinnenden Wesen.

„Frau Kohlsta, nicht wahr? Und das ist Fräulein Anneli?“

Anneli machte eine tiefe Verbeugung, so wie man im Grubental den Propst begrüßte. Sie hatte ganz vergessen, wie Tante Aurora es sie gelehrt hatte.

„Kommen Sie, bitte, mit herein! Herr Andersson kann den Koffer in den linken Flügel tragen und in die Vordiele stellen. Gehen Sie dann in die Küche und trinken Sie Kaffee, Andersson! Ich habe ihn schon bestellt, und den Weg finden Sie ja."

Mutter Kari und Anneli gingen mit der Vorsteherin zwischen sich auf das Schloß zu.

Anneli bekam das junge Mädchen, das Elise hieß, als Stubengenossin. Es war Sitte, daß sich immer eines der älteren Mädchen einer Neuangekommenen annahm. Der Vorsteherin, Tante Anna, wie sie sich von allen Schülerinnen nennen ließ, lag vor allem daran, alle Art von Klassenunterschieden und Protzerei unter den Schülerinnen auszurotten. Ihre Schule hatte sich auch die Erziehung zum Ziel gesetzt; sie fürchtete weltfremden Schulunterricht, dessen Opfer sie selbst gewesen war. Durch Reisen in verschiedenen Ländern hatte sie neue moderne Gesichtspunkte in bezug auf das Problem der Schule, vor allem der Mädchenschule, gewonnen. Ihr Experiment mit der Schule bei Hjulsta war eine Vorbereitung für die berühmte Mädchenschule, die sie später in Stockholm gründete, und in der Anneli eine der ersten Schülerinnen werden sollte.

„Unser Sprachunterricht", hatte sie zu Mutter Kari gesagt, als sie beide für sich beim Lunch saßen, „ist wohl ein wenig originell. Wir haben für Deutsch, Französisch und Englisch ausländische Lehrerinnen, die nicht schwedisch sprechen können. Wenn ich aber anfangs ein wenig helfe, fällt es den jungen Mädchen nach kurzer Zeit ganz leicht, die fremde Sprache zu verstehen und sie zu sprechen. Die Mädchen müssen zum Beispiel lernen, auf französisch zu grüßen, sich zu unterhalten, ja sogar zu essen."

„Sehen Sie nur!" Fräulein Anna zeigte auf den großen Eßtisch. „Heute ist der französische Tag. Ich sehe, daß sich Ihre Anneli schon eingewöhnt hat; jetzt spricht sie mit Mademoiselle Périchon."

„Ja, sie hatte in der Schule zu Hause eine gute Lehrerin."

„Ich kenne Aurora Lejonhjelm", sagte Fräulein Anna, „wir waren Kameradinnen in Lausanne."

Niemand weiß, wie Mutter Kari über Annelis neue Schule dachte, als sie später auf der Fähre stand und Anneli zuwinkte, die neben Elise auf dem Anlegeplatz stand. Als Mutter Kari sich umdrehte, nachdem sie in den Wagen gestiegen war, sah sie, wie das ältere Mädchen Arm in Arm mit ihrer Anneli die Anhöhe hinaufging.

Kinder vergessen so leicht, dachte Kari. Aber wenn sie auch nie von Vater spricht, weiß ich doch, wie sie um ihn trauert. Vielleicht vergißt sie auch ihre Mutter nicht. Und sie begann sich schon nach Annelis erstem Brief zu sehnen, der, wie sie wußte, bald kommen würde.

Von allem, was Anneli in den drei Jahren auf der Schloßschule lernen durfte, machten ihr die fremden Sprachen am meisten Freude. Für das Geld, das ihr übrigblieb, wenn die Schulgebühren bezahlt waren, kaufte sie sich Bücher. Sie weinte über „Werthers Leiden". Sie verschlang sämtliche Bände von Victor Hugos „Les misérables" und wirkte mit bei Aufführungen von Szenen aus „Hamlet" und „Julius Caesar" von Shakespeare. Als ein freiwilliger Kurs für Italienisch eingerichtet wurde, meldete sie sich und las „Le mie prigioni" von Silvio Pellico. In ihr italienisch-deutsches Wörterbuch schrieb sie eine Strophe ab, die sie irgendwo gefunden hatte.

„Mit der Sprache, die du lernst, wird frei in deiner Brust
Noch eine Stelle, die bisher sich ihrer nicht bewußt,
Die nun in Wirksamkeit mit eignen Kräften schreitet
Und neue Blickgebiete in neue Lichter kleidet."

Am meisten von allen Sprachen liebte Anneli jedoch die französische. Vielleicht, weil sie ihre französische Lehrerin am liebsten hatte. Trotz ihrer für gewöhnlich ruhigen und beherrschten Bergmannswürde fand sich bei Anneli eine Ader warmen, feurigen Temperaments, die der der Französin verwandt war. Mademoiselle Périchon stammte aus der Gegend von Grenoble. Sie gehörte einer alten Hugenottenfamilie an und war französische Lutheranerin. Wenn sie von ihrer bergigen Heimat erzählte, wo so vieles wie im Grubental war, hörte Anneli leuchtenden Auges zu. Bittere Tränen vergoß sie, wenn Mademoiselle Périchon von dem blutigen Schicksal ihrer Vorfahren, der Hugenotten, berichtete, von der furchtbaren Bartholomäusnacht, in der vierzigtausend französische Hugenotten ermordet wurden, unter ihnen mit grausamer Tücke ihr edler Führer, Admiral Coligny. „Oh, Mademoiselle Périchon, comment je vous aime!“

Im letzten Frühling auf der Schloßschule wurde Anneli konfirmiert.

Bei den Morgenandachten im großen Rittersaal des Schlosses hatte Anneli ihren Platz an einem der Fenster. Sie liebte es, während der Andacht den Blick über die södermanländische Landschaft wandern zu lassen, die im Sommer wie im Winter gleich schön war. Im Grubental wie in der Heimatstadt versperrten hohe Berge die Aussicht. Hier blickte man meilenweit über eine sonnige Landschaft, die im Herbst von goldenen Erntefeldern leuchtete, im Winter von Schneekristallen funkelte und im Frühling wie Paradiesesfluren blühte.

Aber eine Stelle in der Landschaft zog Annelis Blicke stets wieder auf sich. Das war eine kleine graue Steinkirche mit hohem Giebel und steilem Schindeldach ohne Turm. Innerhalb der Hofmauer befand sich ein geteerter Glockenstuhl, und rings um die Kirche herum standen hohe Ulmen und Eichen. Jeden Sonntag saßen die Schülerinnen und Lehrer der Schloßschule in dieser kleinen Kirche, die von den weit entfernten Höfen recht spärlich besucht wurde. Dort predigte jetzt der Pfarrer, bei dem Anneli konfirmiert werden sollte. Es war ein eigenartiger, hochgewachsener, schweigsamer, in sich gekehrter Mann. Sein Gesicht trug die Spuren strenger Askese, zeugte aber gleichzeitig von edler Gesinnung. Es hieß, er habe sich durchgehungert und schwer gearbeitet, um Pfarrer zu werden. Schon früh hatte er die Eltern verloren. Er hatte eine Schwester, die von Geburt verkrüppelt war und ihr ganzes Leben im Rollstuhl zubringen mußte. Die Armenpflege sorgte für sie, aber als der Bruder endlich sein Examen gemacht hatte und in sein Amt eingesetzt war, nahm er die Schwester zu sich. Dank seiner großen Gaben war er Pfarrer in der kleinen södermanländischen Gemeinde geworden. Er hatte nicht geheiratet. Mit rührender Fürsorge pflegte er seine Schwester, die ein sehr liebenswertes Geschöpf sein sollte.

Anneli hatte dem Pfarrer heimlich den Namen Jean Valjean gegeben, nach dem Helden in Victor Hugos „Les misérables". Sie war siebzehn Jahre, als sie konfirmiert wurde, älter als alle ihre Kameradinnen. Der Unterricht, den der ernste Pfarrer seinen Konfirmandinnen erteilte, wurde vielleicht von den jüngeren unter ihnen nicht verstanden, aber für Annelis empfindsame und empfängliche Seele wurde er zu einer Zeit tiefen Ernstes. Das Sicheinleben in das Bibelwort in ihrer Kindheit, die zahllosen Probleme, die in den Entwicklungsjahren auftauchten, waren ein gutes Erdreich für die Worte ihres Seelsorgers. Anneli würde ihr ganzes Leben ihren Pfarrer für diesen Unterricht und sein persönliches Beispiel segnen, das ihr in ihrem künftigen, an Prüfungen so reichen Leben leuchten und Kraft geben sollte.

Sie hatte sich in den Schuljahren rasch körperlich und geistig entwickelt.

„Vous croissez trop vite", pflegte ihre französische Lehrerin zu sagen. Das war die Wahrheit. Anneli wuchs zu rasch. Rein physisch befanden sich ihre Nerven in einer Spannung, welche die starken Gegensätze ihrer Natur noch mehr hervortreten ließ; manchmal wurde sie von einem Arbeitseifer befallen, der den gewaltsamen Anforderungen, sowohl was Studien wie körperliche Anstrengungen betraf, gerecht wurde; dann wiederum kamen Stunden, in denen sie launisch war und weder sich noch andere leiden konnte. Da stritt sie sich mit ihren Kameradinnen und empörte sich gegen ihre Lehrerinnen. Tante Anna nahm sie in Schutz gegen die Lehrerinnen, und

Mademoiselle Périchon gegen die Kameradinnen, seitdem ihre Freundin Elise nicht mehr in der Schule war.

Aber bisweilen konnten weder Tante Anna noch Mademoiselle Périchon ihr helfen. Dann ging sie in das kleine Pfarrhaus und suchte ihren Pfarrer auf. In seinem dürftigen, aber stillen Studierzimmer, wo er, das Gesicht abgewandt, ihre Beichte anhörte, kam ein seltsamer Friede über sie. Gewöhnlich endete der Besuch damit, daß der Pfarrer Anneli in das Stübchen führte, in welchem seine Schwester in ihrem Rollstuhl saß. Wenn der Pfarrer ernst, fast schwermütig war, dann strahlte das Gesicht seiner Schwester vor Freude.

Von ihrem Besuch bei Mamsell Louise – so hieß die Schwester – kam Anneli immer mit einem Herzen voll Freude zurück. Daß ein Mensch, der sein Leben lang an einen Rollstuhl gefesselt war, so heiter sein konnte! Daß sie in ihren Büchern um die Welt zu reisen und so viel zu erzählen wußte! Anneli hatte diesen beiden, dem Pfarrer wie seiner Schwester, für ihr wiedererlangtes Gleichgewicht zu danken. Ihre Bewunderung für diese Menschen erweckte in ihr die Sehnsucht, ihnen zu gleichen. Wenn Louise ihre vertraute Freundin wurde, dann wurde der Pfarrer ihr zum Führer. In schweren Stunden, wenn Körper und Seele in Aufruhr waren, konnte sie eine Stimme hören, die wie die seine klang: „Folge mir!"

Mutter Kari hatte versprochen, zu Annelis Konfirmation zu kommen, die mit Schulschluß und Annelis letztem Examen zusammenfiel. In Enköping war Kari in einen Buchladen gegangen, um etwas zum Andenken an die Konfirmation zu kaufen. Ihr Blick fiel auf ein Buch mit dem Titel „Von der Nachfolge Christi" von Thomas a Kempis. Kari kaufte das Buch.

Nach der Konfirmationsfeier ging Kari mit Anneli zum Pfarrer in die Sakristei und bat ihn, Annelis Namen und einen „Denkspruch" in das Buch zu schreiben. Der Pfarrer nahm das Buch, setzte sich an den Schreibtisch, schrieb Annelis Namen hinein und darunter folgende Strophe:

Des Lebens Kelch mag füllen
Sich bitter oder fein,
Mag uns der Tod umhüllen,
Soll früh, soll spät es sein,
Wenn nur das Herz im stillen
Bleibt ganz und warm und rein.

Anneli verneigte sich tief auf ihre Bergmädchenweise, als sie das Buch aus der Hand des Pfarrers entgegennahm. Doch als sie aus der niedrigen Tür der Sakristei trat, geschah etwas. Da stand jemand, der hineingehen wollte.

Es war ein hochgewachsener junger Mann, sicher zehn Jahre älter als Anneli mit schönem, freimütigem Gesicht und einer hohen, von dunklem, lockigem Haar umrahmten Stirn. Er stand da wie eine Erscheinung aus einer ganz neuen Welt, einer Welt, die Anneli nur aus ihren Büchern kannte.

Es gab Anneli einen Stoß. „Der junge Werther!“ dachte sie. So mußte Goethes Dichterheld ausgesehen haben.

„Der junge Werther“ seinerseits sah ein Mädchen in dem anemonenfrischen Frühling der Jugend, mit Augen, in denen noch ein Glanz von dem feierlichen Kirchgang lag. Ein von Rührung bleiches Gesicht, das jetzt plötzlich vor Verwirrung errötete. Er fing einen Blick aus den klugen Augen auf, gewahrte ein Beben der empfindlichen Nasenflügel, ein Zittern, als berühre man ein Mimosenblatt. Dann trat er einen Schritt zurück und ließ das junge Mädchen mit einer Verbeugung vorbei.

Keines der beiden vergaß jemals diese Begegnung im Vorraum der kleinen södermanländischen Kirche.

Es war vier Uhr an einem klaren Morgen im Mai, als der kleine Mikael Vasenius, schon angekleidet, neben dem Doppelbett seiner Eltern stand. Da lagen sie und schliefen, Papa Ulrik und Mutter Hedwig. Papa mußte etwas Schönes träumen, denn die Lachfalten um seine Augen waren schärfer als gewöhnlich, und der große Mund mit der vorgeschobenen Unterlippe lächelte, so daß die Mundwinkel in die Höhe gezogen waren.

Während Mikael da stand und überlegte, wie er Papa wecken konnte, ohne daß Mutter aufwachte, schlug Vater Ulrik die Augen auf. Er war immer sofort hellwach, nie schlaftrunken wie Mutter. Einen Augenblick lag er still und blinzelte in das Licht, das durch das kleine Fenster an der Giebelwand des Kantorhauses fiel.

„Wieviel Uhr ist es?" flüsterte er.

Mikael hielt vier Finger in die Höhe.

Vater schüttelte den Kopf, schob jedoch die Decke weg, stellte die Beine auf den Fußboden und schlich in das Wohnzimmer, wo er am Abend vorher seine Kleider abgelegt hatte.

Während sich Papa Ulrik rasierte und ankleidete, ging Mikael in die Küche. Er machte Feuer im Herd, stellte einen Kessel mit Wasser auf und holte die große Kaffeemühle aus dem Schrank. Die Mühle wollte nie stillhalten, wenn er mahlte, deshalb setzte er sich auf einen Stuhl, klemmte die Mühle zwischen seine dünnen Schenkel und mahlte munter darauf los. Er holte Butter aus der Speisekammer, nahm einen Brotlaib von einer der Stangen an der Decke, stellte Tassen auf den Tisch und hatte den Kaffee fertig, als Papa Ulrik herauskam und sich, vor Freude über den guten Kaffeeduft, die Hände rieb.

„Wir müssen uns warm anziehen", sagte er, „über dem Sund liegt dichter Nebel."

Mikael antwortete nichts darauf. Das ewige Lied mit den Kleidern! Das hatte Vater von Mutter gelernt. „Meinst du, wir können es wagen, ein bißchen von dem frischen Ziegenkäse zu versuchen?" fragte er statt dessen.

„Sicher", sagte Vater. Mikael war im Nu in der Speisekammer. Er kam herein mit einer viereckigen länglichen Holzform, die in ein mit Salzwasser getränktes Leinentuch gewickelt war. Er nahm das Tuch ab, schlug die Käseform ungekehrt auf die Tischplatte, und da lag ein Ziegenkäse, schön gemustert nach der geschnitzten Form, gelblichweiß und duftend. Mikael zog die Tischschublade auf, als ihm im selben Augenblick etwas einfiel. „Papa“, sagte er, „Fredrik und ich haben uns gestern ein schönes Spiel ausgedacht. Wir haben mit den Tischmessern Orgel gespielt.“ – „Und wie ging das?“ fragte Vater, während er sein Messer hervorholte und eine Scheibe von dem Käse abschnitt.

Mikael, der eine lebhafte Phantasie hatte, holte schweigend eine Menge Messer heraus, lange kräftige mit schwarzen Holzgriffen, schob die Schublade wieder zu und steckte die Messer in den schmalen Spalt, aber nicht alle gleich weit hinein. Die Enden der Messergriffe bildeten die schräge Linie an einer Panflöte, und Vater Kantor begriff sofort, was kommen würde. Mikael begann auf den Messern zu spielen, indem er sie hinunterdrückte, so daß sie in Schwingungen gerieten. Beim Schwingen gab jedes Messer einen schwachen Ton von sich, wie wenn man auf einer Säge spielte.

„Jetzt stimme ich die Orgel“, sagte Mikael. Vater Ulrik vergaß sein Käsebrot und half mit. Sie hatten gerade eine Oktave gestimmt, als die Tür aufging und Mutter Hedwig auf der Schwelle stand. Mikael wurde glühend rot.

„Habe ich dir gestern nicht verboten, mit den Tischmessern zu spielen?“ sagte Mutter Hedwig.

„Doch, aber Papa hat es mir erlaubt“, log Mikael.

„Ja, ja, ich habe es ihm erlaubt.“ Vater Ulrik lächelte seinem Sohn kameradschaftlich zu.

„Dann darf Vater neue kaufen, wenn die alten verdorben sind.“

„Willst du keinen Kaffee, Hedwig? Hol’ eine Tasse für Mutter, Mikael!“

Kaffee ist ein merkwürdiger Zaubertrank. Mutter Hedwig verzieh sogar, daß sie „fast den ganzen Ziegenkäse“ aufgegessen hatten. Sie saß in ein graues Tuch gehüllt daneben und hörte Mikael zu, der die „Messerorgel“ jetzt gestimmt hatte und „Vater Noah“ darauf spielte. Wenn die Tasten reichten, spielte er sogar zweistimmig.

„Da hörst du's", sagte Papa Ulrik und schlang den Arm um Hedwig.

„Ja, möchte er nur nicht Musiker werden", sagte sie seufzend. „Wir sind schon so arm genug."

„Wir sind sehr reich", entgegnete Papa Ulrik, „wir haben die Bucht voll von Hechten."

„Und ich habe das Haushaltsbuch voll von Rechnungen."

„Voll von allem", sagte Vater Ulrik und lachte. „Voll von Rechnungen, voll von Hechten. Gerade so wie das Leben sein soll."

„Wir haben noch keinen einzigen Hecht bekommen."

„Du hast recht, Hedwig, recht wie immer. Aber jetzt wollen wir los und welche fangen. Kriech' du nur wieder ins Bett, Hedwig! Komm, Mikael!"

Aber Hedwig legte sich nicht wieder. Bevor sie sich anzog, räumte sie die Küche auf. Als sie die Betten gemacht und alles in Ordnung gebracht hatte, setzte sie sich an den Webstuhl. Sie mußte den Friesstoff fertig gewebt haben, bevor das Frühjahrsreinemachen anfing, damit Vater und die Jungen warme Kleider für den Winter bekamen.

Der Sund zwischen Stora und Lilla Allerö ist eine ganze Seemeile lang. Dort war immer Strömung. Lange Dünungen vom Meer her brachten die Wasserfläche in Bewegung, es war immer mühsam hier zu segeln. Windstöße wechselten mit Flaute, und wenn man fischen wollte, war das Ruderboot immer besser als das Segelboot. Bis zu der Schilfbucht, wo man die Reusen ausgelegt hatte, war es ein gutes Stück zu rudern. Unterwegs setzte man die Schleppangel aus. Selten biß etwas an, aber mitunter machte man doch einen feinen Fang.

Auf diesen Fahrten erzählte Vater Ulrik aus der Familiengeschichte. Gestern hatte Vater von „Oravais' blutigem Tag" berichtet.

Pekka Vasenius, Ulriks Großvater, war ein Pfarrerssohn aus Wasa in Finnland. Nun lag in der Nähe von Oravais ein Bauernhof, der Saarola hieß. Großvater Pekka hatte die Bauerntochter geheiratet, die Hoferbin, und durch sie nach dem Tod der alten Leute den Hof geerbt. Sie hatten ein einziges Kind, den Sohn Urpo, der an dem Tag, als die Russen kamen, zehn Jahre alt war. Saarola lag mitten im Schlachtgetümmel. Zuerst sah es so aus, als würden die Schweden siegen. Das ganze russische Heer zog sich zurück, und man saß schon beim Abendessen und feierte den Sieg. Die Küche war voll von müden Soldaten, und auf dem Bett in der Kammer lag ein schwerverwundeter schwedischer Offizier. Ein Feldgeistlicher saß neben ihm und bereitete ihn auf den Tod vor.

Da wurde auf einmal auf der ganzen schwedischen Linie Alarm geblasen, und die Trommeln begannen zu wirbeln. Die Frauen und Kinder, die aus den Wäldern gekommen und zu ihren Höfen zurückgekehrt waren, schrien: „Die Russen kommen!"

Unaufhaltsam wie eine Lawine brachen die Russen hervor. Es war, wie wenn ein Schneesturm kommt. Zuerst vereinzelte Flocken, dann ganze Scharen, so daß man nichts als Schnee sieht. Überall waren Russen. Sie tauchten aus der Erde auf, sie schienen vom Himmel herabzuregnen. Der Feldgeistliche und ein paar Soldaten hoben den jungen Offizier, der schon im Sterben lag, in die Höhe und trugen ihn fort. Vater nahm seine alte Büchse und rannte auf den Boden. Seine Frau und Urpo kamen mit. Die Frau trug den Pulversack und Urpo den Beutel mit den Kugeln. Pekka lud und schoß, und bei jedem Schuß fiel ein Russe. Aber dann schlug ein ganzer Kugelschauer in die Bodenwand ein. Urpo sah seine Mutter fallen; sie war durch den Kopf geschossen. Die Russen kamen die Bodentreppe heraufgestürmt.

Pekka ergriff Urpo am Arm, rannte in den Dachraum hinauf und stieg von da durch eine Luke aufs Dach. Es begann dämmerig zu werden, und die Russen zündeten die Strohdächer auf den Scheunen an. Bald standen diese und die Tenne in Flammen. Das Feuer sprang auf die umliegenden Gebäude über. Als das Strohdach des Hauses Feuer fing, kletterten Pekka und Urpo an einem Steigbalken auf der Rückseite des Hofgebäudes hinunter. Jetzt ging es ums Leben; denn Zivilisten, die auf Soldaten schossen, wurden ohne Erbarmen gehängt. Hinter dem Gehöft floß ein von dichtem Erlen- und Weidengebüsch umsäumter Bach. Pekka und Urpo krochen in einem mit Wasser gefüllten Graben zum Bach und versteckten sich im Gebüsch. Von dort sahen sie den Hof brennen. Dort verbrannte Mutter auf dem Boden, und dort verbrannten die Tiere, die von den Soldaten nicht hinausgetrieben worden waren. Am schrecklichsten von allem war es, die Pferde schreien zu hören. Vater umfaßte krampfhaft die Büchse, als er das hörte, und Urpo weinte still vor sich hin.

Im Dunkel der Nacht wateten Pekka und Urpo den Bach entlang zu einem kleinen See. Dort hatten sie einen Einbaum zum Fischen und zur Schilfernte. Sie ruderten über den See.

Als Pekka leise an den Schilfufern des dunklen Gewässers vorbeiruderte, sah er, daß Urpo den Pulversack und den Kugelbeutel mitgenommen hatte. Das war ihre Rettung. Das Pulver war zwar naß geworden, aber man konnte es trocknen. Es gab genug Wild in den Wäldern, die jetzt im September auch voll von Beeren waren. Es wurde eine abenteuerliche Flucht nach dem Norden. Die Wege waren voll von russischen Soldaten, die das schwedische Heer verfolgten, bis es in Akijoki zum Waffenstillstand kam. Das war im November 1808.

Pekka und Urpo waren mehrere Tage gewandert, ohne etwas zu essen. Ihre Kleider waren zerfetzt, die Schuhe mußten sie jeden Tag mit geflochtener Birkenrinde flicken. Die Nächte waren eisig kalt, und sie mußten mit dem Gewehrkolben Löcher in das Eis auf den Gewässern schlagen, um ihren Durst löschen zu können. Endlich waren sie am Kemifluß angelangt. Die Schweden lagen gemäß der Übereinkunft am jenseitigen Ufer; die Russen bewachten das östliche Ufer. Alle Brücken waren gesprengt.

Pekka und Urpo verbargen sich in einer alten Darre am Flußufer. Jede Nacht prüfte Pekka das Eis. In einer sternklaren Nacht, als das Nordlicht flammte, wagte er den Versuch. Mit Weidenruten hatte er mehrere lange Zaunpfähle zu einer Art Schlitten zusammengebunden, der sie vielleicht über die dünne Eisdecke draußen über der Strömung tragen konnte. Urpo trug den Pulversack, er selbst den Kugelbeutel und das Gewehr.

Bevor sie die Uferböschung hinunterstiegen, nahm Pekka die Mütze ab und faltete die Hände. Urpo tat wie sein Vater. Und Pekka betete:

O Vater mild, in deine Gnad'
Befehle ich zu jeder Stund'
Mein' arme Seel' und was ich hab',
Nimm alles auf in deine Huld!

Mein Leben, Leib und Seele ist
Dein Eigentum, Herr Jesu Christ;
Bewahre selbst, was dir gehört,
Daß mir nichts Böses widerfährt.

Nachdem Pekka so gebetet hatte, reichte er Urpo die Hand. „Denke daran, Urpo", sagte er, „wenn wir nicht mit dem Leben davonkommen, werden wir bald bei Mutter sein." Darauf kletterten Vater und Sohn die Böschung hinunter.

Das Eis unter ihnen war schwarz wie die Tiefe des Todes. Aber es hielt. Pekka, dem alle Zeichen der Natur bekannt waren, verspürte, als sie über der Strömung waren, ein schwaches Schwanken. Da mußte Urpo auf den Schlitten steigen, und der Vater schob ihn vorsichtig über die gefährliche Stelle. Aber ein Wachtposten auf der russischen Seite mußte gehört haben, daß sich jemand hinüberbegab; denn es flammte auf wie ein Blitz, und einen Augenblick darauf hörte man einen Schuß. Pekka warf sich aufs Eis; „wir kriechen", flüsterte er.

Die schwedischen Wachen am anderen Ufer begriffen,

was sich da abspielte. Allnächtlich wagten sich finnische Flüchtlinge über die dünne Eisdecke.

Pekka hörte, wie die Kugeln rings um ihn und Urpo einschlugen. Aber nach einer Weile hörte das Schießen auf, und jetzt vernahm man im Dunkeln die schwedischen Wachtposten, die zur Hilfe herbeieilten.

Bald saßen die Flüchtlinge an einem Lagerfeuer. Aus einer Feldflasche bekam jeder einen Schluck, der bei Vater hinunterrann, aber bei Urpo wieder hochkam. Das war der erste und letzte Schnaps in seinem Leben, denn etwas so Widerwärtiges wollte er nicht freiwillig hinunterschlucken. Aber begierig nahm er ein Stück Brot und einen gesalzenen Hering an. Es war das erste richtige Essen, das er seit zwei Monaten bekommen hatte.

In Haparanda durfte Pekka einige Monate bei einem Pfarrer bleiben, der seinen Vater gekannt hatte. Es herrschte in diesen Kriegs- und Notzeiten Mangel an Arbeitern. Nach Finnland wollte Pekka, solange es russisch war, nicht zurück. Er arbeitete, wo es nötig war, und Urpo durfte mit den Kindern des Pfarrers in die Schule gehen. Aber als die schlimmste Zeit des Winters vorbei war, begab sich Pekka auf die Wanderung nach dem Süden. Er hatte sich etwas Geld verdient, und Arbeit würde es wohl auch unterwegs geben.

Als es Frühling wurde, waren Pekka und Urpo bis nach Uppland gekommen. Das war endlich ein Land, das dem fruchtbaren Finnland glich. Auf der Ebene nördlich von Upsala lagen stattliche Bauernhöfe. Aber die Bauern dort waren vorsichtige Leute. Es trieb sich in diesen Kriegszeiten so viel liederliches Volk herum, und die Finnen waren gefährliche Leute, bei denen das Messer so lose saß wie bei den Hälsingländern.

An einem schönen Frühlingstag kamen Pekka und Urpo nach Upsala. Die Stadt war voll von Studenten, die singend und grölend umherzogen. Wie konnte jemand singen und fröhlich sein, wenn in der ganzen Welt Krieg war, wenn der Fürst der Finsternis in der Gestalt Napoleons drohend und zornig herabgestiegen war, wie es im Psalm hieß, wenn halb Schweden an die Russen verloren war und Finnland aus tiefen Wunden blutete? Pekka und Urpo gerieten in eine Schar Studenten, die sie umringten und um sie tanzten und ihnen Branntwein aufzwingen wollten.

Pekka umklammerte sein Gewehr und hielt Urpo fest an der Hand. Endlich kam er von den Studenten frei, um so schnell wie möglich aus der Stadt hinauszukommen. Er folgte den Straßen südlich vom Fyrisfluß und kam an den Hafen.

Dort lagen einige Ewer; bei dem einen stand ein mit Mehlsäcken beladenes Fuhrwerk. Ein Mann, der ganz weiß von Mehl war, trug Säcke an Bord. Ein anderer Mann stand neben der Reling und zählte die Säcke, die der Müller an Bord trug. Der Mann, der die Säcke trug, war alt und schien müde zu sein.

„Wo ist dein Knecht?“ fragte der Schiffer.

„Der sitzt wohl in irgendeiner Schenke und ist um diese Stunde schwer betrunken.“

Als Pekka das hörte, gab er Urpo das Gewehr und ging zu dem Mann mit den Mehlsäcken.

„Ich kann euch helfen, Väterchen“, sagte er.

Sein finnischer Tonfall bewirkte, daß der Schiffer und der Müller in ihrer Arbeit innehielten.

„Kommst du aus Finnland?“ fragte der Schiffer.

„Wird schon so was sein“, antwortete Pekka. „Aber ich frage, ob ich euch bei den Mehlsäcken helfen kann.“

„Was willst du dafür haben, wenn du diese Säcke in den Laderaum hinunterträgst, während ich meinen Knecht suche?“

„Mir haben viele auf meinem Weg von Haparanda hierher geholfen“, sagte Pekka. „Jetzt will ich anderen helfen. Ohne Vergütung. Die habe ich schon im voraus bekommen.“

Der Müller dankte ihm. Pekka trug Mehlsäcke. Als alle ausgeladen waren, kam der Müller mit seinem Knecht, der hin und her schwankte und unanständige Lieder sang.

„Gib ein Seil und einen Block her, dann machen wir ihn nüchtern“, sagte der Müller. Der Schiffer, der ein lustiger Geselle war, schlang ein Seil um den Leib des Müllerburschen. Dann schwangen sie eine Rahe auf das Wasser hinaus und warfen den Müllerknecht hinein. Darauf brachten sie die Winde in Gang, das Seil straffte sich und aus dem gelben Fyrisfluß kam der Müllerknecht heraus wie eine ertränkte Katze. Er spuckte und fauchte und fluchte, aber unanständige Lieder sang er nicht. Er war froh, als man ihn auf den Wagen warf, wo eben noch die Säcke gelegen hatten. Er bekam eine Persenning über sich gedeckt und schlief den schweren Schlaf des Betrunkenen.

Als der Müller auf seinen Karren steigen wollte, um zur Mühle zurückzufahren, fragte er Pekka, wohin der Weg ihn und seinen Jungen führe.

„Der führt ganz einfach nirgendwohin“, sagte Pekka. „Ich bin Flüchtling. Mein Land ist in Feindeshand. Mein Hof ist abgebrannt. Meine Frau ist von den Russen erschossen worden. Das einzige, was ich besitze, ist mein Sohn Urpo, meine Büchse und zwei kräftige Fäuste. Ich kann arbeiten. Habt Ihr Arbeit für mich?“

Der Müller betrachtete Pekka aufmerksam. „Für einen Knecht seid Ihr mir zu gut“, sagte er, „sonst hättet Ihr eine Stelle bei mir bekommen, denn diesen Taugenichts da kann ich nicht behalten.“

„Nichts würde mich mehr freuen, als einen Platz in einer Mühle zu bekommen. Ich habe schon früher in einer Mühle gearbeitet. Und arbeiten ist keine Schande“, erwiderte Pekka.

So kam es, daß Pekka seinen Sohn Urpo auf den Wagen hinaufhob und sich dann neben ihn setzte, worauf der Müller zur Stadt hinausfuhr.

Die Abendsonne beleuchtete das rote Schloßgebäude und den Backsteinturm der Domkirche, als das Müllerfuhrwerk bei Läby zu der alten Akademie-Mühle bei Qvarnbo abbog. Der Müller – er hieß Andersson – wurde von seiner Frau empfangen, die ihr einziges Kind, die kleine Greta, auf dem Arm hielt. Der Knecht wurde auf den Heuboden getragen, und die Knechtkammer wurde sauber gemacht. Als es Abend wurde, hatten Pekka und Urpo ein Heim. Es war nur eine kleine Kammer mit einem offenen Herd in der einen Ecke sowie einem Tisch, einem Stuhl, einem Bett und einem Leuchter, ganz wie die Kammer, die der Prophet Elisa einst von der Frau von Sunem erhielt.

Vater und Sohn mußten vorläufig das Bett miteinander teilen; bald würde Pekka ein eigenes Bett zimmern. Aber bevor sie an diesem Abend einschliefen, mußte Pekka Gott danken, der sie so wunderbar zu grünen Weiden und zu ruhigen Gewässern geführt hatte, und es fiel ihm nichts Schöneres ein, als den alten Lobgesang zu sprechen:

> ... Nun danket alle Gott
> Mit Herzen, Mund und Händen,
> Der große Dinge tut
> An uns und allen Enden.
> Der uns von Mutterleib
> und Kindesbeinen an
> Unzählig viel zu gut
> Und noch jetzund getan! ...

Mikael lauschte eifrig auf Papa Ulriks Erzählung, und so merkte er nicht, daß auf der ganzen Fahrt nach der Schilfbucht kein einziger Fisch anbiß. Es hatte angefangen zu wehen. Wind und Strömung erschwerten das Rudern, und um sich in der kalten Morgenbrise warm zu halten, zog Mikael die Schleppleine ein und half seinem Vater beim Rudern „nachzuschieben".

Nun bogen sie in die Schilfbucht ein. Es war eine weite, herrliche Bucht mit wunderbarem Sandstrand, der vor dem Wind geschützt war. Kantor Vasenius hatte die Erlaubnis, drei Reusen in der Bucht auszulegen; das war in seinem Kantorlohn mit einbegriffen. Es war spannend, den Pfahl am schmalsten Ende der Reuse heraufzuziehen. Zwei Reusen waren leer, aber die dritte war voller Hechte.

Wenn nur ein Hecht in die Reuse geriet, wurden es gleich mehr.

Der Bootsboden war bald ein einziger zappelnder Haufen von Hechten und Netzen. Mikael zählte dreizehn Hechte, von denen einer riesengroß war. Das Boot mußte an Land treiben, während Vater Ulrik und Mikael die Fische aus der Reuse holten.

Als sie die Reusen wieder ausgelegt hatten und auf der Heimfahrt waren, wollte Mikael mehr von Urpo hören, der in Schweden Urban heißen mußte. Und Vater erzählte weiter:

„Kvarnbo war ein schöner Platz westlich von Upsala, an einem im Hågafluß gestauten Wehr, der unterhalb des Wehrs ein tiefes, schattiges Tal bildete. Das Tal war im Frühling voll von gelben Anemonen. Als Papa Ulrik klein war, hatte sein Vater Urban ihn einmal mit dort hinausgenommen. Sie hatten in die Mühle hineingesehen, wo die Steine mahlten und alles weiß von Mehlstaub war. Sie hatten das große rote Haus gesehen, wo Müller Andersson gewohnt hatte, und die Knechtkammer, wo Pekka und Urpo ein Heim fanden. Das kleine Bett, das Pekka gezimmert, stand noch da. Dann waren sie ins Tal hinuntergegangen. Es war zu der Zeit, in der die Anemonen blühten. Die Sonne leuchtete, wie sie es im Frühling tut, zwischen kahle Erlen- und Haselbüsche hinunter, und der Mühlbach rauschte.

Dort, mitten in all der Frühlingspracht, hatte Großvater Urban von den schlimmen Jahren erzählt, als die Cholera herrschte. Wie sie in das entlegene Kvarnbo gekommen war, konnte kein Mensch begreifen. Manche glaubten, sie sei aus Rußland eingeschleppt worden. Denn in den Hafen von Upsala kamen Schiffe von Riga mit russischem Weizen, und Müller Andersson pflegte die Säcke zu kaufen, die bei den Kaufleuten in der Stadt ausgeleert wurden. Man hieß sie „Russenmatten“.

Großvater Urban wurde mit der Zeit ein großer starker Müllerbursche, und als die Cholera kam, war er siebenundzwanzig Jahre alt. Er hatte die Müllerstochter Greta geheiratet, die gerade achtzehn Jahre geworden war.

Am Tage nach der Hochzeit erkrankten die Schwiegereltern. Dann kam Pekka an die Reihe. Alle drei starben an dieser furchtbaren Krankheit. Auch Urbans junge Frau erkrankte, aber sie wurde durch Urbans fürsorgliche Pflege – er sorgte für Bettwärme und heiße Getränke – gerettet. Den ganzen Sommer stand die Mühle still. Niemand wagte dort zu mahlen. Und als im nächsten Herbst ein neuer Pächter kam, mußten Urban und Greta nach Upsala ziehen. Es war genug Geld von den Schwiegereltern vorhanden, so daß Urban ein Haus in der Bibergasse kaufen konnte. In dem Kauf war ein Segelboot mit inbegriffen, denn der Mann, dem das Haus gehört hatte, war ein Schiffer gewesen. Und da geschah es, daß Urban eines Abends unten am Hafen stand. Er glaubte den Ewer zu kennen und erfuhr, daß der tote Schiffer just der Mann war, dem sein Vater geholfen hatte, die Mehlsäcke abzuladen, an dem Tag, als Pekka nach Upsala gewandert kam.

Zum Schrecken seiner Frau erklärte Urban jetzt, daß er den Seemannsberuf erlernen und zur See gehen wolle. Ein Finne ist nun einmal ein Finne, und wenn er sich zu etwas entschlossen hat, führt er es auch durch. Urban lernte für den Seemannsberuf. Er kriegte einen seekundigen Mann aus Roslagen zu fassen, der sich arbeitslos am Hafen herumtrieb, sich aber auf einem Ewer auskannte. Er war nach Riga und Wasa gesegelt. Weizen aus Riga und Roggen aus Wasa waren begehrte Ware, das hatte Urban von seinem Schwiegervater gelernt. Das Geld, das nach dem Kauf des Hauses in der Bibergasse übriggeblieben war, teilte Urban jetzt mit seiner Frau Greta. Als der Frühling kam, segelte Schiffer Urban Vasenius mit dem Mann aus Roslagen als Seemann den Fyris hinunter und weiter über Ekoln nach Stockholm. Dort bekam er in einem der Giebelhäuser in der Altstadt den Schifferbrief und schloß einen Kontrakt mit einem Kornhändler über Frachtfahrten nach Wasa.

Urban war nämlich von einer heftigen Sehnsucht ergriffen worden, sein unglückliches Vaterland wiederzusehen, das jetzt russisches Großfürstentum war. Trotz aller Warnungen machte er sich auf den Weg. Die Überfahrt war furchtbar, und wäre der Roslagener nicht ein so guter Seemann gewesen, wäre der Ewer niemals mit den Frühjahrsstürmen fertig geworden. Aber nach Wasa kam Urban schließlich. Als alles klar für die Rückfahrt war, suchte Urban einen Juristen in der Stadt auf. Er hatte sich vorgenommen, den väterlichen Hof zurückzufordern. Niederlassen wollte er sich dort nicht, aber er konnte den Hof ja verkaufen. Der Jurist schüttelte den Kopf. Aber Urban gab nicht nach. Er suchte den Bürgermeister selbst auf, und dort bekam er Hilfe. Es dauerte mehrere Jahre, bis der Prozeß, den Urban angestrengt hatte, um den väterlichen Hof wiederzubekommen, entschieden wurde. Während dieser Jahre fuhr der Ewer, den Urban „Vasaborg" getauft hatte, mit schwedischem Eisen als Ballast bei der Ausfahrt hin und her.

Urban gewann den Prozeß und erhielt für den Saarola-Hof eine schöne Summe. Als er in diesem Sommer nach Hause kam, hatte Greta ein Kind im Arm; das war Papa Ulrik. Nun verkaufte Urban das enge Haus in der Bibergasse und erwarb ein schönes Anwesen mit Garten und Park am Fyrisfluß. Urban Vasenius, der hierdurch in den Ruf kam, ein vermögender Mann zu sein, wurde Bürger der Stadt und hatte einen Platz in der Domkirche, wo er sonntags mit seiner Frau und seinem kleinen Sohn saß. Er konnte einen Schiffer anheuern und eröffnete einen Getreidehandel an der Ecke der Järngasse und der Å-Gasse, wo das Haus noch zu sehen ist, mit den Klappen in der Mauer, die heruntergelassen wurden, wenn der Ewer mit Roggen aus Wasa oder mit Weizen aus Riga nach Hause kam.

Aber in dem Jahr, als Papa Ulrik mit der Volksschule fertig war und mit der Oberschule anfangen sollte, kam das Schiff nicht zur angesetzten Zeit zurück. Es war nach Riga gefahren. Was geschehen war, erfuhr niemand. Vielleicht war es im Sturm untergegangen oder von den Russen gekapert worden. Bei seinem Aufenthalt in Wasa war Urban von dem Bürgermeister gewarnt worden, daß er als Kriegsverbrecher festgenommen werden könne. Die Russen hätten ein gutes Gedächtnis und gute Spione.

Der Verlust der „Vasaborg“ ging Vater Urban sehr zu Herzen. Tagelang trieb er sich am Hafen herum und wartete auf sein Schiff. Er machte weite Wege zur Königswiese, wo im Frühling die Lilien blühten und im Herbst der gefährliche Nebel wallte. Eines Abends kam er nicht nach Hause. Früh am Morgen war er mit einem alten Gewehr weggegangen, er behauptete, er habe eine Otterfamilie gesehen. Man fand ihn am nächsten Tag, er war in einem Flüßchen ertrunken, in das er wahrscheinlich im Nebel von dem hohen Uferrand gestürzt war. In der Jagdtasche lag ein erlegter Otter.

Papa Ulrik konnte die Oberschule nicht besuchen. Das Studium hätte zu viele Jahre gekostet. Statt dessen besuchte er zwei Jahre das Volksschulseminar; während dieser Zeit spielte er Orgel in der Domkirche und machte das Organistenexamen. Bevor er die Stelle in Allerö bekam, war er einige Jahre Kantor und Schullehrer in Jumkil. Großmutter Greta mußte sich während der Studienjahre des Sohnes schwer abarbeiten. Es glückte ihr jedoch, das Haus zu erhalten, bis der Sohn das Lehrerexamen gemacht hatte. Ihren Lebensunterhalt verdiente sie sich, indem sie die Theatergarderobe für die Dalandsche Gesellschaft nähte. Sie war eine geschickte Schneiderin. Hatte die Gesellschaft kein Geld, so bekam sie statt dessen Theaterkarten. Wenn sie die Karten nicht verkaufte, wozu die Not sie oft zwang, nahm sie Papa Ulrik mit ins Theater. Dort sah der junge Seminarist Fredrik Daland selbst in seinen Lieblingsrollen, als Konjander in „Das Findelkind“ und als Kantor Per in „Erasmus Montanus“. Ulrik lernte die Rollen bald auswendig. Er hatte ein unglaubliches Nachahmungsvermögen und eine vortreffliche Komik. Viele versuchten ihn dazu zu überreden, Schauspieler zu werden, aber auf ein derartiges Abenteuer wollte er sich nicht einlassen.

Als Großmutter Greta das Anwesen in Luthagen verkauft hatte, zog sie zu dem Sohn nach Allerö. Dort bewohnte sie ein Bodenstübchen. Jetzt lag sie meistens zu Bett. Mikael und sein zwei Jahre jüngerer Bruder liebten die alte Großmutter sehr. Trotz aller Sorgen und Prüfungen, die sie hinter sich hatte, besaß sie einen wunderbaren Humor. Am meisten liebte sie es, wenn Mikael nach der Schule zu ihr heraufkam und ihr etwas vorlas oder vorsang.

Jetzt legte das Boot an Land an. Vater Ulrik zog die Hechte auf eine Weidenrute. Mikael nahm Riemen und Dollen. Sie kamen gerade recht zum Frühstück, das um sieben Uhr fertig sein mußte, denn um halb acht begann die Schule.

Mutter Hedwig freute sich über die Hechte. Das war Essen für viele Tage, und den großen Hecht würde sie ins Salzfaß legen. Mikael rannte zu Großmutter Greta hinauf, erzählte von dem morgendlichen Fischfang und von Papas Geschichten und sang ihr ein Morgenlied vor.

Jetzt kamen die Kinder die Anhöhe zum Schulhaus heraufgewandert. Sie verbeugten sich und knicksten vor dem Lehrer und begaben sich in den Schulsaal. Dort standen lange Bänke mit langen Tischen davor und ein hoher Katheder. Mikael mußte sich an die Orgel setzen, und die Kinder stimmten Leopolds Morgenlied an, das er an einem sonnigen Tag bei einer Ausfahrt in den Schärenhof gedichtet hatte:

Daß, Gott, ich dir mein Opfer bringe,
Das muß mein erstes Denken sein.
Zu deiner Ehr' mein' Stimm' erklinge;
Du hörst mich, weiß das Herze mein.

Woher hat der Mensch „diese teuere, diese süße Freude am Singen", die ihn auf alles lauschen läßt, was klingt und ihn zum Singen und Musizieren treibt? Ist der Gehörsinn anfangs nur einer der Sinne gewesen, die der Selbsterhaltungstrieb hervorgezwungen hat? Die Tiere des Waldes flüchten bei dem geringsten unbekannten, gefährlichen Laut. Ist das Vermögen zu singen anfangs nur ein Lockruf oder eine Warnung, ein Ausdruck tierischer Lust oder ein Ausbruch des Schmerzes oder tödlichen Schreckens? Die Musik ist auch in ihrer vollendetsten Form Ausdruck menschlicher Affekte. Die Musik ist die elementare und allgemein menschliche Ausdrucksweise der Menschen untereinander. Sie ist eine Universalsprache. Menschen, welche die Sprache der andern nicht verstehen, verstehen deren Musik.

Große Musiker sind taub geworden, wie Beethoven, Smetana und andere. Auch kleine Musiker sind es geworden. Als Mikael Vasenius später taub wurde und die Menschen ihn deshalb bedauerten, antwortete er oft mit einem Lächeln: „Sollte ich kleiner Musiker klagen? Denken Sie an Beethoven!"

Ein Mensch, der von Geburt an taub ist, kann nie Musiker werden, ebensowenig wie ein Blinder Maler werden kann. Es gehört zu den grausamen Grenzen des Schicksals, daß die Schönheitswerte des Lichtes und des Tones so vielen Menschen verschlossen sind. Aber andererseits kann es vorkommen, daß niemand so gut hört wie ein Blinder, und daß keiner so gut sieht wie ein Tauber.

Mikael erzählte oft, daß er in der Kindheit ein so feines Gehör wie kein anderer hatte. Er konnte stundenlang auf einer Bülte im Wald oder auf einer Klippe am Strand sitzen und die zahlreichen Laute zählen, die er hörte. Er hörte das Zirpen der kleinsten Grille und das Knabbern der kleinsten Maus unter den Dielenbrettern. Er konnte alle Vogellaute nachahmen, und wenn der Frühling kam, schlich er sich, sobald es zu tagen begann, aus dem Haus und lauschte auf die wunderliche, seltsame Musik von allem, was da lebt und liebt, jubelt und schreit, im Gehölz und Gebüsch und um die Buchten und am Meeresstrand.

Alles wurde Musik, und bevor er lesen und schreiben konnte, kannte er schon die Noten und schrieb kleine Melodien auf. Vater Ulrik hörte bald, daß Mikael das absolute Gehör hatte. Eines Tages sagte er: „Die Uhr schlägt in Es-Dur, und sie hat dasselbe Intervall wie der Kuckuck, die große Terz." Als die Uhr im Saal das nächste Mal schlug, probierte Papa Ulrik die Sache auf dem Klavier. Der Junge hatte recht.

Die Schule war nicht so schön wie die Musik. Aber Mikael hatte einen klugen Kopf. Er hatte einen ausgeprägten Schönheitssinn, er war tüchtig im Zeichnen und gab sich vor allem Mühe mit der Handschrift. Noten und Buchstaben schrieb er in Schönschrift. Nachlässige Notenschrift verabscheute er wie nachlässige Musik. „Die Musik ist heilig", pflegte er zu sagen, „sie darf nicht zu etwas Schlechtem gebraucht werden." Schon in der Grundschule durfte Mikael bei der Morgenandacht die Orgel spielen. Und als er zehn Jahre alt war, konnte er auf der Orgel in der Kirche spielen. Lang und dünn, wie er war, reichte er mit den Füßen zu den Pedalen hinunter. Leider war Bruder Fredrik zu klein, um die schweren Bälge in der Turmkammer zu treten, und Papa hatte nicht immer Zeit dazu. Aber in der Nähe der Kirche befand sich ein armseliges Häuschen. Dort wohnte ein Männchen mit Namen Jöns, der fröhlichste Mensch, den man sich denken konnte. Jöns liebte Musik, und nur, um das Vergnügen zu haben, den Kantorjungen spielen zu hören, stand Jöns stundenlang in der kalten Turmkammer und trat die Bälge.

Es war eine hübsche kleine Kirche, eine Holzkapelle mit einem niedrigen Turm am westlichen Giebel, wo die Glokken hingen. Sie waren schlecht gestimmt und „sangen in einer kleinen Sekunde", wie Mikael sagte. Es war eine klagende Musik, und als Schüler der Akademie schrieb Mikael einmal eine Fuge, die „Allerö-Glocken" hieß und die so jammervoll war, wie sie nur sein konnte, wie sein gestrenger Lehrer sich ausdrückte.

„Haben Sie nie die Glocken von Allerö gehört, Herr Professor?" fragte Mikael.

„Nein, Gott sei Dank nicht", sagte der Professor lachend. „Wenn sie nicht besser sind als deine Fuge, will ich sie gar nicht hören."

„Ist die Fuge denn so schlecht?" fragte Mikael errötend.

„Als Fuge ist sie gut", sagte der Professor. „Aber Musik soll schön sein. Vergiß nicht, daß Musik eine der schönsten Künste ist."

Waren die Alleröer Glocken jämmerlich, dann war die Orgel desto besser. Das hatte man einem Geistlichen zu verdanken, der, bevor er Professor in Upsala wurde, Pfarrer auf Allerö gewesen war. Er wurde ein großer Kirchenliederdichter und war ein bedeutender Gelehrter, vor allem in Botanik. Von dem kleinen Pfarrhof auf Allerö aus stand er in Verbindung mit Gelehrten an europäischen und außereuropäischen Universitäten. Er war auch ein leidenschaftlicher Jäger und Fischer und lag selbst im schlimmsten Wetter so viel auf dem Wasser, daß er sich ein Leiden zuzog, das ihn in späteren Jahren zwang, ständig im Bett zu liegen. Als er Professor wurde, hielt er deshalb seine Vorlesungen in seinem Schlafzimmer, wo nie ein Fenster aufgemacht werden durfte. Der Professor, der Bücher über alles nur Denkbare schrieb, nicht nur Theologisches, sondern auch über Blumen und Fische und die Lebensweise der Araber, liebte vor allem Musik. Das Studentensingen in Upsala leitet sich von ihm her, und in seinem großen Schlafzimmer, wo er immer angekleidet auf dem Bett lag, hielt die akademische Kapelle ihre Proben. Auf seine Initiative hin hatte Allerö eine hervorragende Orgel mit zwei Manualen und einem Pedal erhalten. Die Gemeinde war arm, und der Pfarrer bekam nur ein kleines Gehalt, aber „man hatte ja die See, aus der man schöpfen konnte". Dem Pfarrer lag so viel an seinem Orgelbau, daß er selbst für über tausend Reichstaler Fische nach Stockholm verkaufte. Trotzdem war die Gemeinde wegen ihrer Orgel lange verschuldet.

Die kleine Kantorfamilie mußte schwer um ihre Existenz kämpfen. Die Bezahlung war gering und die Gemeinde arm. Aber dank Vater Ulriks guter Laune und Mutter Hedwigs äußerster Sparsamkeit ging es. Mit größerer Sorge als der Vater sah die Mutter, daß der älteste Sohn für nichts Sinn hatte als für die Musik.

„Wenn du doch Volksschullehrer werden wolltest", sagte Papa Ulrik, „dann hättest du dein Brot. Aber Musiker! Das ist wie eine Ehe mit der Armut."

Nein, Lehrer wollte Mikael nicht werden. „Was willst du dann werden, wenn du nicht Musiker wirst?"

Mikael überlegte.

„Ingenieur!" sagte er dann. Papa Ulrik kannte seinen Sohn nur allzugut. „Um Orgeln bauen zu können", sagte er.

Mikael nickte. In letzter Zeit hatte er sich ebensoviel im Orgelkasten aufgehalten wie auf der Orgelbank, und Vater Ulrik selbst konnte die Orgel nicht so gut stimmen wie Mikael. Dieser hatte offenbar gute Anlagen für das Technische. An der Hobelbank war niemand so geschickt wie er, und er machte Erfindungen für die Arbeit im Haushalt, die sogar die strenge Mutter Hedwig billigte.

Es wurde beschlossen, daß Mikael eine technische Schule in Stockholm besuchen sollte.

Ein Jahr hielt Mikael es am Technikum aus. Er wohnte in einer kleinen Bude im Süden von Stockholm und hatte einen weiten Weg bis zu der im Norden gelegenen Schule. Beim Nachhausegehen machte er oft einen Umweg, um an einem Gelände am Hafen vorüberzukommen, über dessen Tor „Königliche Musik-Akademie" stand.

Durch das Tor strömten ständig junge Leute mit Notenheften unter dem Arm, auf dem Kopf eine blaue Samtmütze mit einer silbernen Leier. Mikael fühlte bei ihrem Anblick vor Neid einen Stich im Herzen. Ihm war, als stände er vor der Pforte eines verlorenen Paradieses.

Als Mikael sein zweites Studienjahr am „Technikum" beginnen sollte, stand er wieder einmal vor der Akademie. Auf einem Plakat an der Pforte stand etwas geschrieben:

Aufnahmeprüfungen. Mikael las das Plakat von Anfang bis zu Ende. Er bekam einen Schreck, als er sah, daß es gerade der letzte Tag für die Anmeldungen war. Ohne sich recht bewußt zu werden, was er tat, folgte er einigen jungen Leuten, die durch die Tür hineingingen. Er kam in eine große Halle, wo ein solches Stimmengewirr herrschte, daß er davon ganz benommen wurde. Aus einem großen Saal drangen durch die verschlossene Tür ihm wohlbekannte Töne. Aber diese Orgel war nicht so gut wie die auf Allerö.

Ein junger Mensch mit langem, flachsblondem Haar wandte sich plötzlich an Mikael. „Sollst du auch eine Prüfung für die Orgelklasse ablegen?" – „Ja", sagte Mikael, ohne recht zu wissen, was das bedeuten konnte.

„Hast du dich angemeldet?"

„Nein."

„Dann komm mit mir!" Mikael folgte dem Flachsblonden in ein Zimmer, in welchem ein paar Herren an einem Schreibtisch saßen. Er mußte Namen, Geburtsjahr und Heimatort angeben. Dann fragte man ihn nach seinen Zeugnissen.

Mikael hatte nur ein Semester-Zeugnis vom Technikum. „Haben Sie kein Zeugnis von Ihrem Musiklehrer?"

„Nein", sagte Mikael, „ich habe keinen anderen Lehrer gehabt als meinen Vater, den Organisten auf Allerö."

Die Herren sahen sich an und lachten. „Lassen Sie nur", sagte der eine, „die Hauptsache ist, was der Herr kann."

Mikael erhielt einen Zettel mit einer Nummer und seinem Namen darauf. Dann mußte er vor dem Orgelsaal anstehen. Es dauerte mehrere Stunden, bis er hineinkam.

Er war müde und hungrig und mußte nach Hause, um seine Aufgaben für die Stunden am nächsten Tag zu machen.

Die Herren um die Orgel sahen mindestens ebenso hungrig und müde aus. Sie waren in einer eifrigen Unterredung begriffen und schienen den schüchternen Jungen in dem groben Anzug, aus dem er schon herausgewachsen war, überhaupt nicht zu sehen. Mikael blieb eine Weile unentschlossen stehen und überlegte, ob er nicht gehen solle. Aber da fiel sein Blick auf die Orgel. Sie sah nach nichts aus. Aber Mikael konnte sie sich jedenfalls einmal ansehen. Er machte ein paar Schritte auf sie zu, schließlich kletterte er auf die Orgelbank. Ein alter müder Mann stand von seinem Stuhl auf und stellte sich neben die Bälge. Mikael untersuchte die Register und zog vorsichtig ein paar davon heraus, trat auf eine Pedalkupplung und drückte ein paar Tasten hinunter, um den Anschlag zu fühlen.

Die Orgel gab sofort Töne von sich. Die Herren drehten sich um. Mikael präludierte und modulierte und spielte sodann auswendig den schönsten Choral, den er kannte:

Hohe Majestät, uns allen,
Die dir zu Füßen niederfallen,
Dein Lob von allen Lippen geht…

Die Orgel war besser als er dachte. Er zog mehrere Register, probierte verschiedene Manuale und Pedalstimmen. Bevor das Lied zu Ende war, hatte er immer mehr Register gezogen,und bei den letzten Takten ließ er das volle Werk ertönen.

Heilig ist Gott,
Aller Welten Gott,
Der Kraft und Gnad' und Weisheit Gott.

Plötzlich ergriff einer der Professoren den Arm seines Nachbarn. „Hörst du es!“ rief er durch das Brausen.

„Ja, ich höre. Der Junge spielt gut. Er spielt in Cis-Dur!“

Der Professor ging zu Mikael hin. „Warum spielen Sie den Choral in Cis?“

„Ich halte es für eine schöne Tonart.“

„Wie heißen Sie?“

„Mikael.“

„Und weiter?“

„Vasenius.“

„Finne?“

„Mein Urgroßvater war aus Finnland."
„Wollen Sie mir eine Fuge vorspielen?"
„Welche?"
„Welche Sie wollen."
„Darf ich die c-Moll-Fuge von Bach spielen?"
„Bitte sehr."

Mikael spielte die Fuge auswendig. Die Herren sahen nicht mehr müde und hungrig aus. Sie hörten zu und sahen sich hin und wieder an.

Als Mikael geendet hatte, sagte einer der Herren: „Warum sind Sie nicht früher hierhergekommen?"

„Meine Eltern wollen nicht, daß ich Musiker werde. Sie sagen, daß man dabei verhungert."

Die Herren lachten. Einer von ihnen, der nicht so aussah, als könne er durch eine Orgeltür gehen, sagte im breitesten Schonisch: „Findet derr Herrr, daß ich verrhungerrt aussehe?" Nun lachte Mikael.

„Jetzt gehen wir ins Klavierzimmer", sagte der Herr aus Schonen. Dort standen viele Instrumente, unter anderem ein riesiger Flügel. Mikael hatte noch nie einen Flügel gesehen. Während die Herren wieder diskutierten, ging er im Saal umher und fand ein Klavier, das ihn an das kleine Tafelklavier zu Hause im Saal des Kantorhauses erinnerte.

Mikael setzte sich an das Instrument. „Oh, wie es klang!" Er begann Mozarts A-Dur-Sonate mit den Variationen zu spielen. Nach dem ersten Satz schlug ihn der Herr aus Schonen auf die Schulter. „Das genügt", sagte er. „Jetzt müssen wir Sie in Musiktheorie prüfen."

Ein magerer knochiger Mann führte Mikael zu einem Schreibtisch, auf dem ein Haufen Notenpapier lag.

Er reichte Mikael eine Feder, setzte sich ans Klavier und sagte: „Ich spiele jetzt eine Melodie. Versuchen Sie, diese hinzuschreiben. Es kommt nicht so sehr auf Tonart und Rhythmus an, sondern ob Sie die Intervalle unterscheiden können."

Der Professor spielte, und Mikael schrieb. Im Nu erfaßte er die Tonart: Des-Dur. Aber er schrieb die Melodie in cis-Moll mit sieben Vorzeichen. Die Herren sagten eine Weile nichts. Die Melodie war in der richtigen Tonart geschrieben und ordentlich rhythmisiert.

Der Schonländer brach das Schweigen: „Der Herr wird angenommen; da besteht kein Zweifel. Kommen Sie morgen vormittag um zehn Uhr wieder."

Mikael wollte antworten: „Um zehn Uhr bin ich in der Schule", aber die Herren gingen schon hinaus. Und in seltsame Gedanken versunken, ging er den langen Weg zu seiner kleinen Bude im Süden der Stadt zurück.

Der Besuch der Technischen Schule ließ sich nicht mit den Stunden auf der Akademie verbinden. Aber der Professor aus Schonen brachte die Sache in Ordnung. Mikael faßte Mut und bat um eine Unterredung. Er erzählte, daß seine Aufnahmeprüfung nur ein „musikalischer Einfall" gewesen sei. Der Professor wußte gleich Rat. „Folgen Sie Ihrer Berufung! Hat Ihnen der Herrgott solche Gaben verliehen, dann müssen sie diese auch auf die einzig rechte Weise gebrauchen. Sie brauchen nicht Musiker zu werden, Sie sind Musiker."

„Aber ich muß zuerst meine Eltern fragen."

„Dann erhalten Sie nur ein Nein als Antwort. Lassen Sie mich an sie schreiben!"

Mikael machte Schluß mit dem Technikum und begann sein Studium an der Akademie. Aber der Professor vergaß sein Versprechen, an Mikaels Eltern zu schreiben.

Zuerst fertigte sich Mikael ein „stummes" Klavier an. Er war ja ein geschickter Bastler und hatte sich bald eine Klaviatur mit weißen und schwarzen Tasten, unter denen sich Federn befanden, konstruiert, aber ohne Saiten und Hämmer. Wie es klang, wußte er ja trotzdem. Die kleine Witwe, bei der er wohnte, glaubte wohl, daß der junge Herr mit der blauen Mütze ein wenig verdreht sei. In ihrer Küche, wo sie den ganzen Tag an dem mit blühenden Pelargonien und Balsaminen geschmückten Fensterchen saß und strickte, hörte sie, wie „Herr Mikael" oder „der Erzengel“, wie sie ihn heimlich nannte, stundenlang, manchmal schon um fünf Uhr morgens, auf seinem stummen Klavier übte. Daß menschliche Finger so rasch laufen konnten!

„Aber wie klingt das denn alles?“ fragte Mutter Hökberg eines Tages, als sie hereinkam, um ihrem „Erzengel“ den Kaffee zu bringen.

„Das klingt so“, sagte Mikael und zeigte auf ein Notenblatt mit einer Menge schwarzer Notenköpfe; die Tinte war noch kaum getrocknet.

„Haben Sie das geschrieben?“

„Sicher. Das ist ein Stück, das ‚Allerö-Glocken‘ heißt.“

„Das möchte ich mal hören.“

„Kommen Sie heute abend in die Katharinen-Kirche. Dort spiele ich beim Abendgottesdienst. Dann spiele ich es als Nachspiel für Mutter Hökberg.“

„Nun, wie gefiel Ihnen meine Fuge?“ fragte Mikael, als sie von der Kirche zusammen nach Hause gingen.

„Oh“, sagte Mutter Hökberg, „ich bin ja nicht die Spur musikalisch, aber es war herrlich, Sie spielen zu hören, Herr Mikael. Wir hatten zu Hause eine Garderobentür, die immer quietschte. Und ich sah meine ganze Kinderzeit vor mir, als ich die schöne Musik hörte. Ich hörte die Tür quietschen und sah Vater und Mutter und alle Geschwister vor mir. Ja, es war eine herrliche Musik! Die möchte ich noch mal hören.“

Da der Professor versprochen hatte, an die Eltern zu schreiben, erwartete Mikael voll Spannung die Antwort des Vaters. Aber er mußte lange warten. Tage und Monate vergingen. Endlich kam eines Tages der Brief.

„Wir fangen an, unruhig zu werden“, schrieb Vater Ulrik, „denn seit Du wieder fortgereist bist, haben wir noch kein Wort von Dir gehört. In letzter Zeit bin ich zu jedem Postboot hinuntergegangen. Der Steuermann sagte mir, daß die Fahrt gut verlaufen sei, und daß Du wohl und munter an Land gegangen seist. Bist Du vielleicht krank oder hast Du so viel Arbeit, daß Du nicht nach Hause schreiben kannst? Ich hoffe, daß es Dir auf dem Technikum gutgeht und daß Deine Lehrer zufrieden mit Dir sind. Schreibe nun gleich, wenn auch noch so kurz, denn ich kann es nicht mehr mit ansehen, wie Mutter sich Deinetwegen absorgt. Wir grüßen Dich alle, vor allem Dein Bruder Fredrik, der Sehnsucht nach Dir hat. Er hat jetzt auch angefangen, etwas zu spielen, aber ihm fällt die Musik nicht so leicht wie Dir. Gott sei mit Dir, mein Sohn!

Dein Vater Ulrik."

Mikael begriff augenblicklich, daß der Professor sein Versprechen, an die Eltern zu schreiben, vergessen hatte. Nun mußte er es selbst tun.

Es kam lange keine Antwort auf seinen Brief. Aber eines Abends klopfte es an seiner Tür, und der Vater kam herein. Seiner Miene nach zu urteilen, würde es nicht leicht sein, mit ihm zu verhandeln. Aber Mikael verlor nicht die Ruhe. Nicht Vater würde Schwierigkeiten machen, aber hinter ihm stand Mutter. Mit einem leisen Lächeln erkannte er seine Mutter in jedem Wort der Predigt wieder, die der Vater herunterhaspelte. Liebe, besorgte kleine Mutter, die immer noch davon sprach, daß er eine „Position" haben müsse! Das war ein gelehrtes Wort, das sie oft anwandte. Es sei so wichtig, daß die Söhne eine „Position" im Leben hätten.

Als der Vater mit seiner Rede fertig war, zog er ein blaukariertes Taschentuch heraus und trocknete sich die Stirn. Er sah etwas verlegen aus, wie einer, der seine Aufgabe konnte, aber kein Wort davon verstand. Während Vater Ulrik darauf wartete, daß Mikael etwas sagen sollte, wanderten seine Blicke auf Entdeckungsfahrt in der kleinen Stube umher. Er entdeckte die Klaviatur auf dem Tisch. Er drehte seinen Stuhl herum und schlug einen Akkord an, stutzte aber verwundert, daß nur das Klappern der Tasten zu hören war.

„Ein stummes Klavier", sagte er dann. „Woher hast du das?"

„Ich habe es mit meinen eigenen Händen gemacht; es ist ein Bild von mir selbst."

„Ich verstehe nicht..."

„Du als Musiker müßtest mich doch verstehen, Vater. Dieses Klavier bin ich selbst, so wie Mutter mich haben will... Wenn ich mich nicht mit Musik befassen darf, werde ich mein ganzes Leben ein stummes Klavier sein. Mutter spricht von ‚Position', und ich verstehe sie so gut. Ich weiß, wie arm wir sind und wie ihr zu Hause entbehren müßt, damit ich in Stockholm studieren kann."

„Ja", sagte Vater Ulrik, „wir müssen entbehren, aber wir tun es deinetwegen mit Freuden. Wir essen keinen Käse mehr."

Es tat Mikael irgendwie weh, als er das hörte. Seinetwegen aßen sie also keinen Käse mehr.

„Wenn ihr es durchaus wollt, kehre ich aufs Technikum zurück. Obwohl ich fühle, daß ich mit Leib und Seele der Musik gehöre. Meinetwegen erstrebe ich keine Position. Für die Musik könnte ich hungern und frieren. Ja, das habe ich schon getan, denn um mein ‚Hackbrett', wie die Kameraden mein stummes Klavier nennen, zu bauen, hatte ich, um das Material kaufen zu können, mehrere Tage nichts zu essen und nichts zu heizen. Ich habe nur Hunger und Durst nach Musik. Als Schüler der Akademie habe ich jedes Konzert in der Akademie frei, und manchmal bekomme ich auch Freibilletts für eine Oper. Und jeden Sonntag gehe ich in die Kirchen und höre die Organisten spielen, vor allem meinen Orgellehrer, der Organist an der Großen Kirche ist."

„Willst du mal ein Stück auf dem ‚Hackbrett' spielen", sagte Vater Ulrik, „dann sehe ich, ob ich folgen kann."

Mikael setzte sich an „das Klavier". „Rate, was das hier ist, Papa!" –

„Das ist leicht zu erraten", sagte Vater Ulrik, „es ist das Präludium zu Bachs Wohltemperiertem Klavier."

„Du hättest auf die Akademie gehen sollen, Papa. Es ist bedauerlich, daß du sie nicht besuchen konntest."

„Ich habe alles, was ich nötig hatte, bei dem Organisten an der Domkirche in Upsala gelernt", lautete die Antwort. „Aber hör jetzt einmal zu, Mikael!"

„Ja, Vater?"

„Mikael, du mußt nicht glauben, daß ich dich nicht verstehe. Ich habe nur auf Mutters Verlangen unsere Bedenken vorgebracht, und jetzt habe ich von dir gehört, wie ernst es dir mit der Sache ist. Ich ging vom Hafen aus direkt zur Akademie und traf gerade den Professor, der versprochen hatte, an mich zu schreiben. Er war sehr betrübt, daß er es vergessen hatte, daß Mutter beunruhigt war und daß ich mir eine Extrareise leisten mußte. Er wollte mir sogar die Schiffskarte bezahlen, aber das ließ ich nicht zu. Ich bekam etwas, was mehr wert war als noch so viele Schiffskarten. Ich erfuhr aus seinem eigenen Munde, wie geeignet er dich für den Musikerberuf hält. Ich glaube, daß Mutter sich freuen wird, wenn sie hört, daß ein Herr in so hoher ‚Position' deine Berufswahl billigt." Bei diesen Worten blitzte es in Vaters Augen schelmisch auf. „Spiele also weiter, mein Sohn, ich wünschte nur, daß du ein besseres Klavier hättest."

„Ich brauche kein besseres", sagte Mikael. „Mein Lehrer in Kontrapunkt sagt, für einen Musiker sei das innere Gehör wichtiger als das äußere. Als ich ihm von meinem ‚Hackbrett' erzählte, rieb er sich vor Vergnügen die Hände. ‚Ausgezeichnet', sagte er, ‚man soll nicht am Klavier komponieren, sondern am Schreibtisch.'"

„Hast du schon angefangen zu komponieren?" fragte der Vater.

Mikael holte aus einer Mappe eine Menge engbeschriebener Notenblätter hervor.

Der Vater blieb so lange über Mikaels Noten sitzen, bis die Wirtin die Tür einen Spalt aufmachte und fragte, ob sie ein Bett zurechtmachen solle.

Als sie erfuhr, daß es Mikaels Vater war, der auf Besuch gekommen sei, war sie, wie sie sagte, „ganz außer sich vor Freude", daß sie frisches Weißbrot gebacken und Kaffee,

Zucker und Sahne im Hause habe. Die kleine Frau wußte nicht, was sie ihrem „Erzengel" zuliebe tun sollte. Sie machte für Vater Ulrik ein Bett in der guten Stube zurecht und hatte, bevor er am nächsten Morgen mit dem ersten Schiff nach Allerö zurückfuhr, schon ein Frühstück für ihn bereit.

Mikael machte schon nach einem Jahr sein Organistenexamen. Das meiste, was er für diese Prüfung können mußte, hatte er von seinem Vater gelernt. Er hätte sich jetzt eine kleine Anstellung auf dem Land suchen können, aber die Liebe zu der Stadt und dem dortigen Musikleben hielten ihn noch in Stockholm zurück. Er bekam eine schlecht bezahlte Stelle als Gehilfe an der Kungsholms-Kirche, da er aber sehr sparsam war, konnte er hin und wieder einen Geldschein nach Hause schicken. Der erste Brief, in welchem er einen Fünfkronenschein mitschickte, schloß mit der Nachschrift: „Jetzt müßt Ihr Euch vor allem einen großen Käse kaufen."

Mikael ging jetzt in die Musiklehrerklasse. Instrumente konnte er in der Akademie leihen, aber eines Tages entdeckte er in einem Magazin, wo verfallene Pfänder verkauft wurden, ein altes italienisches Cello. Der Mann hinter dem Verkaufstisch freute sich, das alte „Monstrum" loszuwerden, und Mikael ging überglücklich damit nach Hause, obwohl er seine Ersparnisse bis zum letzten Öre hatte opfern müssen. Mehrere Tage aß und trank er nicht, und eines Morgens wachte er mit schwerem Kopf und Ohrensausen auf.

Ich muß frische Luft haben, dachte er, zog sich an und verließ das Haus. Es war erst fünf Uhr, er hörte die Glockenschläge vom Turm der Katharinenkirche, und mit seinem feinen Gehör vernahm er die Glockenschläge von allen Stockholmer Kirchen. Es war ein windiger Morgen im April, aber die frische Luft kühlte Mikaels pochende Schläfen.

Während er da so zwischen den alten Häusern spazierte, sah er einen Mann mit einem blinkenden Messinginstrument aus einem Tor kommen. Mikael wurde neugierig und folgte ihm. Bald bekam der Mann Gesellschaft von einem andern, der eine riesige Baßtuba unter dem Arm trug. An einer Straßenecke tauchte ein dritter Musiker auf, der eine Tenorposaune in blauem Stoffutteral bei sich hatte. Schließlich waren es sechs Männer, jeder mit einem Instrument, die die Gasse entlangtrotteten und in einem Tor verschwanden. Mikael folgte ihnen und schlich sich durch den Torweg. Drinnen befand sich ein ziemlich großer, gepflasterter, von rotbemalten Wirtschaftsgebäuden umgebener Hof.

Vor einem viereckigen Fensterchen mit herabgelassenem Rouleau, auf dem ein Schloß abgebildet war, hatten sich die Männer aufgestellt. Der mit der Trompete setzte sein Instrument an den Mund und nickte, worauf das Sextett den Choral „Dein' helle Sonn' geht wieder auf" anstimmte.

Das Rouleau flog augenblicklich in die Höhe, als hätte es nur auf dieses Signal gewartet. Eine kleine Luke im Fenster wurde geöffnet, und ein volles Altmännergesicht, auf dem ein sonniges Lächeln lag, nickte im Takt zu der Musik.

Nach dem Choral stimmte das Sextett Prinz Gustavs „Im Rosenduft, im Schloß des Blumentales" an, worauf ein schmetternder Parademarsch folgte. Da stand der Mann mit dem Sechzigstengeburtstagslächeln schon draußen im Hof, der sich bald mit Nachbarn, Frauen mit Blumensträußen und alten Männern mit Schnapsflaschen in der Hand füllte.

„Kommt herein, kommt alle herein!" rief der Sechzigjährige. „Meine Alte hat den Kaffee schon fertig." Der Mann ging umher, lud ein und nötigte. Da sah er Mikael im Tor stehen. „Kommen Sie doch herein, kommen Sie herein!" nötigte er ihn, und als Mikael sich zurückzog, ergriff er ihn unterm Arm.

Mikael, der vom Hunger halb benommen war, konnte nicht widerstehen. Er folgte dem Strom der Nachbarn und

Musikanten und kam in eine kleine niedrige Stube, in welcher der Kaffeetisch gedeckt war. Er wurde zum Tisch hingeschoben, aber kaum hatte die freundliche Wirtin seine Tasse gefüllt, als der Sechzigjährige schon mit einer Schnapsflasche da war.

„Nein, danke! Nein, danke", rief Mikael. Er hatte Angst vor Branntwein. Das lag in der Familie.

Aber der Wirt hatte ihm schon einen tüchtigen Schluck von dem kostbaren Trank eingegossen. Mikael trank den fast kochendheißen Kaffee und hatte das Gefühl, mit dem Branntwein Feuer in sich bekommen zu haben. Er erhielt noch eine Tasse voll, wieder mit einem Schluck Branntwein; jemand reichte ihm einen riesigen Safrankringel. Er hatte mehrere Tage nichts gegessen und war hungrig wie ein Wolf. Rings um ihn herum wurde gelärmt und gelacht, man trank sich zu und rief hurra, und ein lustiges Lied wurde gesungen, das einer der Musikanten gedichtet hatte. Mikael fühlte, wie der Schwindel im Kopf nachließ und das Ohrensausen aufhörte. Er wurde munter, stieß an, rief ebenfalls hurra und sang mit. Dann entdeckte er die Trompete, die einer der Musikanten auf die Kommode gelegt hatte. Es war ein schönes Instrument, blitzend und gut gepflegt, nicht verbeult und voll Grünspan, wie das, welches er in der Akademie hatte leihen dürfen. Vorsichtig nahm er die Trompete in die Hand, fingerte an den Klappen herum und setzte das Instrument an den Mund. Er studierte gerade für einen seiner Lehrer das Trompetenkonzert von Haydn ein.

Da stand der Besitzer des Instruments neben ihm.

„Kannst du Trompete blasen?" fragte er.

„Ein wenig", antwortete Mikael.

„Dann laß' hören!"

Und Mikael blies. Haydns heitere Musik erstrahlte in der Stube. Die Männer des Sextetts versammelten sich um Mikael. Der mit der Baßtuba improvisierte die Begleitung. Der Sechzigjährige, der in Hemdsärmeln in seinem Schaukelstuhl saß, strahlte; die alten Frauen flüsterten, und die jüngeren Frauen sahen entzückt auf den jungen Musiker mit dem schwarzen Lockenkopf, der hohen Stirn, der schönen Nase und den schwellenden Lippen.

Ein donnernder Applaus brach los, es wurde hurra gerufen, und der Sechzigjährige füllte ein Schnapsglas voll bis zum Rand. Mikael war wirr vor Freude und Musik, von den fröhlichen Menschen, von dem Feuertrank, den er in sich hatte. Er leerte das Glas und blies den schönen Mittelsatz des Konzerts und das heitere Finale.

Aber bevor er ging, hatte er versprechen müssen, zu der Feier am Abend wiederzukommen, denn jetzt müßten alle an die Arbeit. „Aber kommen Sie heute abend wieder!“

Mikael kam wieder. Er wurde wie ein alter Freund des Hauses begrüßt. Es wurde gegessen und getrunken, gespielt und getanzt, und nach Mitternacht erklärte der Gastgeber, er wolle Mikael zum Schwiegersohn haben. Mikael war in einem Zustand, daß er zu allem ja sagen konnte, aber als er seine Zukünftige sah, die fast doppelt so alt war wie er, machte er sich entsetzt aus dem Staub. Es fiel ihm schwer, gerade zu gehen, und ihm war, als ob alle Häuser schief ständen und die Sterne ganz sonderbar schwankten. Er hatte nicht weit zu gehen, trotzdem irrte er umher, bis es im Osten hell wurde, da hatte er endlich Mutter Hökbergs Häuschen erreicht.

Zu seiner Verwunderung sah er, daß hinter den Gardinen Licht war. Als er in die Vordiele kam, ging die Tür zur Küche auf und da stand Mutter Hökberg mit dem Strickstrumpf in der Hand.

„Ihr Vater war hier“, sagte sie. „Er mußte wieder abreisen, ohne Sie getroffen zu haben. Ich wußte ja nicht, wohin Sie gegangen waren, Herr Mikael. Aber Ihr Vater bat mich Ihnen zu sagen, daß Ihre Großmutter gestorben ist. Sie möchten, wenn Sie können, am Sonntag zur Beerdigung kommen. Hier ist das Reisegeld.“

Mit diesen Worten übergab ihm Mutter Hökberg einen Briefumschlag. Aber bevor sie die Tür schloß, warf sie einen prüfenden Blick auf Mikael.

„Sie riechen nach Branntwein“, sagte sie. „Das gefällt mir nicht. Ich hasse Branntwein. Mein Mann hat sich zu Tode gesoffen. Hören Sie rechtzeitig damit auf, Herr Mikael! Gute Nacht.“

Mikael taumelte wie betäubt in sein Zimmer. Er sank neben dem Bett auf die Knie. „Gütiger Gott“, wimmerte er, „Großmutter ist tot, und ich habe mich zum ersten Mal in meinem Leben betrunken! Das soll wahrhaftig das letzte Mal gewesen sein. Ich schwöre es. Hörst du mich, Gott? Ich schwöre es!“

Mikael erhob sich und wankte zum Schreibtisch. Er nahm das Hackbrett fort, unter dem ein Stoß Notenpapier lag. Er hatte zu Ehren des Sechzigjährigen einen Walzer komponiert, welchen das Sextett mit ihm als Solotrompeter gespielt hatte. Er zerriß den Bogen, legte ein schönes neues Notenblatt hin und begann zu schreiben. Er glaubte sich seinen ganzen Schmerz in einem pompösen Trauermarsch von der Seele schreiben zu können. Er würde ihn auf der Orgel in der Alleröer Kirche spielen, wenn Großmutters Sarg in die Kirche getragen wurde. Er würde spielen, daß Großmutter es bis zum Himmel hinauf hörte. Er war stolz auf sein Werk, ja stolz wie Beethoven, als er den Trauermarsch in seiner Eroica geschrieben hatte. Dann warf er sich angekleidet aufs Bett, auch das tat Beethoven mitunter, und schlief ein.

Es war schon heller Tag, als Mikael aufwachte. Der Kopf war ihm schwer, es pochte und dröhnte darin; seine erste Stunde hatte er schon versäumt. Da sah er das Notenpapier. „Trauermarsch zum Gedächtnis meiner lieben Großmutter“ stand da.

Er las das Geschriebene durch und zerriß es voll Entsetzen. So schrieb man, wenn man betrunken war! Und viele Musiker und Dichter prahlten damit, daß sie nie so gut schrieben und komponierten, als wenn sie einen zu viel getrunken hatten. Den ganzen Tag lag Mikael auf dem Bett. Der bittere Schmerz über den Tod der geliebten Großmutter mischte sich mit der Scham darüber, daß er betrunken gewesen war und schlechtes Zeug komponiert hatte. Er mußte etwas Besseres schreiben. Großmutter war wahrhaftig gute Musik wert. Und er wollte denen auf Allerö zeigen, daß der Kantorjunge, der nichts werden konnte als ein Musikstümper, sich darauf verstand, schöne Musik zu schreiben! Immer wieder hatte er das Bild vor sich, das er am Abend vorher gesehen hatte: Großmutter wurde in die Kirche getragen, und die Kirche war voller Menschen, und Vater und Mutter und Bruder Fredrik saßen auf der vordersten Bank und Mikael spielte, und alle Fischer und alle Frauen und alle Jungen und Mädchen dachten verwundert: Das hat Mikael komponiert!

Immer wieder stand Mikael auf und setzte sich wieder an den Schreibtisch. Er schrieb und strich durch. Als es zu dämmern begann, klopfte es. Mutter Hökberg steckte ihren grauhaarigen Kopf herein.

„Wie geht es, Herr Mikael? Wollen Sie nicht zum Essen gehen?"

„Ich kann nichts essen", antwortete Mikael, der müde und mit leerem Kopf auf seinem Bett lag.

„Ich habe etwas Kaffee für Sie. Soll ich ihn hereinbringen?"

„Ja, bitte, liebe Frau Hökberg... der würde mir gut schmecken."

Mutter Hökberg stellte ein Tablett hin und ging wieder hinaus. Mikael setzte sich an den Tisch. In diesem Augenblick teilte sich der Nebel, der ihm alles Denken unklar und schwer gemacht hatte. Er sah seine Großmutter, sah ihr sanftes Lächeln, wenn sie in ihrem Bett lag und er vor ihr stand und ihr das Lied vom Soldatenjungen vorsang:

> „Mein Vater war ein junger Soldat,
> Der tapferste, den es gab..."

In diesem Augenblick erwachte „das innere Gehör". Mikael ergriff seine Feder und begann zu schreiben. Es wurde kein Trauermarsch, es wurde eine heitere Phantasie, flimmernd wie das Morgenlicht auf den Wogen in der dunklen Bucht unterhalb des Kantorhofes auf Allerö.

Mikael vergaß den Kaffee, er vergaß seine Trauer und seine Schmach. Er schrieb, bis er die Linien auf dem Notenpapier nicht mehr sah. Er erwachte erst zu der schweren Wirklichkeit, als es an die Tür klopfte. Es war schon Morgen, und Mutter Hökberg fragte, ob sie das Tablett hinausnehmen könne.

Die Glocken der Kirche von Allerö läuteten. Sie waren auf die kleine Sekunde abgestimmt. Mikael hatte nicht gewußt, daß die kleine Sekunde das Intervall der Trauer und der Tränen sein könne. Wie das Wimmern eines Kindes, wie das letzte Jammern eines Todkranken, wie sein eigener bitterer Schmerz über Großmutters Scheiden und seine eigene Schmach klangen die Glocken von Allerö.

Mikael hatte alles zerrissen, was er zu Großmutters Beerdigung geschrieben. Er lernte viel in diesen Tagen, als er an seinem Schreibtisch saß. Man trägt seinen Schmerz nicht zu Markte. Das wurde ihm völlig klar, als er Großmutter bleich und sanft in ihrem Sarg liegen sah. Er war kein stolzer Musiker, der mit selbstgemachter Musik zu Großmutters Gedächtnis glänzen wollte. Er war nur ein Mensch, der Trauer hatte, wie alle Menschen trauern, hoch und niedrig, reich und arm, alt und jung. Und er war froh, daß Vater spielte, daß er neben Mutter hinter dem Sarg hergehen durfte. Auf ihrer anderen Seite ging Bruder Fredrik.

Es war Musik von Bach, dem großen Künder der Trauer.

Von allen Kameraden an der Akademie war Mikael der liebste jener flachshaarige junge Mann, der sich seiner am ersten Tag angenommen hatte, als er schüchtern um Aufnahme nachsuchend in den Vorhof der Kunst getreten war. Er wurde allgemein Linus genannt, war Stockholmer, gehörte einer gutsituierten Familie an und liebte Musik, doch fehlte ihm Mikaels lebhafte Phantasie. Er liebte auch gutes Essen und gute Kleidung, schlief morgens lange und war im Gegensatz zu Mikael eine richtige Nachteule.

Linus hatte ebenso viel Geld, wie es Mikael daran fehlte. Linus, der es liebte, als Beschützer und, wo es nötig war, als Mäzen aufzutreten, führte Mikael in sein Elternhaus ein, wo sich der arme Musiker wenigstens einmal in der Woche ordentlich sattessen konnte.

Linus' Mutter, eine hochgebildete Frau, merkte bald, daß Mikael für Musik viel begabter war als ihr Sohn, daß ihm jedoch andererseits höhere Bildung und Umgangsformen völlig abgingen. Wenn Linus Mikael nach einem guten Essen mit in die Stadt nehmen wollte, fand Mikael es viel schöner zu Hause bei Linus' Mutter zu bleiben. Er liebte es, ihr klassische Musik vorzuspielen, sie seine Kompositionsversuche hören zu lassen, und am liebsten las er ihr vor, während sie im Salon auf dem Sofa saß und Handarbeiten machte. Mehrere Semester hintereinander konnte Mikael auf diese Weise in einem kultivierten Haus verkehren, gute Literatur, nicht zum mindesten Poesie kennenlernen, und er fühlte zu Linus Mutter eine Zuneigung, wie er sie seiner eigenen, ein wenig gefühlskalten Mutter gegenüber nie empfunden hatte. Linus' Mutter weckte in Mikael das Interesse dafür, in einer Abendschule in Stockholm fremde Sprachen zu studieren. Sie las mit ihm Heines und Lenaus Gedichte, die so viele Tondichter inspiriert haben, und Mikael zeigte sich dankbar, indem er ihr einige Gedichte von Lenau widmete, die er in Musik gesetzt hatte. Eines dieser Lieder, „Scheideblick“, durfte er ihr oft vorsingen:

„Als ein unergründlich Wonnemeer
Strahlte mir dein tiefer Seelenblick;
Scheiden mußt' ich ohne Wiederkehr,
Und ich habe scheidend all mein Glück
Still versenkt in dieses tiefe Meer.“

Indem sie Mikael Privatstunden bei vermögenden Freunden verschaffte, sorgte Linus' Mutter dafür, daß er bessere Kleidung bekam. Linus half ihr dabei, aus dem armen Kantorsohn aus dem Schärenhof einen „Herrn" zu machen, der bald durch seine stattliche Gestalt, seine jugendliche, frische Erscheinung und sein feines Benehmen Aufsehen erregte. Zum Glück war sich Mikael des Aufsehens, das er erregte, nicht bewußt. Im Grunde war er schüchtern und dachte gering von sich als Mensch und Künstler. Er liebte die Musik mehr als sich selbst und hatte nie das Gefühl, ausstudiert zu haben. Linus' Mutter führte ihn in mehrere vornehme Stockholmer Familien ein, wo er die Gäste mit seinem Klavier- oder Cellospiel unterhalten oder auch Tanzmusik bei frohen Festen spielen durfte. Obwohl er Tanzstunden besucht hatte – auch so ein Einfall seiner Wohltäter –, tanzte er äußerst ungern, und dann zu deren Entzücken am liebsten mit älteren Damen. Von diesen Veranstaltungen begleitete er immer Linus' Mutter nach Hause, entweder zu Fuß oder in einer Droschke. An der Tür küßte er ihr die Hand, wie sie es ihn gelehrt hatte. Nachts träumte er von ihr. Er träumte, daß sie jung war und daß er Musik für sie komponierte, aber der Traum endete immer damit, daß sie ihn um seine Musik zu Lenaus „Scheideblick" bat.

Dieser Traum ging auch teilweise in Erfüllung. Mikaels letztes Semester näherte sich seinem Ende. Er legte eine rühmliche Prüfung als Musiklehrer ab. Die letzten Wochen verbrachte er jeden Abend in dem ihm lieb gewordenen Heim. Linus war in Deutschland und studierte Musik, aber seine Eltern veranstalteten für den Kameraden des Sohnes ein kleines Abschiedsfest. Ein paar der engsten Freunde der Familie waren eingeladen. Auch Mikaels Eltern hatten eine Einladung erhalten, aber nur Papa Ulrik konnte kommen. Kantor Vasenius von Allerö kam in seinem besten Gehrock, der schon ein wenig grünlich schimmerte, aber mit seinem freundlichen Lächeln und seinem finnischen Akzent, den er von seinem Vater geerbt hatte, gewann er alle Herzen, und Tanzmusik konnte er mindestens so gut spielen wie sein Sohn.

Bevor man sich trennte, nahmen alle Platz im Salon. Außer den Kerzen am Flügel wurden sämtliche Lichter ausgelöscht. „Jetzt singt Direktor Vasenius seine Vertonung von Lenaus Gedicht ‚Scheideblick'", sagte Linus' Mutter.

Direktor Vasenius! Mikael fuhr zusammen. So hatte ihn noch keiner genannt. Aber es war richtig, er hatte ja sein Examen gemacht! Verlegen sah er zu seinem Vater hinüber, der in einem bequemen Sessel neben der Hausherrin saß. Er sah, wie es schalkhaft in den Falten um Vaters Augenwinkel zuckte. Dann richtete er den Blick auf Linus' Mutter.

Im Licht der Kandelaber neben dem Flügel sah er, daß ihre Augen auf ihm ruhten. Es war in diesen Augen eine Tiefe und eine Wärme, wie er sie nie zuvor darin gesehen hatte. Ein seltsames Gefühl erfüllte den jungen Mann, ihm war, als habe eine Heilige ihn angesehen.

Er begann zu spielen, er improvisierte ein Vorspiel zu dem Thema seines Lieds, die Töne quollen wie rauschendes Laub unter seinen Händen hervor, es war eine stürmische Phantasie, die Huldigung eines jungen Menschen für eine edle, gütige Frau, die ihn zu lichten Höhen emporgehoben hatte.

„Als ein unergründlich Wonnemeer strahlte mir dein tiefer Seelenblick…" Bei den Worten „Scheiden… scheiden mußt' ich ohne Wiederkehr" war Mikael nahe daran, die Selbstbeherrschung zu verlieren. Er hatte ihr zu viel zu danken, ihr, die dieses schöne Fest zu Ehren eines armen Musikers veranstaltet hatte, der nichts besaß als die Kleider, die er auf dem Leib trug, wenn überhaupt das.

Verstohlen warf er Linus' Mutter einen Blick zu. Sie hatte den Kopf gesenkt. Er sah eine Träne, eine einzige, im Schein der Kerzen glitzern, und er sang das Lied zu Ende:

„Und ich habe scheidend all mein Glück
Still versenkt in dieses tiefe Meer."

Mit einem merkwürdigen Gefühl ging Mikael auf dem Heimweg von der schönen Wohnung auf Östermalm an der Akademie vorüber. Hier hatte er sich viele Jahre zu Hause gefühlt. Täglich war er durch das Tor aus- und eingegangen. Jetzt hatte er sein Examen gemacht, fühlte sich aber gleichzeitig ausgeschlossen. Die große Stadt, in der er sich so viele Jahre heimisch gefühlt hatte, war ihm mit einemmal fremd und erschreckend geworden. Nicht einmal den schlecht bezahlten Dienst als Gehilfe des Organisten versah er noch. „Jetzt kannst du dir einen besseren Posten suchen", hatte der Professor zu ihm gesagt, als er einen armen jungen Musikstudenten als seinen Gehilfen anstellte.

Die ersten Tage nach dem Examen, denen Mikael mit so großen Hoffnungen entgegengesehen hatte, waren schwer. Er war müde nach der letzten anstrengenden Arbeit für sein Examen, und er war unentschlossen, was seine Zukunft betraf. Er hatte nicht einmal ein Instrument, auf dem er spielen konnte. Das Cello hatte er versetzt, die Trompete zurückgegeben, das „Hackbrett" war schon seit langem für den Kachelofen geopfert worden.

Als Mikael eines Morgens ausgehen wollte, um die Anschlagtafeln im Vestibül der Akademie zu studieren, fand er Mutter Hökberg regungslos in der Vordiele liegen. Er beugte sich hinunter, um ihr aufzuhelfen, fühlte aber, daß ihre Hand eiskalt und ganz starr war. Die andere Hand hatte sie so fest um ihre Geldbörse geschlossen, daß er die Finger nicht öffnen konnte. Sie war ausgegangen um einzukaufen, ihr Hut war in eine Ecke gerollt, als sie, vermutlich vom Schlag getroffen, hingestürzt war.

Mikael ging fort, um die Nachbarn herbeizurufen; schließlich kamen ein Arzt und ein Polizist. Er selbst mußte zum Pfarramt gehen, um den Todesfall anzumelden, und da niemand etwas von Verwandten der Toten wußte, mußte Mikael alles Nötige zur Beerdigung besorgen. Gefällig und gutgläubig wie er war, bezahlte er alles mit seinen kleinen Ersparnissen. Er saß mit auf dem

Kutschbock, als der Leichenwagen den weiten Weg von Söder zu dem neuen Kirchhof fuhr; allein ging er hinter dem Sarg her mit einem Blumenstrauß in der Hand, den er in einem Blumenladen gekauft hatte, während der Kutscher draußen wartete. Mit seinem letzten Geld bezahlte er die Fahrt. Dann ging er den weiten Weg nach Hause. Er ging an Restaurants, aus denen Speisedüfte drangen, und kleinen Cafés und Bierstuben vorüber und hatte einen fürchterlichen Hunger. Zu Hause angelangt, ging er in Mutter Hökbergs Speisekammer. Dort fand er in einer Dose etwas Kaffee, in einer anderen etwas Zucker, in einem Blechkasten ein paar Brote und in einer Kruke ein wenig Butter. Das war alles, aber es reichte für ein paar Tage.

Jeden Morgen ging Mikael zu den Anschlagtafeln in der Akademie. Leer! Niemand brauchte einen Organisten mit Musiklehrerexamen.

Eine ganze Woche lang war Mikael vergebens zur Akademie gewandert, als er eines Morgens auf der Tafel eine aus der Zeitung ausgeschnittene Annonce angeheftet sah. Es handelte sich um eine Vertretung als Organist an einer kleinen Kirche in Södermanland. Mikael lieh sich eine Briefmarke von dem freundlichen Pedell und schrieb ein Gesuch. Der Pedell besorgte eine Abschrift von Mikaels Zeugnis, und Mikael brachte den Brief sofort zur Post.

Als er wieder in die Wohnung kam, fand er dort einen Polizisten und zwei Herren vor, die an dem Tisch in Frau Hökbergs Küche saßen. Es handelte sich um das Nachlaßverzeichnis. Mikael wurde ersucht, sich zu setzen. Man fragte ihn nach den Einkünften und Schulden der Hinterlassenschaft, aber davon wußte Mikael nichts. „Wer hat die Begräbniskosten bezahlt?"

„Die habe ich bezahlt", antwortete Mikael.

„Möchten Sie uns Ihre Quittung zeigen?"

„Ich habe keine Quittung", erwiderte Mikael.

„Junger Mann", sagte einer der Schreiber, „Sie wissen nicht viel vom Leben. Was haben Sie bezahlt, daß die alte Frau in die Erde kam?"

Mikael zählte alles auf. Die Herren sahen sich an.
„Das klingt glaubwürdig, nicht wahr?"
Die Herren nickten.
„Sehen Sie her", sagte der Schreiber, „unterschreiben Sie diese Quittung! Wir können Ihnen das Geld vorschießen. Sie sehen nicht so aus, als hätten Sie es allzu dick."
Mikael traute seinen Augen nicht. Mit zitternden Händen nahm er die Geldscheine entgegen.
„Haben Sie die Miete bezahlt?"
„Ja, bis zum Monatsende."
„Dann dürfen Sie bis dahin wohnen bleiben; wir können mit der Auktion des Mobiliars warten, bis Sie ausgezogen sind."
Am Tag, bevor Mikael ausziehen mußte, kam der Brief. Er war als stellvertretender Organist an der kleinen Kirche in Södermanland angestellt und sollte seinen Dienst unverzüglich antreten.

Der Mälar ist ein wunderbarer See. Mikael, der so lange auf den Straßen Stockholms gewandert war, empfand es als erquickend, die Stadt hinter sich zu lassen, an lachenden Ufern vorüberzufahren, den Duft blühender Sommerwiesen zu spüren und den Blick auf schönen Herrenhöfen, roten Bauernhäusern und weißen Kirchen ruhen zu lassen.
Bei der Fähre von Hjulsta ging er an Land. In der einen Hand trug er eine Reisetasche, in der andern sein Cello in einem selbstangefertigten Kasten. Das letzte, was er in Stockholm besorgte, war der Gang zum Pfandleiher, um sein geliebtes Instrument einzulösen. Ein Kaufmann, der Waren vom Schiff geholt hatte, ließ ihn mit zu dem neben der Kirche gelegenen Kantorhaus fahren. Unterwegs konnte er ihm allerhand von dem Dienst erzählen, den Mikael antreten sollte. Der alte Kantor, der gleichzeitig Schullehrer sei, habe die „Zitterkrankheit" bekommen, so daß er nicht mehr Orgel spielen könne. Doch sei er ein tüchtiger Lehrer und halte die Jugend in der Zucht des Herrn. Aber die Lehrerfrau sei ein geiziges Frauenzimmer.

Keiner verstünde den Preis für die Waren so herunterzuhandeln wie sie, und wie sich in dem Hause jemand sattessen könne, das könne kein Kaufmann verstehen. Die jungen Organisten, die sich hatten verleiten lassen, die Stelle anzunehmen, wechselten auch ständig. „Ich möchte prophezeien", sagte der Kaufmann und knallte mit der Peitsche, „daß der junge Herr auf diesem Platz auch nicht alt wird. Und hier haben wir das Kantorhaus! Nein, nein, ich will nichts für die Fahrt haben."

Mikael blieb zwei Jahre bei Kantor Wallgren. Als er das erste Mal durch die Pforte unter den schattigen Ahornbäumen ging, erinnerte er sich eines Rates, den sein Vater ihm einmal gegeben hatte: „Glaube den Leuten nicht, wenn sie schlecht über Menschen sprechen." Der Kantor stand auf der Treppe und empfing Mikael. Seine Frau, hinter der Gardine des Schlafzimmerfensters verborgen, sah ihn kommen. Etwas in dem Blick des jungen Musikers erwärmte ihr kaltes Herz. Schon die Art, wie er ihrem Mann die Hand gab, als sei er sein eigener Vater, stimmte sie freundlich, sie ging in die Speisekammer und legte noch zwei verschiedene Sorten Brot auf das schon gedeckte Kaffeebrett.

Mikael wohnte in einer kleinen nach Osten gelegenen Bodenkammer. Diese Kammer glich Großmutters Kämmerchen auf Allerö so sehr, daß er sich gleich heimisch darin fühlte. Nach dem Willkommenskaffee packte er seine Sachen aus, holte sein Cello hervor, das er so lange entbehren mußte, stimmte es und spielte Bachs erste Solosonate für Cello. Als er geendet hatte, hörte er ein vorsichtiges Klopfen an der Tür. Auf sein „Herein!" ging die Tür auf und Kantor Wallgren und seine Frau standen da.

„Ich habe solche Musik noch nie gehört", sagte Wallgren. „Du bist ein wirklicher Künstler."

„Wenn Sie doch mit meinem Mann zusammen spielen könnten, Herrn Vasenius", sagte die Kantorsfrau. „Sie können glauben, daß er auf Orgel und Klavier tüchtig war."

„Nein, es geht nicht", sagte Wallgren und hob seine zittrigen Hände in die Höhe.

„Oh, wir wollen es versuchen", erwiderte Mikael, „ich suche ein paar Noten her und komme dann hinunter."

Die Abendsonne leuchtete in den großen Saal des alten Kantorhauses. Das Laub der Linden und Ahornbäume ließ seine Schatten auf der dunklen Tapete spielen. An dem alten Klavier saß Kantor Wallgren und versuchte mit seinen zittrigen Händen das Vivaldi-Konzert des jungen Musikdirektors zu begleiten. Mikael hatte eine wunderbare Geduld, nicht zum mindesten deshalb, weil es ihm immer solche Freude machte zu spielen. Mit Tränen in den Augen saß der alte Kantor an seinem Klavier. Er merkte nicht, wenn er daneben griff oder nicht alle Noten in einer Passage anschlug. Er wußte, wie es klingen sollte und hörte die Musik in seinem Innern.

Die Kantorsfrau saß mit ihrem Strickstrumpf auf dem Sofa. Sie beschloß, daß es zum Abendessen Butterbrot mit Käse und Schinken geben sollte.

Mikael verrichtete seinen ersten Kirchendienst bei der Konfirmation der „Mädchen von Hjulsta". Die Kirche hatte eine herrliche alte Orgel mit zwei Manualen, auf der die weißen Tasten schwarz und die schwarzen weiß waren. Der Organist saß mit dem Rücken zur Kirche und hatte über dem Notengestell einen Spiegel, so daß er den Pfarrer sehen konnte. „Hier kann man Spiegelfugen spielen", sagte Mikael scherzhaft, als der Kantor ihm die Orgel vorführte.

In seinem Spiegel sah Mikael die Schar der jungen weißgekleideten Konfirmandinnen nach der Prüfung in den Chor hinaufziehen. Als die Mädchen um den Altar niederknieten, glichen sie einer Woge von weißen Anemonen. Alles Schöne, das Mikael sah, wurde zu Tönen, und nach dem letzten Lied malte er mit seiner Musik das Bild eines schwedischen Birkenhains an einem Frühlingsabend, mit weißen Anemonen, mit dem Sausen des Windes im zarten

Laub, dem Spiel der Wogen um die Steine am Strand, dem ersten Lied der Singdrossel und dem Lerchenjubel über der Frühlingssaat auf den Äckern.

Der Gottesdienst war zu Ende. Die Kirche hatte sich geleert. Der Kirchendiener löschte die Kerzen auf dem Altar. Der Organist ging in die Sakristei, um sich von dem Pfarrer zu verabschieden. Er trat zur Seite, um eine ältere Frau herauszulassen; sie war in Schwarz gekleidet, das von einem seidenen Tuch umrahmte Gesicht war streng und ernst, wie aus Holz geschnitzt. Aber als sie vorbeigegangen war, wäre er in dem dunklen Gewölbe beinahe mit einem jungen Mädchen zusammengestoßen; es war eine der Konfirmandinnen; sie hielt ein Buch in den gefalteten Händen. Verwirrt blieb Mikael stehen und einen Augenblick lang sahen sich die beiden, der junge Musiker und das junge Mädchen, an. Wie eine Erscheinung aus einer anderen Welt stand das Mädchen vor Mikael. In einer Sekunde gewahrte er etwas, das ihm so rein und schön, so scheu und doch so vertrauensvoll erschien. So ein Mädchen hatte er noch nie gesehen.

„Anemone“, flüsterte es in ihm. „Jungfer Anemone! Deinetwegen habe ich also so eine schöne Musik gespielt.“ Er neigte leicht den Kopf und ließ das Mädchen an sich vorbeigehen. Ihre Augen ruhten einen Augenblick in den seinen. Eine schwache Röte färbte ihre Wangen, dann war sie verschwunden.

Als Mikael in die Sakristei kam, trocknete der Pfarrer gerade seine Stahlfeder an einem Stück Löschpapier ab.

„Sagen Sie mir“, sagte der Organist – er versuchte in möglichst unbefangenem Ton zu sprechen – „wie heißt das junge Mädchen, das eben hier hinausging?“

„Anneli, Anneli Kohlsta“, antwortete der Pfarrer, ohne den Kopf zu heben.

In den Jahren, die er in Södermanland verbrachte, machte Mikael die Entdeckung, daß die Orgel sein eigentliches Instrument war. Die schöne Orgel in Kantor Wallgrens Kirche verlockte ihn dazu, sich auf Entdeckungsfahrt nach anderen Kirchen zu begeben. Sah man einen stattlichen gut gekleideten Mann auf den södermanländischen und westmanländischen Landstraßen wandern, sah man ein weißes Segel in upländische Fjorde zu grauen Steinkirchen steuern, dann war es der junge romantische Kantor, der auf der Suche nach Kirchenorgeln war. Er fand auch Orgeln auf Schlössern. In Strömsholm befand sich eine schöne Orgel in der Schloßkapelle, und Mikael konnte nicht verstehen, daß Johan Skythe, der so ein großer Humanist war, vergessen hatte, eine Orgel auf seinem Schloß Grönsöö zu bauen. Fand Mikael keine Orgel auf dem Schloß, dann fand sich dort jedenfalls ein altes Klavier. Und kam Mikael nicht zum Abendessen nach Hause, dann vermutete die Kantorsfrau, daß er den Damen auf Grönsöö vorspielte. Er mußte viele Geschichten über das alte Schloß hören. Grönsöö war seit dem 16. Jahrhundert mit Utö auf Arnö, das gerade gegenüber am Sund lag, verbunden gewesen. Johan Skythe, der Grönsöö erbaute, heiratete nämlich die Tochter auf „Utö Hus", einer Burg aus dem 14. Jahrhundert. Sie hieß Maria Näfe. Eine Sage berichtete, daß auf Utö früher Nonnen und auf Grönsöö Mönche wohnten, und sie hatten unter dem Wasser einen Verbindungsgang. „Utö Hus" wurde noch von vielen „Utö Kloster" genannt und der Eingang zu dem angeblichen Tunnel fand sich noch auf der Grönsöö-Schanze.

Aber was Mikael Vasenius mehr als die Geschichte des Schloßgebäudes interessierte, war die Bibliothek. Dort fand er unter alten schönen Folianten in lateinischer, französischer und altschwedischer Sprache auch Noten, viele in altertümlicher Schrift. Darunter befand sich die Gavotte „Plaisir de Grönsöö" betitelt, von der es hieß, sie sei während der Ermordung Gustavs III. gespielt worden.

Mikael gewann das alte, von Linden- und Kastanienalleen umgebene Schloß lieb; es barg so viel Schönheit und so viele Erinnerungen in seinen stilvoll eingerichteten Sälen. Wurde es abends zum Nachhausegehen zu spät und zu dunkel, dann stand immer ein Gastzimmer für Mikael bereit. Alle, die Musik liebten, liebten Mikael, und es waren viele, die ihn liebten. Aber so tüchtig er auch als Klavierspieler war und so schön er auch sang oder Cello spielte, die Leute fuhren auch zur Kirche, wenn sie wußten, daß Mikael Vasenius Orgel spielte.

Das einfache Volk denkt selten daran, was für ein Wunder es ist, daß sich in jeder kleinen schwedischen Kirche eine Orgel befindet. Dieses ungeheuerliche Instrument, das Instrument der Instrumente, ist eine Wissenschaft für sich. Im allgemeinen sieht man von einer Kirchenorgel nur den Spieltisch und die Fassade, wenn überhaupt etwas, denn die Leute wenden der Orgel in der Kirche immer den Rücken zu. Aber wenn Mikael spielte, fragte man sich, was sich in diesem Orgelgehäuse oben auf der Empore in dem dämmerigen Turmgewölbe eigentlich befinde. Oder befand es sich im Organisten selbst?

Mikael lebte in einer romantischen Zeit und hatte keine Hemmungen, wenn es galt, das Gefühl in der Musik vorherrschen zu lassen.

Mancher alte Kantor wird es müde, jeden Sonntag die empfindlichen Zungen der Orgel zu stimmen.

„Die Trompete habe ich seit zehn Jahren nicht angerührt", sagte der alte Kantor Wallgren. „Die kann nicht einmal ein Engel vom Himmel stimmen."

Aber Mikael glaubte an Engel. Er stimmte die Trompete. Er fand die Orgel furchtbar verwahrlost vor. Auf eigene Faust machte er sich darüber, das ganze Orgelwerk zu renovieren.

„Du kannst es nicht wieder zusammensetzen", sagte Kantor Wallgren, als er die greuliche Verwüstung auf der Orgelempore sah. Aber Mikael setzte es zusammen. Er war Tag und Nacht auf der Orgelempore und die Kantorsfrau brachte ihm sogar das Essen hinauf.

Eines Sonntags drehte sich die ganze Gemeinde in der Kirche um. Man hatte das Lied angestimmt, das mit den Worten beginnt:

Auf zum Himmel, welcher allen,
Die Ihn hören, einst gehört...

und sollte gerade die zweite Strophe singen. Es entstand eine kleine Pause, während welcher Mikael ein Register zog. Dann hörte man eine Stimme, die „wie eine Engelsstimme vom Himmel" kam:

Kommt ihr alle, die arbeiten,
Kommt, so ruft der Herr uns an.
Gnaden, Frieden, Seligkeiten,
Trüben Seelen ich gewann...

„Er hat die Trompete gestimmt!" flüsterte Kantor Wallgren seiner Frau zu.

Die Leute, die an diesem Sonntag von der Kirche nach Hause gingen, sagten, sie hätten eine Stimme vom Himmel gehört. Mikael hatte nie eine Trompetenstimme gehört, die so menschlich klang wie die in der alten södermanländischen Orgel. Da waren auch eine Quintadena und ein Krummhorn, die er instandsetzte.

Jetzt begann Mikael Orgelkonzerte zu geben. An hellen Frühlingsabenden und an dämmerigen Herbstabenden wallfahrteten die Leute zu der Kirche, in der Mikael spielte. Er lieh Noten von der Musik-Akademie und schrieb sie ab. Er hatte freie Station und vierzig Kronen im Monat, die Kantor Wallgren von seinem mageren Gehalt bestritt. Da blieb nicht viel übrig, um teuere Noten zu kaufen! Mikael wußte, daß er eine bessere Stelle bekommen könnte, aber die schöne Orgel hielt ihn fest, bis er erfuhr, daß man in einer kleinen Stadt in der Bergreviergegend in Westschweden eine schöne Orgel in einer neuerbauten Kirche gebaut habe. Er bewarb sich um die Stelle, ohne sich irgendwelche Hoffnungen zu machen und ohne den eigentlichen Wunsch, das gemütliche Kantorheim zu verlassen, von dem die Leute sagten, daß dort alles schöner geworden sei, seit der neue Kantor ins Haus gekommen war.

Mikael fuhr in die Stadt im Bergrevier und legte eine Probe seines Könnens als Organist ab. Er fand die Stadt märchenhaft idyllisch, „wie eine Seejungfrau, die sich an einen Hügel an einem blauen See anschmiegt“, wie er sie bei seiner Heimkehr beschrieb.

„Aber die Kirche und die Orgel?“ fragte Kantor Wallgren.

Die Kirche sei groß und hell und die Orgel sehr schön. Aber eine richtige Kirchenorgel sei es nicht, eher ein Waldschrat.

„Wieso?“ fragte Kantor Wallgren.

„Ja, da waren Waldflöte und Gedackt und Äolin und Salicional und eine Menge Tremulanten, so daß ich mich, wie ich glaube, bei der Probe ganz verspielt habe. Wenn man Waldflöte und Gedackt zusammensetzt, dann kann man auf der Orgel Harfe spielen. Als Nachspiel brachte ich eine Toccata von Buxtehude, aber ich hätte Lust gehabt, stattdessen die Ouvertüre zum ‚Sommernachtstraum‘ zu spielen. Ich fürchte das Allerschlimmste.“

Mikael erhielt die Stelle. Einige sagten, er habe sie bekommen wegen seines Vorspiels zu dem Eingangslied:

> Wie ist die Wohnung dein
> So lieblich, Herre mein,
> Dein Tempel, deine Kirche...

Andere meinten, es sei wegen seines freien Phantasierens auf der Orgel nach dem Gottesdienst, als die Leute noch eine ganze Stunde blieben, bis der Blasbalgtreter ermüdete und resolut seiner Wege ging.

„Es war, als wandere man in einem Zauberwald“, sagte ein Zuhörer. „Nein, es war wie eine Frühlingsnacht“, sagte ein anderer. „Ich war wie im siebten Himmel“, erklärte ein dritter, aber viele sagten, es sei ganz einfach deshalb, weil Mikael Vasenius so ein rasend forscher und netter Kerl sei. So kam es, daß Mikael Vasenius an einem Spätsommerabend angereist kam, als der Tag zu Ende war, als der Laternenanzünder mit seiner Leiter und seiner

Ölkanne umherging, um die zwölf Laternen anzuzünden, eine in jeder Straße. Mikael kam mit seinem Cello, seiner Reisetasche und seinem Koffer, und Droschken-Axel, wie der städtische Kutscher genannt wurde, fuhr ihn und seine Habe zu dem alten Kantorhaus auf dem Hügel am See, wo die Wogen sangen und der Wind in den Ahornbäumen rauschte.

Es ist seltsam, in ein Heim zu kommen, das man nie zuvor gesehen hat und das plötzlich das eigene ist.

Im letzten Dämmerlicht trat Mikael durch ein altes, schön geschmiedetes Hoftor. Er kam in einen engen Hof, der umgeben war von einer Brandmauer gegen das Polizeigebäude, von roten Wirtschaftsgebäuden und einer hohen Planke gegen den Pfarrgarten. Da war ein Rasenplatz mit einigen alten Obstbäumen und einer Fliederlaube, auf der ungepflegten Kiesfläche stand das Unkraut hoch. Das Haus war niedrig, es hatte zwei vorspringende Seitenflügel und viereckige Fenster mit Hunderten von Jahren alten irisierenden Scheiben.

Mikael ging in den leeren Zimmern umher. Das Klavier des früheren Kantors stand noch im Saal. Mikael probierte das fürchterlich verstimmte Instrument. In der Küche befanden sich ein Tisch und ein Stuhl. Im Schlafzimmer, das den einen Flügel ausmachte, hatte jemand ein Bett zurechtgemacht. Auf einem Stuhl neben dem Bett stand eine Milchkanne nebst ein paar Butterbroten. Auf dem Bett lag ein Zettel, auf dem in ungeübter Schrift stand: „Ich komme morgen um sieben Uhr. Agusta."

Das erste, was Mikael sah, als er am nächsten Morgen die Augen aufschlug, war die Sonne, die auf einen weißen Kirchturm mit Kupferspitze und auf die goldenen Zeiger auf dem Zifferblatt der Turmuhr schien.

Das zweite, was er sah, war Agusta. Zuerst glaubte Mikael, noch nie in seinem Leben ein so wenig weibliches Frauenzimmer gesehen zu haben. Sie sah wie ein als Frau verkleideter Mann aus. Sie hatte ein grobes Gesicht mit einem Bart auf der Oberlippe, kräftige rote Arbeitshände und einen von der Arbeit gebeugten Rücken. Mikael erinnerte sich daran, daß sein Vater einmal gesagt hatte: „Niemand kann etwas für sein Äußeres, und schöne Menschen sind nicht immer die besten. Man soll gegen alle Menschen gleich freundlich sein."

Agusta ihrerseits dachte, als sie Mikael sah: Ich habe schon viel gesehen, aber noch nie einen so stattlichen Kerl. „Darf ich den Kaffee bringen?" fragte sie dann.

„Ja, bitte", sagte Mikael, und als Agusta verschwunden war, dachte er: Sie ist sicher musikalisch, sie hat eine schöne Stimme. Mikael mußte Agusta von dem alten Kantor Rosenlund übernehmen, wie er auch dessen Klavier übernehmen mußte. Beides war gleich billig.

Agusta machte sauber, kochte, wusch, plättete und flickte seine Wäsche. Aber gesprächig war sie nicht. Sie war die Tochter des alten Kirchendieners, ihr Alter war unbestimmbar, so zwischen vierzig und fünfzig. Ihre Leidenschaft war Fischen. Bevor sich Mikael ein eigenes Boot anschaffen konnte, lieh er das Agustas. Als er jedoch fragte, wo es am meisten Fische gebe, kniff Agusta den Mund zu. So etwas verriet man nicht. Aber wenn Mikael kein Glück beim Fischfang auf See hatte, so fischte er statt dessen Menschen, wie es in der Schrift heißt. Wenn er sich nur auf der Straße zeigte, sahen ihm die Leute nach. Alte Tanten belauerten ihn in den Fensterspiegeln, die jungen Mädchen flüsterten über ihn, die Herren in der Stadt sahen in ihm einen künftigen Kumpan und jede Familie, die ein Klavier und eine erwachsene Tochter hatte, nahm ihn als Musiklehrer. Mikael bekam so viele Musikschüler, daß die meisten Stunden des Tages ausgefüllt waren. Sein Organistengehalt betrug hundert Kronen im Monat und für die Lektionen bekam er eine Krone die Stunde. Im ersten Jahr konnte er die leere Wohnung dürftig möblieren. Agusta webte Gardinen und Matten; aber sie war wütend wie ein Dorfköter über all das Gerenne und alberne Getue der Mädchen wegen des neuen Kantors. Daß der nicht selbst begriff, daß die meisten dieser Schülerinnen nicht mehr Musik in sich hatten als eine Katze! Sie hatte große Lust, selbst Stunden zu nehmen, dann sollten die hören, daß man es ebensogut konnte wie sie, wenn man auch so viel Verstand hatte, sich nicht so albern aufzuführen!

Mikael mühte sich unverdrossen mit seinen Schülerinnen. Er hatte nicht genügend Erfahrung um zu begreifen, daß die meisten von ihnen (oder deren Mamas) ganz andere Absichten hatten, als Musik zu studieren. Mikael war Musiker. Eine Musikstunde war für ihn, was für einen Pfarrer eine Predigt war. Die Musik war heilig, die Schule der Musik war streng. Mikael war auch ein strenger Lehrer, und die Schüler, die nicht ordentlich arbeiten wollten, mußten mit Spielen aufhören. Manche wurden gezwungen wiederzukommen, mußten es von neuem versuchen, wurden aber in der Regel höflich abgewiesen. Die Mütter hatten in dieser Zeit viel Gesprächsstoff. Daß man, wenn man selbst so schön war, keine Augen für weiblichen Charme hatte! Wenn er irgendwo eingeladen war, war er schüchtern und linkisch; zwar hatte er ein feines, höfliches Benehmen, aber richtig „warm“ wurde er erst, wenn er am Klavier saß. „Er ist ein richtiger Mönch“, hieß es. Und daß er in dem idyllischen Kantorhaus keine andere Wirtschafterin als diese Nonne Agusta hatte! Nein, man hatte etwas anderes erwartet, als man ihn zum Kantor wählte.

Auch die Herren hatten sich in Mikael getäuscht. Sie hatten einen netten Gefährten beim Kartenspiel und beim Grog erwartet. Mikael hatte Angst vor dem Alkohol. Aber wenn er einmal mit dabei war, ergaben sich alle auf Gnade oder Ungnade seiner Musik. Wie er aber auch einen Walzer von Strauß oder ein Nocturne von Chopin spielen konnte!

Es gab einige wirklich musikinteressierte und musikkundige Herren in der Stadt. Da war ein Tierarzt; er war Junggeselle und spielte Bratsche; ein Hüttenbesitzer war ein guter Geiger und ein Betriebsinspektor spielte gerne die zweite Geige. An einem Abend in der Woche versammelten sich die Herren zu einem Quartett. Mikael spielte das Cello. Quartette von Haydn und Mozart, von Mendelssohn und Spohr erfüllten an stillen Abenden den niedrigen Saal mit ihrem Wohllaut. Dies war Musik der Musik wegen. Die Zeit stand still und oft trennte man sich erst nach Mitternacht.

An einem schönen Juniabend, als in der Kantorgasse die Kastanien und auf dem engen Hofplatz die Apfelbäume blühten, hörte keiner der Quartettspieler das Klopfen an der Saaltür. Agusta war nach Hause gegangen, hatte aber die Außentür offen gelassen. Die Tür ging leise auf und in der dunklen Vordiele standen drei Menschen. Lauschend blieben sie stehen. Um die vier Notenständer, vor denen Kerzen brannten, saßen in der hereinbrechenden Dämmerung vier Musiker und spielten das A-Dur-Quartett von Spohr. Die erhabene Schönheit der Töne verlieh dem Bild etwas Durchgeistigtes. Einer der drei Lauschenden in der Vordiele war ein junges Mädchen. Für sie nahm sich das, was sie sah, wie ein Bild aus, das sie nie vergessen würde. Das alte Klavier, über dem ein Gemälde hing, das eine Mondlandschaft darstellte, in der einen Ecke der Notenschrank, in der anderen ein Schaukelstuhl, dazu der frisch gescheuerte Fußboden mit den Flickenteppichen, die weißen Gardinen, die sich vor den niedrigen Fenstern im Abendwind bewegten. Vor allem jedoch die vier Musiker. Der eine kehrte ihr den Rücken, er spielte Cello, vielleicht war es der neue Kantor. Den Herrn mit der Brille und dem schwarzen Bart kannte sie: Es war der Tierarzt. Von den beiden andern war der eine jung und blond, der andere sah aus wie ein alter Graf. Und wie sie spielten!

Jetzt hörte „der Graf“ auf zu spielen; er klopfte auf die Geige und sagte: „Wir fangen noch einmal von vorne an.“ Als er die Geige unter das Kinn setzte, sah er, daß die Tür zur Vordiele offenstand.

„Ich glaube, unser Bruder Mikael bekommt Besuch“, sagte er.

Mikael stand auf, legte das Cello weg und ging zur Tür

hin. „Oh, das ist ja der Herr Posthalter! Aber kommen Sie doch, bitte, herein!", sagte er, als er sah, daß der Posthalter, allgemein Nils Johann genannt, nicht allein war. Die Herren standen höflich auf.

„Entschuldigen Sie die Störung", sagte der Posthalter. „Wir spazierten heute abend zum See hinunter, und wir haben tatsächlich ein Anliegen. Wir, meine Henrika und ich möchten fragen, ob der Herr Direktor meine Nichte nicht ein wenig in Musik unterrichten würde. Sie ist jetzt in den Sommerferien bei uns. Ihre Mutter, Frau Kohlsta, wäre gerne selbst gekommen. Darf ich vorstellen... das ist meine Nichte, die kleine Anneli. Ja, so klein ist sie übrigens gar nicht! Wo bist du denn, Anneli?"

Aus der dunklen Vordiele kam ein junges Mädchen. Mikael suchte in seiner Erinnerung nach. Anneli, Anneli Kohlsta! Den Namen hatte er doch schon einmal gehört...

Jetzt sah er sie. In einem rosa Sommerkleid stand sie vor ihm. Das grüne Licht von den Kastanien draußen und der goldene Schein von den Lichtern auf den Notenständern beleuchteten ein Gesicht, das Mikael nie hatte vergessen können. Es war ihm manchmal im Traum erschienen. Jetzt sah er es vor sich. Er vermochte sich nicht zu rühren. Auch das Mädchen stand regungslos da. Lange sahen sie sich an. Schließlich fanden sich ihre Hände.

Die Herren schwiegen verwundert, aber Tante Henrika, die Wermländerin, begriff.

„Sie müssen sich schon früher einmal begegnet sein", sagte sie.

„Ja", sagte Mikael, „wir sind uns schon einmal begegnet. Nicht wahr, Fräulein Anneli?"

Anneli neigte lächelnd den Kopf.

In den Jahren, in denen Anneli sich ihrem Studium widmete, war im Grubental eine neue Zeit angebrochen. Es war, als würde die ganze alte Ordnung, alles, was früher gewesen, in einer Schmelzkelle umgegossen. Bauernarbeit und Bergbau hatten durch die große Holzindustrie und die Bildung von Gesellschaften in der eisenverarbeitenden Industrie einen gründlichen Stoß erlitten. Waldbesitzer aus Norrland kauften Wald von den Bauern auf, die plötzlich reich wurden, ihr Geld aber ebenso schnell durchbrachten und sich dessen beraubt sahen, was ihre beste Einnahmequelle hätte werden können. Große Industriekonzerne erwarben Gruben und Hütten, Hammerschmieden und Werkzeugfabriken. Frau Kohlsta ausgenommen, verkauften im Grubental alle Grubenbesitzer ihre Anteile an die neue Aktiengesellschaft, deren Zentrale sich in einem rasch wachsenden Industrieort im südlichen Dalekarlien befand.

Zu spät entdeckten die Bergleute im Grubental, daß man sie betrogen hatte. Durch das wertvolle Erz, das sie selbst oder ihre Grubenknechte in der eigenen Grube gewannen, hatten sie früher ein gutes Auskommen gehabt. Jetzt hatten sie zwar jeder ein Kapital, das auf der Bank angelegt wurde, das aber im Vergleich mit dem jährlichen Gewinn, den sie früher durch die Grube hatten, äußerst geringe Zinsen abwarf. Den Gewinn erhielt jetzt vor allem die große Gesellschaft, und dieser Gewinn wurde mit jedem Jahr größer. Enttäuschung und Empörung erfüllten die Gemüter und mancher wurde sich im geheimen darüber klar, daß sie auf Frau Kohlstas Warnungen hätten hören sollen.

Die Herren der Grubengesellschaft hatten mit der würdigen Bergmannswitwe einen schweren Stand. Die Arbeit in der wertvollen Grube konnte nicht in Gang gebracht werden, bevor nicht alle Grubenanteile eingelöst waren. Immer wieder kehrten Ingenieure und Direktoren unverrichteter Dinge zurück. Da Frau Kohlsta gut ein Drittel der Grube gehörte, lag die Arbeit danieder.

Eines Tages blieb das Schachtgestänge, die ewige Musik des Grubentales, stehen. Die Stille, die sich auf das Tal senkte, war fast unerträglich. Es war, als sei die Zeit stehen geblieben, als habe man das Ende der Welt erreicht. Die

Leute kamen auf ihre Haustreppen heraus. Es war ein strahlender Sonnenuntergang im September. Man versammelte sich auf den Wegen und ging zur Grube hinüber.

Am Wendestuhl begegneten die Dorfleute dem Dorfschuster Israel Larsson und seiner Frau. Auch sie hatten gehört, daß das Gestänge stehengeblieben war. Israels Bart war länger und sein Haar weißer geworden. Er hob die Hand, als die Volksschar herankam, und alle blieben stehen. Israel blickte über den kleinen Menschenhaufen hin. Sie kamen von allen Höfen, aber keiner von Kohlsta.

„Meine Freunde“, begann Israel, „ich komme zu euch mit einer Botschaft des Herrn: Ihr dürft das Gestänge nicht stehen lassen! Ihr dürft nicht zulassen, daß sich die Grube mit Wasser füllt. Heißt es nicht bei Hiob über die Grube der Weisheit: Wasseradern werden verstopft und hören auf zu weinen. Soll der Herr eure Tränenfluten stillen, dann sollt ihr auch den Wasserfluten in der Grube Einhalt gebieten!“

Ein drohendes Gemurmel ertönte aus der Schar und man hörte Mutter Håkanssons gellende Stimme: „Es ist nicht mehr unsere Grube!“

Israel hob den Blick und sagte still: „Es steht geschrieben: Suchet das Beste der Stadt, in welche ihr eingeht. Auch steht geschrieben: Wenn ihr nicht getreu seid in dem, was einem andern gehört, wer will euch da etwas als euer eigen anvertrauen? Kein rechter Christ freut sich über den Schaden seines Nachbarn. Keiner freut sich, daß das Gestänge schweigt, daß der Wendestuhl stillsteht. Keiner wird dieser Stille wegen heute nacht schlafen. Kommt, dann gehen wir zusammen zum Damm hinauf!“

Israel ging voran und viele folgten ihm, aber einige gingen nach Hause. Mutter Kari auf Kohlsta stand an ihrem Küchenfenster und sah die Schar auf der Straße vorübergehen. Und sie faltete die Hände, als sie Israel gewahrte.

Die Herren von der großen Grubengesellschaft hatten einen harten Strauß mit Mutter Kari auszufechten. Schließlich brachten sie sie dazu, auf ihre Bedingungen einzugehen. Sie verkaufte ihren Anteil an der Grube für 200 000 Kronen, das war doppelt so viel wie alle übrigen Grubenbesitzer zusammen erhalten hatten. Aber sie wollte kein Geld, sondern Aktien der großen Gesellschaft haben. Die Herren fuhren hin und her zwischen Westmanland und Dalekarlien. Sogar der Generaldirektor kam, ein Herr, der mit seiner Höflichkeit und seinen feinen Manieren auch die Widerspenstigsten blendete. Aber die Herrin auf Kohlsta ließ sich nicht blenden. „Ich weiß, was das Erz wert ist, und es wird später noch mehr wert sein. Ich habe die Leute im Tal davor gewarnt, so billig zu verkaufen. Jetzt will ich für sie und für mich ehrlich bezahlt haben."

„Sie wollen die Gesellschaft doch nicht beschuldigen, unehrliche Geschäfte gemacht zu haben?" sagte der Generaldirektor und sah Frau Kohlsta so treuherzig und gekränkt an, daß er ihr beinahe leid tat.

Er ist ein gefährlicher Mann, dachte Mutter Kari. „Über unsere Geschäfte urteilt ein anderer", sagte sie dann. „Sie haben meine Bedingungen gehört. Sie wissen selbst, daß sie maßvoll sind."

„Und wenn ich Ihnen erwidere, daß wir darauf nicht eingehen können. Was sagen Sie dann?"

„Dann sage ich: Leben Sie wohl!"

„Und was wird mit der Grube?"

„Das mag gehen, wie es will, wenn Sie nicht wissen, was Ihr eigenes Bestes ist."

Der Direktor schlug mit der Faust auf den Tisch. Mutter Kari bekam zu sehen, was sie erwartet hatte: den eiskalten Geschäftsmann. Er riß seine Tasche zu sich her, öffnete das Schloß, holte das Vertragsformular heraus und füllte selbst die beiden Exemplare aus.

„Sehen Sie her!" Es klang nicht mehr gnädig. „Lesen Sie!"

„Ich muß erst meine Brille holen", sagte Mutter Kari. Sie ging in die kleine Kammer. Vor dem Schrank, auf welchem die Brautbibel lag, blieb sie stehen. Es war, als spräche sie stumm mit jemand. Was da gesprochen wurde, weiß niemand.

Als sie wieder herauskam, lag eine Ruhe und Würde über ihr, die sogar den Zorn des Generaldirektors besänftigte. Er war wieder der Gentleman, denn eine innere Stimme sagte ihm, daß er diesmal ein einigermaßen ehrliches Geschäft mache.

Höflich reichte er Mutter Kari die Feder.

Kari nahm den Vertrag, las ihn mehrere Male durch, stellte einige Fragen, dann unterschrieb sie. Darauf saß sie, die Hand auf dem Vertrag ruhen lassend, eine Weile still da. Man hörte einen leisen Seufzer. Und einer der Herren glaubte ein paar hervorgeflüsterte Worte zu hören wie „nun ist es aus mit dem Frieden im Grubental".

Der Vertrag wurde bestätigt. Die Herren nahmen die Einladung zum Kaffee nicht an, der schon in der guten Stube aufgetragen war; sie gingen zur Station hinunter, wo sie eine Stunde auf den Zug warten mußten, und besprachen „das ungewöhnliche Geschäft" und die Umlegung des Grubenbetriebes.

Mutter Kari schloß den Vertrag in die Schatulle. Am nächsten Tag fuhr sie in die Stadt und legte den Vertrag in ihr Bankfach. Eine Woche später hatte sie wieder in der Stadt zu tun. Sie hob eine versicherte Sendung ab und legte ihre Aktien in das Bankfach.

Aber in der folgenden Nacht lag sie lange wach. Sie kämpfte einen schweren Kampf mit sich selbst, konnte aber zu keiner Klarheit kommen. Das Geschäft, das sie gemacht hatte, war der Gesellschaft gegenüber völlig ehrlich. Aber wie war es mit diesem Geschäft vom Standpunkt der Dorfbewohner aus? Sie hatte sie zwar gewarnt, hatte versucht, sie daran zu hindern, so billig zu verkaufen, daß sie betrogen wurden. Mußten sie jetzt nicht für die Folgen einstehen? Mutter Kari bekam keine Ruhe. Seit dem Tod ihres Mannes war dies wieder ihre erste schlaflose Nacht. So sehr sie sich auch mühte, die Unruhe in ihrem Herzen zum Schweigen zu bringen, hörte sie doch immer wieder eine innere Stimme flüstern: „Tue, was recht ist!“ Wer war es, der da flüsterte? Sie glaubte, es sei Anders’ Stimme gewesen. Tue, was recht ist, Kari! Da war etwas, was sie zu tun hatte. Und allmählich wurde es ihr klar, was es war. Sie konnte sich nicht außerhalb der Dorfgemeinschaft stellen. Das Bergrecht war seit uralten Zeiten etwas Geheiligtes. Sie hatten alle teil an der Grube. Sie sollten alle ihr Recht bekommen, jeder nach seinem Anteil. Der Gewinn des einen war der Gewinn des andern, der Verlust des einen auch der des andern. Wenn sie jetzt recht handelte, mußte sie ein Drittel von dem behalten, was die Gesellschaft ihr im ganzen bezahlt hatte, und den anderen Teilnehmern das Angebot machen, daß jeder gemäß seinem früheren Anteil Aktien von ihr kaufte. Das würde bedeuten, daß sie einen wirtschaftlichen Verlust hätte, aber den Bergleuten würde es dazu verhelfen, daß sie künftig einigen Gewinn aus der Grube zögen, wenn auch gering im Vergleich mit dem, was sie hätten bekommen können, wenn sie an ihrem Recht festgehalten hätten, wie sie selbst es den Herren gegenüber getan hatte.

Einen solchen Kampf wie in dieser Nacht hatte Mutter Kari noch nie mit sich ausgefochten. Sie fühlte, wie eine erbarmungslose Habgier, ein hartnäckiger Hunger nach Besitz aus unbekannten Tiefen in ihrem Innern emporwallten. Aber jedesmal, wenn sie sich mit Vernunftgründen beruhigen wollte, hörte sie die Stimme, die Anders’ war, sagen: „Tue, was recht ist, Kari!“

Schließlich schlief Kari ein. Sie hatte die Hände um das Kissen gelegt, als sei es Anders und sprach mit ihm: „Es soll werden, wie du es willst, Anders. Ich werde tun, was recht ist.“

Aber als Kari am Morgen aufwachte, mußte sie über ihre Torheiten während der Nacht lächeln. Sie war eben übermüdet gewesen. Jetzt waren „die Nerven“ wieder in Ordnung. Oh, nein, so dumm war Kari nicht! Sie lasen an diesem Tag Kartoffeln, und Kari arbeitete so, daß Philipp und Anna sich wunderten.

Aber als die Dämmerung hereinbrach und Kari die Arbeitskleider abgelegt hatte, hörte sie wieder Anders' Stimme: „Tue, was recht ist, Kari!"

Am nächsten Morgen ging sie nach einer abermaligen unruhigen Nacht zum Paradies hinauf. Dort herrschte noch Frieden. Niemand im Grubental lebte in so dürftigen Verhältnissen wie Israel und doch war keiner so glücklich und zufrieden wie er.

Kari vertraute ihm die ganze Geschichte von der Grubengesellschaft und den Aktien und ihrem Kampf mit sich selbst an.

„Ich bekomme Anders' wegen keine Ruhe", sagte sie.

„Anders' wegen", sagte Israel und lächelte. „Es ist nicht Anders, der dich beunruhigt."

„Wer ist es denn dann?" fragte Mutter Kari.

Israel lächelte.

„Oh, das weißt du schon selbst", erwiderte er.

Am nächsten Tag saßen die sechs Bergleute, die teil an der Grube gehabt hatten, in Mutter Karis Küche. Mit Betroffenheit, Verwunderung und Mißtrauen hörten sie sich ihren Bericht über die Geschäfte mit der Gesellschaft, über die Aktien und Karis Entschluß an, ihnen, wenn sie wollten, die Aktien zu verkaufen. Zwei von ihnen, Rik Halvars Sohn Per und Håkanssohn sagten sofort nein. Der erste, weil er das Geld schon durchgebracht hatte, der zweite, weil er grundsätzlich zu allem nein sagte.

In dieser Nacht schlief Mutter Kari, und am nächsten Tag fuhr sie mit den vier Bergleuten in die Stadt, um die Geschäfte mit ihnen in Ordnung zu bringen.

Während der folgenden Jahre änderte sich im Grubental so viel, daß sich Anneli, als sie nach ihrem ersten Schuljahr an der neuen Mädchenschule in Stockholm nach Hause kam, kaum zurecht fand.

Das Schachtgestänge war für immer verstummt. Es blieb noch viele Jahre stehen als Erinnerung an eine vergangene Zeit, bis sich die Gesellschaft daran machte, das

„Ungetüm“ abzubauen und zu Brennholz zu zerhacken. Das Holz brauchte man für das neue Dampfkraftwerk, das die Wasserpumpe der Grube versorgte. An Stelle der alten hölzernen Rinne wurden Rohre aus galvanisiertem Eisen gelegt. Die Leitern wurden durch einen Grubenaufzug ersetzt, der ebenfalls vom Dampfkraftwerk betrieben wurde. Später wurde oben am Wehr ein Elektrizitätswerk errichtet, und die Grube bekam elektrisches Licht. Neue Bohrtürme wurden errichtet, ein Anreicherungswerk wurde angelegt. Viel kostbares Erz, das früher auf die hohen Grubenhänge gebracht worden war, wurde ausgenützt. Die Gesellschaft kaufte Boden längs des Baches, wo eine Villa für den Leiter und Baracken für die Arbeiter gebaut wurden. Es kamen fremde Leute in das Grubental, es entstanden Kaufläden, Tanzlokale und mit der Zeit ein „Haus des Volkes“. Viele Bergleute, die früher in der eigenen Grube arbeiteten, hatten ihr Geld aufgebraucht und arbeiteten jetzt für die Gesellschaft.

Der Knecht Philipp holte Anneli von der Bahn ab. „Du meine Güte, was du für eine feine Stadtdame geworden bist!“ sagte er, als er ihren Koffer in den Wagen hob.

„Bin ich das?“ sagte Anneli; sie setzte den Fuß auf die Radnabe und sprang gewandt in den Wagen. „Wie geht es Anna?“

„Hast du nicht gehört, was mit Anna ist?“

„Nein.“

Philipp, der sich schwerfällig in den Wagen gehoben hatte, knallte mit der Peitsche. Er sah sie schelmisch an. „Sie erwartet ein Kind.“

Anneli wurde rot. Sie war es nicht gewöhnt, über so etwas mit Männern zu sprechen. Aber eine Freudenwoge wallte in ihr empor. Anna, die stille Anna, die so viel gelitten hatte, sollte ein Kind bekommen! Und die Ärzte hatten gesagt...

„Da beglückwünsche ich euch, Philipp“, sagte sie still. „Möchte es gut gehen. Und wie geht es Mutter?“

„Sie ist sich ähnlicher denn je.“

Anneli lachte. Aber als sie ihre Mutter sah, lachte sie nicht.

Die neue Zeit, die wie ein Frühlingssturm über das Grubental gezogen war, hatte Mutter Kari zu einem einsamen Menschen gemacht. Ihre Züge waren noch härter geworden, ihre Augen, die jetzt etwas kurzsichtig waren, sahen gleichsam an allem, was sie umgab, vorbei. Sie sah Anneli an und es war, als sähe sie die Tochter nicht. Sie sprach zu ihr wie zu einer Fremden. Aber manchmal wurde ihr Ton warm; das war immer dann, wenn sie mit Anneli über ihre Studien und Zukunftspläne sprach.

„Wie lange dauert es noch, bis du dein Abitur machst? Wann, glaubst du, kannst du mit deinem Doktor fertig werden?"

Es war bei Mutter zur fixen Idee geworden, daß Anneli Ärztin werden sollte. Aber Anneli konnte nicht vergessen, was sie auf dem Hammarbyer Herrenhof erlebt hatte, als der alte Gutsherr sie küßte und sagte: „So ein süßes kleines Mädchen wie du muß heiraten und viele Kinder bekommen."

Ärztin wollte Anneli nicht werden. Sie hatte Interesse für Bücher, für die Bücher berühmter Verfasser. Wenn sie weiter lernte, wollte sie nach Upsala und Literaturgeschichte und Sprachen studieren. Aber wie konnte sie Mutter das sagen? Es wäre, als würde man ihr ein Messer ins Herz bohren.

Und wenn Mutter jetzt auch das andere erfuhr!

Aber Mutter Kari hatte keine Ahnung, weder von dem einen noch von dem anderen.

Anneli hatte ihre städtischen Kleider abgelegt und ging jetzt wochentags wie die anderen Bergmannstöchter im Grubental gekleidet. Sie half, wie sie es gewohnt war, im Stall und in der Milchkammer. Sie nahm teil an der fröhlichen Erntearbeit, jätete im Garten und häufelte Kartoffeln. Aber einmal in der Woche machte sie sich fein und fuhr in die Stadt. Sie hatte in der Schule Orgel spielen gelernt, und jetzt wollte sie bei dem neuen Kantor Klavierspielen lernen. Das hatte Tante Henrika in die Wege geleitet und Mutter Karis Einwilligung erhalten.

Tante Henrika begleitete Anneli immer zu den Stunden. Sie saß dann mit ihrer Stickerei an einem der niedrigen Fenster des Kantorhauses, während sich Anneli mit ihren Tonleitern und Etüden abmühte. Es dauerte nicht lange, da wußte Tante Henrika, wie es um die beiden jungen Leute stand. Es ging gar nicht gut voran mit den Stunden. Der Lehrer und seine Schülerin sahen einander mehr an, als daß sie auf die Noten blickten. Manchmal waren sie so schüchtern und verwirrt, daß sie einem leid tun konnten. Dann sah Tante Henrika immer, daß „das Garn zu Ende war", oder daß sie eine bessere Nadel holen mußte, oder sie hatte eine „wichtige Besorgung" in der Stadt zu machen.

An den Tagen, an denen Anneli in der Posthalterei übernachtete, lud Tante Henrika Direktor Vasenius zum Abendessen ein. Es endete damit, daß Mikael bis Mitternacht am Klavier saß und spielte. Mitunter wollte er mit Anneli vierhändig spielen. Das ging anfangs jämmerlich. Aber Mikael gab nicht nach. Anneli war musikalisch, doch zur Pianistin war sie nicht geschaffen. Aber sie war dazu geschaffen, neben ihm an dem alten Klavier zu sitzen. Er komponierte einfache Stücke für vier Hände, entzückende Lieder, Walzer und Polkas. Wie Anna Magdalena Bach ihr „Klavierbüchlein" bekam, erhielt auch Anneli Kohlsta ihr kleines Klavierbuch, zierlich geschrieben und gebunden.

Während dieser Sommer blühte – und er blühte in diesem Jahr wunderschön –, blühte auch Anneli auf. Es wurde zeitig geerntet. Aber als es August wurde, reifte auch etwas bei Anneli. Es geschah mit solcher Heftigkeit, daß es fast weh tat. Im September wurde sie neunzehn, aber sie fühlte sich auf einmal um viele Jahre älter. Und sie wußte, daß sie Mikael gehörte, wie sie nie einem anderen würde gehören können. Mit ihrem weiblichen Gefühl ahnte sie, daß es bei ihm ebenso war. Die Begegnung in dem dunklen Kirchengewölbe in der Sakristei der kleinen södermanländischen Kirche bei Hjulsta war Bestimmung gewesen. Zwei Menschen, die zusammengehörten, waren sich begegnet.

Mutter Kari wunderte sich in diesem Sommer sehr über Anneli. Sie hatte sonst immer mit ihren Studienplänen zu tun gehabt. Die Schule sollte Ende August anfangen, aber Anneli hatte ihre Bücher nicht einmal angesehen und sich auch nicht um ihre Kleider für das neue Schuljahr gekümmert.

Eines Tages konnte Kari nicht länger schweigen.

„Du mußt wohl bald an deine Schule denken", sagte sie.

„Ich will mit der Schule aufhören", erwiderte Anneli.

Mutter Kari griff sich an die Brust, als hätte sie einen Stoß bekommen.

„Was meinst du, Kind?"

„Ich meine, wenn ich weiter in die Schule gehe, dann nur in eine Haushaltsschule."

„Du denkst doch wohl nicht ans Heiraten!"

„Ich habe etwas derartiges gedacht."

„Du bist doch gar nicht verlobt!"

„Gefragt hat mich keiner, aber ich weiß es trotzdem."

„Wie heißt er?"

„Mikael Vasenius."

„Der neue Kantor?"

„Ja."

Nun war es gesagt. Einen Augenblick drehte sich alles um Anneli. Aber dann wurde sie ruhig. Sie hatte klaren Bescheid gegeben. Sie konnte nicht anders. Jetzt konnte der Sturm kommen. Und er kam.

Mikael Vasenius saß bei seinem Frühstück. Unter der Hängelampe in dem großen Saal des Kantorhauses stand ein kleiner runder Eßtisch. Hartes Brot und Butter, gebratener Hering und Kartoffeln, Grütze und Kaffee waren aufgetragen. Als Agusta die Milch hereinbrachte, sagte sie: „Ich habe heute andere Milch geholt. In der Stadt ist

Typhus und sie dürfen vom Stensta-Hof keine Milch ausfahren. Ich hoffe, daß sich der Herr Kantor nicht angesteckt hat."

Aber Mikael hatte sich schon angesteckt, und nach zwei Wochen brach die Krankheit bei ihm aus. Mikael war noch nie in seinem Leben krank gewesen, und jetzt war er sicher, daß er sterben würde. Das Fieber war so heftig, daß es ihn völlig niederwarf. Mikael lag im Bett und betrachtete seine Hände, die kraftlos auf der Decke ruhten. Hatte er mit diesen Händen je spielen können? Würde er je wieder an der Orgel sitzen oder einen Bogen führen können? Er hatte Kopfschmerzen und Schwindel, daß sich alles um ihn drehte, wenn er nur den Kopf bewegte.

Agusta war beim Doktor gewesen und hatte Anweisungen bekommen, aber der Doktor konnte erst am nächsten Tag kommen.

„Dann bin ich tot", sagte Mikael.

Dr. Klang, der Stadtarzt, war ein alter Junggeselle, ein Sonderling; er hielt sich einen Bediensteten sowie Pferd und Wagen. Er kam immer mit der Droschke gefahren, war kugelrund, liebte gutes Essen, Blumen und Bücher und war bekannt wegen seiner kurzen Antworten und seiner geschickten Verordnungen. Seine Taxe betrug immer eine Krone. Es gab eine Menge Geschichten über ihn. Eine alte Frau kam einmal zu ihm in die Sprechstunde.

„Schmerzen?"

„Im Finger", sagte die Frau.

„Wie?"

„Wenn ich darauf drücke."

„Dann drücken Sie nicht darauf, liebe Frau! Eine Krone!"

Als der Doktor jetzt endlich zu Mikael Vasenius kam, diktierte dieser gerade sein Testament. Agusta saß neben dem Nachttisch und schrieb in ihrer steifen Schrift: „Mein letzter Wille ist..."

„Was sind denn das für Dummheiten?" fragte Dr. Klang, als er Agustas Geschreibsel sah.

„Ich muß sterben, Herr Doktor", sagte Mikael mit matter Stimme.

„Man stirbt nicht so leicht. Eine Krone."

Agusta bezahlte.

„Gehen Sie schon, Herr Doktor?" fragte Mikael erschrocken.

„Ja, natürlich", erwiderte der Doktor. „Es gibt noch mehr Kranke."

„Aber...", sagte Mikael.

„Agusta hat meine Instruktionen. Adieu!"

Als Anneli in städtischer Kleidung von ihrer Bodenkammer herunterkam, um zur Klavierstunde bei Direktor Vasenius in die Stadt zu fahren, stand Mutter Kari mit dem Rücken zur Tür in der Küche. „Aus der Fahrt in die Stadt wird nichts, Mädchen", sagte sie.

„Ich habe meine Stunde", erwiderte Anneli ruhig.

„Du sollst bei diesem Mann keine Stunde mehr haben."

Anneli fühlte, wie ein heftiger Zorn in ihr aufstieg.

„Meinst du, Mutter...", sagte sie.

„Ich meine, daß du mehr Verstand haben solltest. Du bist ja völlig verwirrt, armes Kind."

„Ich bin kein Kind. Ich bin neunzehn Jahre alt."

„Und ich hatte mehr Verstand, als ich vierzehn war."

„Und wolltest Ärztin werden. Und bekamst Prügel vom Großvater. Du würdest mich vielleicht prügeln, weil ich *nicht Ärztin* werden will."

„Das möchte ich, wenn es hülfe."

„Aber es hilft nicht."

Es blieb eine Weile still. Anneli sah auf die Uhr, die kein Schlagwerk hatte. Das Ticken klang für Mutter Kari wie Hammerschläge auf einen Sarg. Für Anneli klang es wie ein Herz, das vor Sehnsucht klopfte.

„Ich muß jetzt gehen", sagte sie. „Sonst erreiche ich den Zug nicht."

„Geh nicht!" bat Mutter Kari.

Der Tonfall in der Stimme der Mutter brachte Annelis ganzen Zorn zum Schwinden. Und als sie den Blick hob und ihre Mutter ansah, gewahrte sie, wie sich diese mit dem Handrücken ein paar Tränen abwischte.

Anneli hatte ihre Mutter nie weinen sehen und ihr war, als schwanke der Boden unter ihren Füßen, als falle sie in einen leeren Raum. Zum ersten Mal begriff sie im Ernst, was die Liebe von ihr forderte. Sie mußte wählen zwischen Mikael und ihrer Mutter. Zwischen der Liebe, die sie zu innerst wollte, und dem, was Mutters Wille war, der nie ihr eigener werden konnte.

Viele Tage hatten Mutter und Tochter miteinander gestritten. Der Sturm legte sich manchmal, nahm aber immer wieder an Heftigkeit zu. Anneli hatte sich dazu entschlossen, in die Stadt zu fahren, was es auch für Folgen haben konnte.

Die Mutter hatte nicht mit Worten gespart, als sie Anneli beschrieb, welches die Folgen ihrer unglückseligen Liebe zu dem armen Kantor sein würden. Sie hatte ihr künftiges Leben in den abschreckendsten Farben gemalt. Die häßliche Wohnung. Das kleine Kantorgehalt. Ein Mann, der nur lebte, um Musik zu machen! Sie würde dort am Herd in der dunklen Küche stehen, scheuern und waschen, jeden Pfennig umdrehen müssen. Und nie würde das Geld reichen. Und sie würde Kinder in die Welt setzen, mit all den Sorgen, die das mit sich brachte. Gar nicht zu reden von dem vielen Geld, das ihre Mutter an sie verschwendet hatte. Man denke! Ein Jahr bis zum Abitur! Und Doktor werden können! Oder auch etwas anderes, wenn Anneli nicht Ärztin werden wollte.

Anneli kannte das alles schon auswendig. Und das Leben würde später seine Melodie dazu schreiben; das begriff Anneli schon.

Aber die Liebe ist etwas, das wider alle Vernunft ist. Manchmal ist sie die reine Narretei: „Denk nur an Anna und Philipp!“ sagte Mutter Kari.

„Ja“, erwiderte Anneli und sah auf, „sind die nicht glücklich?“

„Glücklich“, wiederholte Mutter Kari, „bist du denn

ganz verrückt, Mädchen! Denk, wie es Anna ginge, wenn sie sich nicht an Philipp weggeworfen hätte!"

„Und Erik in Lerslätt geheiratet hätte!" erwiderte Anneli. „Glaubst du, sie hätte Kinder mit ihm bekommen?"

„Sie bekommt auch keine Kinder mit Philipp", sagte Mutter Kari.

„Anna erwartet ein Kind", entgegnete Anneli.

Kari sah auf. „Wer hat das gesagt?"

„Philipp hat es mir gesagt, als er mich nach Hause fuhr. Und Anna hat es bestätigt. Man sieht es ja auch schon. Daß du es nicht gesehen hast, Mutter!"

Kari war geschlagen. Das Mädchen war erwachsener, als sie geglaubt hatte.

Die Uhr an der Wand tickte. „Ich gehe jetzt", sagte Anneli. „Laß mich fort, Mutter!"

Mutter Kari trat zur Seite. Sie ging zum Tisch und sank auf das Sofa. Anneli fühlte, wie sich ihr Herz zusammenzog, als sie in der Tür stand. Sie drehte sich um: „Also adieu, Mutter!"

Mutter Kari antwortete nicht. Aber sie sah sich selbst hier sitzen und Annelis ersten Brief aus der Stadt lesen:

„Adieu ist französisch. Wußtest du das, Mutter? Es bedeutet ‚zu Gott'. Das finde ich so schön."

Mutter Kari faltete die Hände. „Oh, Gott, hilf meinem armen Kind", bat sie.

Anneli pflegte über Nacht in der Stadt zu bleiben, wenn sie ihre Musikstunde hatte. Aber Mutter Kari war kaum zu Bett gegangen, als es an der Küchentür klopfte. Sie öffnete das Fenster oben in der kleinen Bodenstube.

„Ist jemand da?"

„Ich bin es, Anneli."

Mutter Kari zog sich einen Rock über und ging hinunter.

„Liebes Kind, kommst du wirklich zurück!" Aus Mutter Karis Stimme klang Hoffnung.

Anneli sank auf das Küchensofa. „Mikael ist krank", sagte sie. „In der Stadt ist Typhus."

„Nun ja", sagte Mutter Kari. „Er wird schon wieder gesund werden."

Die harten Worte der Mutter waren für Anneli wie Salz auf einer Wunde.

„Mutter", sagte sie, „war Vater nicht manchmal krank? Erinnerst du dich, wie dir dann zumute war? Ich fühle ebenso für Mikael. Und Mikael ist schwerkrank. Er kann sterben. Was empfandest du, als Vater starb?"

„Oh, ihr seid ja noch nicht verheiratet!"

„Weißt du nichts von Liebe, Mutter? Manchmal frage ich mich, ob du sie kennst. Oh, wenn Vater lebte! Er würde mich verstehen."

Mutter Kari schwieg. Ihr Gesicht war undurchdringlich, die fernschauenden Augen blickten in den dämmerigen Augustabend hinaus. Der Weg dort drüben führte zur Grube. An dem Abend, als Anders nicht zurückkehrte, hatte sie zu dem Weg hinüber gesehen. Sie hätte Anders jetzt gebraucht. Sie war kein ganzer Mensch mehr, seit er von ihr gegangen war.

Aber zu innerst hegte Mutter Kari eine Art Liebe für ihr eigensinniges Kind. Sie hatte die Kraft, sich durchzusetzen, ihre Anneli. Vielleicht mehr als sie selbst. Sie hatte es nie gewagt, sich ihren Eltern zu widersetzen. Anneli wagte es. Vielleicht hatte sie recht mit dem, was sie von der Liebe sagte. Anders hatte Liebe gehabt. Das wußte sie. Wie war es damit bei ihr selbst... ja, ja, auf so etwas konnte man selbst keine Antwort geben.

„Du mußt jetzt hinaufgehen und dich schlafen legen, Anneli. Wir sprechen morgen darüber."

„Morgen früh fahre ich in die Stadt. Ich habe eine Stelle bei Tante Henrika angenommen. Als ich mit ihr über die Haushaltungsschule sprach, sagte sie: ‚Ich kann dich alles lehren, was du nötig hast, wenn du heiratest.'"

Mutter Kari antwortete nicht darauf. Schweigend ging sie vor Anneli die Bodentreppe hinauf. Ohne ein Wort ging sie in ihre Kammer und schloß die Tür zu.

Anneli ging in die linke Bodenstube, den Raum mit den

beiden Bildern. Im letzten Abendlicht, das von den roten Wolken über dem Waldhügel leuchtete, blieb sie vor dem Bild mit dem guten Baum stehen. Und sie las noch einmal, was auf den Früchten stand: Liebe, Freude, Friede, Langmut, Milde, Güte, Glaube, Sanftmut, Enthaltsamkeit. „Liebe", flüsterte sie. „Liebe! Mikael!"

Zwei Wochen vergingen, ohne daß in Mikaels Zustand eine Besserung eintrat. Der Doktor kam jeden Abend; manchmal schüttelte er den Kopf. Er verschrieb neue Medikamente. Agusta pflegte ihren abgemagerten Patienten wie ein Kind. Sie war äußerst reinlich, befolgte die Vorschriften des Arztes hinsichtlich der beschwerlichen Entleerungen, sie grub im Garten einen „Kalkbrunnen" und machte dem Kranken kalte Waschungen.

Eines Morgens waren die Kopfschmerzen verschwunden, der Blick war klar und Mikael sprach mit seiner gewöhnlichen Stimme. Aber er war noch immer so matt, daß Agusta ihn füttern mußte.

Jeden zweiten Tag kamen frische Blumen aus dem Garten der Posthalterei. Eines Tages steckte in dem Blumenstrauß ein Briefchen. Agusta wollte gerade das Kuvert aufmachen, als Mikael Annelis Handschrift erkannte.

„Nanu, ist er denn schon so gesund, der Herr Kantor?" sagte Agusta und gab ihm das Kuvert, worauf sie entschlossen in die Küche ging.

„Lieber Mikael!" stand da. „Ich habe solche Angst um Dich. Ich bete jeden Abend, daß Du am Leben bleibst. Sonst will ich auch nicht mehr leben. Deine Anneli."

Als Agusta wieder hereinkam, war sie wie immer.

„Haben Sie die Medizin genommen" fragte sie.

„Ja", sagte Mikael und lächelte.

Es war das erste Mal, daß Agusta ihn lächeln sah, seit er krank geworden war.

Als Mikael endlich wieder auf den Beinen stehen und ausgehen konnte, erkannten ihn die Leute kaum wieder. Er war um Jahre älter geworden. Das Haar hatte seinen Glanz verloren und begonnen dünn zu werden.

„Wo ist denn unser stattlicher Kantor geblieben?" scherzte der Hüttenbesitzer, die erste Geige, als er ihm begegnete. Diese Worte verbreiteten sich in der Stadt und kamen auch zur Posthalterei. Die Mädchen sprachen davon in der Küche, wo Anneli kochen lernte.

„Jetzt werden die feinen Fräulein wohl um ihren schönen Kavalier herumschwänzeln. Denkt nur, er soll kahl geworden sein!"

Aber Jenny brachte sie zum Schweigen. „Da ist nur eine, die seiner wert ist."

Ein Freudenschauer durchfuhr Anneli, als sie das hörte. Was lag ihr daran, wie Mikael aussah!

Aber als sie ihn dann sah, bekam sie fast einen Schreck. Onkel Nils Johann und Tante Henrika hatten in dem kleinen Gartenhaus ein Krebsessen für Mikael veranstaltet. Er wurde mit der Droschke abgeholt und der ganze kleine Garten war ein Feenmärchen von bunten Laternen. Sie würden nur zu viert sein: das Ehepaar, Mikael und Anneli, und sie wollten sich selbst bedienen. Anneli sollte zeigen, wie tüchtig sie war.

Als Anneli in einem weißen Sommerkleid in das Gartenhaus kam, saß Mikael dort allein in ein paar Decken gewickelt und mit seiner alten Musikstudentenmütze auf dem Kopf.

Anneli blieb in der Tür stehen. Im Schein der flackernden Lichter auf dem kleinen runden Tisch sah sie Mikael sitzen und schreiben. Er hatte Teller und Tafelsilber weggeschoben und war über ein Notenblatt gebeugt, auf das er mit Bleistift Notizen schrieb, ebenso schnell, wie sie selbst Buchstaben schrieb.

Anneli tat das Herz weh, als sie dieses unglaublich abgemagerte Gesicht mit den tiefliegenden Augen, der schöngebogenen Nase und der hohen Stirn sah, auf der sich das Haar gelichtet hatte. Aber vor allem nahm sie den Ernst wahr. Es war, als gehöre der, der da vor ihr saß, einer andern Welt an, als komme er aus einem fremden Land, wo man ihn schlecht behandelt hatte.

„Mikael“, flüsterte sie. Aber er hörte sie nicht. Sie wußte noch nicht, daß die Krankheit seinem feinen Gehör geschadet hatte und daß sein Herz nicht mehr so kräftig war wie früher. „Mikael!“

Er schrieb ruhig weiter; jetzt holte er einen neuen Bogen aus seiner Mappe. „Wie sonderbar!“ dachte Anneli. Er hört etwas in sich, was ich nicht höre. Es kam ihr so vor, als lebten sie in zwei getrennten Welten, als rede er eine andere Sprache, als sei er für sie ein Fremder. Wie die Bücher ihre Welt waren, wie sie über ihnen sitzen und in ihnen leben konnte, so lebte Mikael in seinen Tönen. Aber in diesem Augenblick erinnerte sie sich an das, was Mikael sagte, als sie ihre erste Stunde bei ihm hatte. „Die Musik ist die gemeinsame Sprache der ganzen Menschheit. Menschen, die die Sprachen der andern nicht verstehen, verstehen ihre Musik.“ Was Mikael dort auf dem Notenpapier schreibt, dachte Anneli, wird er einmal spielen. Vielleicht wird er es in der Kirche spielen, vielleicht wird der Chor es singen. Und wenn Menschen es hören, wird es zu ihrem Herzen sprechen. Es wird ihnen von Trauer und Freude erzählen, von allem, was Menschen fühlen. Und Anneli sehnte sich danach zu hören, wie es klang, was Mikael schrieb. Sie wollte in der Dämmerung im Kantorhaus sitzen, sie wollte an einem Abend in der Kirche sitzen, und Mikael sollte es ihr vorspielen. Mit gefalteten Händen blieb sie stehen, und in der Stille glaubte sie zu hören, wie es in ihr zu singen und zu klingen begann…

Jetzt sah er auf. Jetzt begegneten sich ihre Augen.

„Anneli!“ Es klang wie ein Schmerzensschrei.

„Anneli! Bist du es wirklich?“ Jetzt hörte sie die Freude in seiner Stimme. Sie eilte um den Tisch herum und sank neben ihm auf die Bank, schlang die Arme um seinen Nacken, lehnte den Kopf an seine Brust und brach in Weinen aus.

„Anneli, meine Anneli!“ Er legte seinen einen Arm um sie, mit der andern Hand strich er sacht über ihr Haar.

Jetzt klappte irgendwo eine Gartentür. Anneli sprang auf und holte ihr Taschentuch heraus. Mikael faltete das Notenpapier zusammen und legte es in seine Mappe. In der Tür des Gartenhauses standen Onkel Nils Johann und Tante Henrika mit einem Korb zwischen sich.

Tante Henrika brachte Mutter Kari zur Vernunft. Eines Tages fuhr sie mit dem Zug zu der kleinen Station im Grubental. Es war lange her, seit sie das letzte Mal dort gewesen war; das war bei der Beerdigung ihres Schwagers gewesen. Jetzt fand sie sich kaum zurecht. Es war eine hohe Laderampe für das Erz gebaut worden, zu der eine doppelte Seilbahn hinaufführte. Die Körbe fuhren vollgeladen auf der einen Seite hinauf und kamen auf der anderen Seite leer zurück. Die protzige Villa mit Türmen und Wimpeln vertrug sich schlecht mit den alten gediegenen Bergmannshöfen und ein paar häßlichen Baracken. „Langer Holm" und „Langer Katechismus" trugen ihren Namen mit Recht. Aber der Kohlsta-Hof leuchtete weiß wie früher auf dem Hang zur Grube hin.

Es war ein gutes Stück zu gehen, aber Henrika genoß die frische Luft des klaren Herbsttages, die Aussicht auf die blauen Berge nach Dalekarlien hinüber, wo sich das Tal nach Norden öffnete; sie lauschte auf das Rauschen des Baches, vermißte aber wie alle anderen die ewige Musik des Gestänges.

Die Erntezeit war beendet, auf den gelben Stoppelfeldern leuchtete das Gold der Heureiter in dem von einem kornblumenblauen Himmel herabflutenden Sonnenlicht.

Mutter Kari hatte vor ihrer Schwägerin einen gewissen Respekt. Zwar war es ein zweifelhaftes Gewerbe, eine Gastwirtschaft zu führen. Das werden alle wissen, wie es in alter Zeit in Gastwirtschaften zuging. Aber Henrika hielt ihren Mann und die Leute auf ihrem Hof in Ordnung. Dieses Zeugnis mußte man ihr ausstellen.

Als sie dann in der guten Stube am Kaffeetisch saßen, sagte Henrika plötzlich: „Ich bin gekommen, um dich zu fragen, wo wir die Hochzeit feiern wollen. Hier auf Kohlsta oder soll es in der Stadt sein?"

Mutter Kari trank ruhig ihre Tasse leer und schenkte ihrer Schwägerin eine zweite Tasse ein.

„Ich weiß nichts von einer Hochzeit", erwiderte sie.

„Kari", sagte Henrika und legte ihre Hand auf den Arm ihrer Schwägerin. „Erinnerst du dich daran, daß du und ich einmal jung waren? Erinnerst du dich, daß dein Vater ebenso gegen deine Heirat mit Anders war, wie mein Vater dagegen, daß ich Nils Johann heiratete? Du wirst dich erinnern, daß unsere Väter glaubten, wir würden Taugenichtse zu Männern bekommen. Siehst du, es ist so: Kein Mann taugt zu einem rechten Frauenzimmer, jeder ist erst dann gut, wenn er stirbt, und jeder ist schlecht, wenn er heiraten soll. Das ist ein altes, wahres Wort. Also ist es keine Frage, ob Anneli Mikael heiraten soll oder nicht; denn das ist schon höheren Ortes entschieden worden, ganz gleich, wie wir es mit der Hochzeit machen. Um darüber mit dir zu sprechen, bin ich hergekommen."

„Du sprichst offen mit mir", sagte Kari. „Dann kann ich auch offen mit dir sprechen. Und das sage ich dir, ich kann mich nicht dazu verstehen, mein ganzes Geld an einen Musiklaffen wegzuschenken."

„Es handelt sich nicht darum, dein Geld wegzuschenken, sondern darum, Anneli herzugeben, und du solltest Annelis Zukünftigen nicht einen Musiklaffen nennen, ehe du ihn gesehen hast."

„Es wird nicht viel an ihm zu sehen sein. Er soll ja krank und kahlköpfig und taub sein, und er wohnt in einem alten Rattenloch und kann sich mit dem schlechten Kantorlohn wohl kaum selbst ernähren."

Henrika schwieg. ‚Mach nur so weiter', dachte sie. ‚Du mit all deinem Geld, das reichen würde, ein neues Kantorhaus zu bauen.'

Kari ging jetzt gerade auf die Sache los.

„Was mir Kummer macht", sagte sie, „ist, daß Anneli es sich nicht überlegt hat. Es ist mein Traum gewesen, daß sie studieren sollte, daß sie Ärztin würde oder etwas, wozu sie befähigt ist. Und nun verliebt sie sich in diesen Mann. Und die Liebe ist blind. Sie weiß nicht, in was sie sich eingelassen hat. Sie hat Armut nie kennengelernt. Sie hat es zu leicht gehabt und ich in meiner eigenen Blindheit habe sie verwöhnt. Du glaubst, daß ich nur an das Geld denke. Aber du weißt ebenso gut wie ich, wie schnell Geld zu Ende ist. Es ist schwer zu verdienen und leicht zu verlieren. Nein, ich mache mir keine Sorge um Geld, ich mache mir Sorge um Anneli. Ich fürchte, daß sie sich in etwas einläßt, dem sie nicht gewachsen ist. Ich glaube sicher, daß sie für diesen Kantor warme Gefühle hat. Ja, daß sie ganz vernarrt in ihn ist. Aber man lebt nicht von Gefühlen. Das ist auf die Dauer eine schlechte Triebkraft. Gefühle währen nicht ewig. Was soll man dann tun, wenn eine Prüfung kommt?"

Henrika war keine sehr tief veranlagte Natur. Aber sie begriff, daß das, was Kari jetzt sagte, des Anhörens wert war. Gefühle sind nicht ewig. Was soll man tun, wenn eine Prüfung kommt? Sie wußte es. Sie konnte genau die Zeit angeben, seit der sie selbst nicht mehr von Gefühlen lebte. Das war, als sie Nils Johann in der Küche dabei überraschte, daß er eines der Mädchen tätschelte. Sie hatte alles verlassen wollen, diesen unwürdigen Mann und dieses unwürdige Geschäft. Nun verstand sie ihren Vater und seine Abneigung gegen ihre Wahl. Aber ihr Stolz rettete sie. Nein, sie wollte nicht als Besiegte nach Hause kommen. Es war *die Pflicht*, die sie rettete. Als sie in der Vordiele stand und Mantel und Hut nehmen und zum Zug gehen wollte, hörte sie, daß Gäste kamen, ein paar Reisende, die Zimmer und Essen haben wollten. Da hängte sie den Mantel entschlossen wieder an den Haken und stand lächelnd in der Tür und hieß die lieben alten Gäste willkommen.

Was soll man tun, wenn eine Prüfung kommt? Henrika wußte die Antwort: seine Pflicht! Sie glaubte, ihre Mutter ihr Lieblingslied in ihrer wermländischen Mundart singen zu hören:

Laß nie deine Pflichttreue sinken;
Frag' nicht nach der Sitte der Heiden:
Was werden wir essen und trinken,
Womit werden wir uns bekleiden?
Dafür verspricht Gott ja zu sorgen;
Ihm kannst du vertrauen am Morgen,
Brauchst nachts keinen Kummer zu leiden.

Pflicht, Arbeit, das war die Lösung aller Probleme. Es war die Religion ihrer Mutter gewesen. Und es war Mutter Henrikas eigene Religion. Sie hatte keine andere.

Und jetzt sagte sie etwas, was Kari aufhorchen ließ.

„Ich habe Anneli in der kurzen Zeit, die sie bei uns war, kennengelernt. Und ich habe zu sehen geglaubt, daß bei ihr etwas vorhanden ist, das noch tiefer sitzt als alle ihre Gefühle. Anneli ist ein Gefühlsmensch, das ist sicher. Sie hat Sinn für Bücher und Poesie und ein wenig auch für Musik. Aber sie ist auch ein Pflichtmensch. Sie fürchtet sich nicht vor der Arbeit. Ist ein Mensch fleißig auf dem einen Gebiet, dann ist er es auf allen Gebieten. Ich sah sie, als sie ihre Schularbeiten machte, und ich habe sie in der Küche und im Speisesaal in unserer Gastwirtschaft arbeiten sehen. Ich weiß, daß sie das, was sie anfängt, auch vollendet. Nicht der Mann entscheidet, wie ein Frauenzimmer wird. Auf Männer kann man sich nicht verlassen. Meine Mutter sagte oft einen alten Vers her:

Jungmännerliebe, die hängt wie an Stroh,
Wehet ein Windlein, verweht sie nur so.
Jungmädchenlieb' wie mit Bast ist umwunden;
Wie es auch wehet, sie bleibt festgebunden.

Es hat keinen Zweck mit jungen Menschen über ihre Liebe zu reden. Das ist, als wollte man mit Naturkräften streiten. Sie müssen ihren Weg gehen. Du kannst mir glauben, daß ich mit Anneli darüber gesprochen habe, was sie als Kantorsfrau erwartet. Nicht zum mindesten von den Klatschbasen in der Stadt. Oh, die kenne ich zur Genüge!

Aber ich glaube, daß die Stadt jemanden braucht wie Anneli. Jemanden mit etwas höheren Interessen als Kaffeegesellschaften und Klatsch. Ich kann dir sagen, daß Anneli ein wirklich gebildeter Mensch ist. Sie kann mehr als zwanzig von den Frauen in der Stadt zusammen. Sie denkt nicht daran, sich auf die Finger klopfen zu lassen. Sie ist nicht umsonst die Tochter eines Bergmanns. Sie hat Ausdauer in sich. Und, wie du es auch aufnimmst, Kari, Mikael braucht sie. Er ist ein feiner Kerl, dieser Mikael. Du brauchst dich seiner nicht zu schämen. Er ist nicht wie andere Männer. Du kannst sicher sein, daß er für Anneli sorgt."

Henrika fuhr erst mit dem letzten Zug in die Stadt zurück. Die Sonne war hinter dem Waldhügel im Westen untergegangen, als sie zur Station ging. Es war ein märchenhaft schöner Abend. Das Tal lag im blauen Schatten. Die Birken leuchteten golden gegen die dunklen Tannenwälder. Die Mütter riefen ihre Kinder zum Abendessen herein. Auf einer Weide bimmelte eine Kuhglocke, und irgendwo in der Ferne saß jemand auf einem Vorbau und spielte auf der Ziehharmonika. Seltsamerweise stimmte die Mollmelodie der Harmonika merkwürdig gut mit dem Schluß des Liedes von Henrikas Mutter überein:

> Ihm kannst du vertrauen am Morgen,
> Brauchst nachts keinen Kummer zu leiden.

Henrika hatte nicht viel Hoffnung gehabt, als sie sich am Morgen in den Zug gesetzt hatte. Aber jetzt war sie völlig beruhigt. Mutter Kari hatte nachgegeben. Die Hochzeit sollte auf Kohlsta gefeiert werden.

Am Morgen nach Henrikas Besuch wanderte Mutter Kari früh zum Paradies hinauf. Der Mensch ist ein wunderlich Ding, dachte sie. Man ist nicht derselbe am Abend wie am Morgen und am Morgen nicht wie am Abend vorher. Kari sah nichts von der Herrlichkeit des Septembermorgens. Sie merkte auch nicht, wie beschwerlich der steile Weg war. Sie war so völlig in ihre Gedanken versunken, daß sie, ehe sie es gewahr wurde, auf dem mageren Wiesenland stand und drüben am Tannenwald Israels Häuschen liegen sah. Als sie näherkam, hörte sie Israel drinnen singen.

Unentschlossen blieb Mutter Kari stehen. Warum war sie eigentlich hergekommen? Was konnte Israel anders sagen, als was sie sich auch sagte, seit sie heute früh aufgewacht war, voll Empörung über sich selbst, daß sie sich von Henrika hatte überreden lassen. Sie hätte Henrika ohne Bescheid wegschicken und sich Zeit lassen sollen, denn das Zugeständnis, das sie gemacht hatte, lief ihrem gesunden Menschenverstand vollkommen zuwider. Sie hatte etwas getan, was sie nicht tun durfte, ihren Mund etwas sagen lassen, bei dem der Verstand nicht mittat. Aber war es nur der Verstand? Nein, es war das Herz. Es tat ihr weh, Annelis, ihres einzigen Kindes wegen, das daran war, sich, von seinem törichten Gefühl verleitet, ins Unglück zu stürzen.

Aber was sollte sie tun? Gesagt war gesagt. Sie hatte ihr Wort gegeben. Und ein einmal gegebenes Wort konnte man nicht zurücknehmen, und wenn es noch so töricht war. Aber gerade, weil sie, Kari Kohlsta, ein Wort gesagt hatte, dem ihr ganzes Inneres widerstrebte, war ihr Friede dahin.

Warum war sie nur jetzt zu Israel gegangen? Konnte er ihr helfen? Nein! Niemand im Himmel und auf Erden konnte ihr helfen, nicht einmal Gottvater selbst. Wenn man nicht ehrlich gegen sich selbst ist und nicht seiner Überzeugung folgt, koste es, was es wolle, dann hilft es nichts, Gott zu bitten, wieder ins rechte Geleise zu bringen, was man selbst aufs falsche gebracht hat. Da muß die Katastrophe kommen und man kann nichts anderes tun als auf sie warten und versuchen, sie zu überstehen. Was der Mensch sät, das wird er ernten.

Kari wußte, daß Israel etwas dergleichen sagen würde. Sie brauchte ihn nicht erst zu fragen, sie konnte gleich umkehren. Ihr blieb nichts anderes übrig, als nach Hause zu gehen und an die Hochzeit zu denken, die sie nicht haben wollte.

In diesem Augenblick öffnete sich die Tür zum Häuschen und Lovisa stand da mit einem Eimer in der Hand. Sie wollte die Ziege melken. Ob es nun daher kam, daß die Sonne, die vor kurzem aufgegangen war, Lovisa ins Gesicht schien, oder ob sie auf ihre alten Tage nicht mehr gut sah, Lovisa hielt sich am Geländer fest, während sie auf ihren schwachen Beinen vorsichtig die Stufen hinunterschritt, und ging auf den Ziegenstall zu, ohne Mutter Kari gesehen zu haben.

Kari blieb eine Weile unschlüssig stehen. Sie hörte Israel singen. Sie erkannte die Worte:

„In stürmischen Zeiten
Durch Trümmer und Dunst
Gar manche doch schreiten
In Himmels Gunst..."

Dieses Lied hatte Israel bei Anders' Trauerfeier gesungen. Und auf einmal war es, als habe sich Anders Kari genähert. Sie fühlte seine Nähe, wie einst, wenn er von der Grube nach Hause kam und im Hausflur stand. Gleich würde er die Küchentür öffnen. Sie sah ihn noch nicht, aber sie wußte, daß er im Flur stand. So nahe war Anders ihr gerade auch jetzt. Ihr ganzes Wesen wurde durchflutet von diesem seltsamen Gefühl der Geborgenheit, Anders nahe zu wissen, den das Grubenunglück ihr doch für immer geraubt hatte.

Aber jetzt war Anders wieder da. Es war nur eine unsichtbare Tür, die seine unsichtbare Gestalt von ihr trennte.

„Anders!" flüsterte sie und preßte die Hände aufs Herz.

„Kari!" hörte sie ihn flüstern. „Wo hast du Anneli?"

Dann war er verschwunden. Aber die Wärme im Herzen war geblieben. Die Geborgenheit und der Friede, die immer von Anders ausgingen, wie der Sonnenschein von der Sonne, waren noch da. Nicht lange, aber doch lange genug, daß etwas in ihrem Herzen angezündet werden konnte, etwas, was lange erloschen und tot gewesen war. Jetzt brannte ihr Herz wieder mit der ihm eigenen Flamme und Anders hatte sie angezündet.

Kari ging nicht nach Hause, obwohl ihr Anliegen eigentlich erledigt war. Israel sang sein Lied zu Ende, obgleich er sie in der Tür zu seiner Schusterwerkstätte stehen sah. Dann stand er auf, ging auf sie zu und reichte ihr die Hand.

„Du tatest recht daran, daß du kamst“, sagte er. „Ich habe dich gesehen und wußte, daß du kommen würdest. Ich habe gesehen, daß du ein Zeichen vom Herrn bekommen wirst.“

„Ich habe das Zeichen vielleicht schon bekommen“, erwiderte Kari.

„Ich habe gesehen, daß du in große Not kommen wirst“, sagte Israel.

„Ich bin in großer Not gewesen“, erwiderte Kari. „Aber ich glaube, jetzt bin ich durch.“

Israel schob ihr einen Stuhl hin und Kari setzte sich. Sie erzählte von Annelis Liebe, von Henrikas Besuch, und wie sie selbst in einer Sache nachgegeben hatte, der ihr ganzes Inneres widerstrebte. Sie erzählte auch, daß sie glaube, Anders begegnet zu sein; er habe sich ihr geoffenbart und ihrem Herzen wieder Frieden geschenkt.

Israel hörte Mutter Karis Beichte an, aber seine Augen schienen die ganze Zeit an ihr vorbeizusehen.

Plötzlich sagte er: „Du hast noch etwas mit Ingvars Hans auf Grönvold zu erledigen.“

Kari fühlte, wie ihre Ruhe schwand, wie das Wasser eines Wehrs abläuft, wenn das Schleusentor geöffnet wird. Was hatte Henrika doch gestern gesagt? „Man lebt nicht von Gefühlen. Was soll man tun, wenn eine Prüfung kommt? Seine Pflicht“, hatte Henrika gesagt. Und jetzt hatte Israel unter die Frage wegen Anneli und Mikael plötzlich einen Strich gezogen und sie Auge in Auge einer unerfüllten Pflicht gegenübergestellt.

„Ingvars Hans auf Grönvold!“ Tonlos wiederholte sie den Namen, den Israel eben genannt hatte. „Was weißt du von Ingvars Hans und was ich mit ihm zu tun habe?“

„Ich weiß nicht, was du mit ihm zu tun hast. Ich habe nur gesehen, daß du in großer Not bist und daß du zu Ingvars Hans auf Grönvold fahren mußt.“

Kari erhob sich. Israel stand ebenfalls auf.

„Ich danke dir, Israel“, sagte sie. „Ich werde zu Ingvars Hans auf Grönvold fahren. Noch heute werde ich es tun.“

Israel reichte ihr die Hand. „Gott sei mit dir“, sagte er. „Heute also, wenn ihr des Herrn Stimme hört, so verhärtet nicht euere Herzen!“

Mikael Vasenius hatte keine Ruhe, bis er sich ein eigenes Boot angeschafft hatte. Die kleine kümmerliche Nußschale, die er sich für seine Fahrten von Agusta lieh, war wohl geeignet am Ufer entlang zu Schilfbuchten und Barschgründen zu rudern, aber für jemand, der im Schärenhof aufgewachsen war, war es das reine Spielzeug.

Es glückte Mikael, auf einer Auktion in der Stadt ein wirklich gutes Boot zu einem mäßigen Preis zu erstehen. Obwohl es schon auf den Herbst zu ging und die Leute damit begannen, ihre Boote an Land zu bringen, verwandte Mikael jede freie Stunde darauf, sein Boot instandzusetzen. Es mußte gestrichen werden, aber das würde er sich für das Frühjahr aufsparen. Wichtiger war es, es mit Mast und Segel zu versehen.

Eigentlich war der kleine Bergrevier-See nicht recht zum Segeln geeignet. Er war tückisch und launisch. Entweder lag er ruhig da und es regte sich kein Lüftchen oder es stürmte ganz beträchtlich. Die Seen dort sind nun einmal so, wenn sie auch klein sind; so ein kleiner See kann morgens still, ja spiegelblank liegen und in ein paar Stunden ein kochender Kessel sein. Um die in der Mitte des Sees liegende große Insel fahren dann unberechenbare Windstöße, und Mikael, der von Kindheit an ein geübter Segler war, merkte bald, daß mit diesem See nicht zu spaßen war. Aber gerade deshalb lockte er ihn. Er sah, daß er ein gutes Boot bekommen hatte und probierte es bei jedem Wetter aus. Wenn es an einem Tag heftig stürmte, sagten die Leute: „Heute ist sicher der Kantor auf dem See!" Mancher ging ans Fenster und blickte über das aufgerührte Wasser, und richtig: dort erschien das kleine Boot mit dem weißen Segel, das mitunter in den Wellentälern verschwand, dann wieder auf der Brandung ritt, daß der Gischt über die Mastspitze spritzte. Agusta stand oft auf ihrer Brücke und brummte etwas von dem „verrückten Kantor". Wenn sie dann zu ihrer gelähmten Mutter hereinkam, hörte man sie immer dieselben Worte wiederholen: „Ich sehe schon, daß er noch im See bleibt!"

An einem schönen Septembermorgen beschloß Mikael, den großen See im Norden aufzusuchen. Er hatte den ganzen Tag frei und nahm Proviant und Fischgerät mit. Die Sonne war noch nicht aufgegangen, als er sich auf den Weg machte. Der See lag spiegelblank da und vor Sonnenaufgang würde kein Wind aufkommen. Er hatte eine halbe Meile zu rudern, bis er nach Sundsån kam; dort ließ er das Schleppnetz ins Wasser; die Leine hielt er zwischen den Zähnen, und bevor er zur Flußmündung kam, hatte er schon mehrere feine Hechte.

Er kam jetzt auf einen schönen See. Die Sonne ging auf. Wie mit einem Geigenbogen strich sie über die Höhenzüge und ließ sie in goldenem Licht spielen, ein leiser Windhauch rauschte in dem hohen Schilf entlang dem Ufer. Mikael setzte die Segel und das Boot kam schnell in Fahrt. Noch befand er sich in einer schmalen, gewundenen Bucht, aber dort war eine Landspitze, steil mit hohen Kiefern, die tiefe Schatten auf das kühle schwarze Wasser warfen. Er umsegelte die Landspitze, der Wind frischte auf, das Boot legte sich schön auf die Seite, Mikael luvte in den Wind, und siehe da!... Mikael sang vor Begeisterung. Das gewaltige Wasser verlor sich in der Ferne in blauen Dunstschleiern. Der See hieß ihn mit offenen Armen willkommen, mit steilen, waldbedeckten, wie Arme ausgebreiteten Ufern.

Während Mikael in einem schwachen Morgenwind im südlichen Ende des Sees kreuzte, lag der nördliche Teil des Sees blank wie ein Spiegel. Die hohen Berge umstanden ihn wie eine schützende Mauer gegen den Nordwind. Mitten auf dem blanken Wasserspiegel erhob sich eine große Insel. Der Berg in ihrer Mitte hatte eine ansehnliche Höhe; die Ufer waren steil und außer auf der Westseite mit Wald bedeckt. Dort senkte sich die Bergwand sacht zum Wasser hinunter und endete in einem weichen Sandstrand, der von einem spärlichen Schilfrand umgeben war. Auf dem westlichen Hang lag ein Hof. Vom See aus sah er wie das reine Idyll aus, wenn man jedoch an Land stieg und auf den Hof zuwanderte, machte alles einen verfallenen Eindruck. Auf den ehemals gepflegten Äckern wuchsen Sträucher und die Ställe standen leer. Das Wohnhaus war baufällig, mehrere Fenster waren mit Brettern zugenagelt. Nur ein paar vor kurzem geleerte Fischnetze, die zum Trocknen aufgehängt waren, und der blaue Rauch, der aus dem Schornstein stieg, zeugten davon, daß Menschen auf der Insel lebten.

Jetzt kam jemand auf die Steinstufe heraus, ein hochgewachsener alter Mann. Er hatte eine Mütze mit zerbrochenem Schirm auf, die er auch im Haus selten abnahm. Er war nicht rasiert und das Haar war nicht geschnitten. Er trug eine wollene Jacke mit quergestreiften Ärmeln, eine zerschlissene Lederweste und dicke Hosen aus Friesstoff mit groben Lederflicken hinten und auf den Knien. Die Knie hatten sich gekrümmt und die Hände waren krumm und sehnig. Doch war man sofort von seinem Gesicht mit der kühn geschwungenen Adlernase und dem kräftigen Kinn mit dem vorspringenden Unterkiefer gefesselt. Unter den buschigen Brauen leuchteten die tief in den Höhlen liegenden Augen wie die Linsen eines Fernglases. Er hielt eine dreifüßige Kaffekanne in der Hand, blieb aber auf seinem Weg zum Ziehbrunnen plötzlich stehen. Weit draußen auf dem spiegelblanken Wasser sah er ein Boot kommen. Es kam von Grubental. Er sah das Glitzern, wenn sich die Ruderblätter über das Wasser erhoben. Es war kein geübter Ruderer. Ein Ruder berührte immer das Wasser, während das andere noch das blendende Sonnenlicht spiegelte, das über den von der Morgenkühle noch dunstigen See glitt. Es war jetzt nicht mehr weit bis zum ersten Nachtfrost. Wer mochte in dieser Morgenfrühe draußen sein? Nun, das ging ihn nichts an. Er schritt zum Brunnen und füllte die Kanne, sicherheitshalber gleich bis an den Rand; denn der Kahn dort draußen auf dem See steuerte auf seine Insel zu, und wer da auch kommen mochte, sollte bewirtet werden. Auf der Steinstufe wandte er sich noch einmal um und blickte auf den See hinaus. Hinter diesem Rudern war keine Fahrt. Er brauchte sich also nicht zu beeilen. Er machte Ordnung in der Stube, wusch und rasierte sich, legte Holz aufs Feuer, stellte die Kaffeekanne auf, zündete seine Pfeife an und setzte sich neben den Herd auf seinen Schemel, der aus einem krummgewachsenen Kiefernklotz gefertigt war.

Draußen auf dem blanken Wasser ruderte der Knecht Philipp in einem flachen Kahn, den er von der Gesellschaft geliehen hatte. Mutter Kari war zu ihm in den Stall gekommen, als er gerade mit Melken fertig war, und hatte ihn gefragt, ob er sie nach Grönvold hinüberrudern wolle.

„Er kann doch rudern?“

„Rudern kann ich schon“, sagte Philipp.

Sie waren noch nicht weit vom Land weggekommen, als Mutter Kari dachte: Ich hätte ebenso gut selbst rudern können. Wenn Wind aufkommt, muß ich wohl die Ruder übernehmen.

Philipp sagte etwas über das Wetter. Mutter Kari gab nur einsilbige Antworten. Darauf schwiegen beide. Philipp hatte die Sonne im Rücken, Mutter Kari hatte sie im Gesicht. Sie mußte die Lider zukneifen, zum Schutz vor dem blendenden Licht, das von dem blanken Wasserspiegel zurückgeworfen wurde. Jedesmal, wenn sich die Ruder hoben, glitzerte die Sonne in dem sprühenden Tropfenregen. Auf jeder kleinen Welle im Bugwasser leuchtete eine kleine Sonne. Kari taten die Augen weh von dem vielen Licht. Sie schloß sie ganz und versank in ihre innere Welt, wo sie allein mit all dem Unausgesprochenen war, das sie in ihrem Leben verschwiegen hatte.

Sie sah wieder den Tag vor sich, als Ingvars Hans von Grönvold in der Küche auf dem Kohlsta-Hof saß, um von Anders ein Darlehen zu bekommen. Er hatte in dem Berg auf Grönvold Eisen gefunden. Es schien eine gewaltige Ader feingeschmiedeten Erzes zu sein. Er hatte sich schon mehrere Meter in den Berg hineingearbeitet und das Erz wurde immer besser, je weiter er kam. Nun hatte er den Mutschein bekommen und wollte wie alle, die Erz auf ihrem Boden gefunden hatten, mit dem Abbau beginnen. Aber dazu brauchte er Geld, viel Geld. Er war bei dem reichen Halvar und bei Håkansson gewesen und hatte an beiden Stellen ein glattes Nein erhalten. Und jetzt saß er in Anders' Küche und erzählte von seinem Kummer. Anders war gerade von der Kirche gekommen, Mutter Kari war mit dem Mittagessen beschäftigt und Anneli spielte auf dem Fußboden, wo sie Berge und Wälder aus Tannen- und Wacholderreisig machte.

„Ich brauche etwa zwei- bis dreitausend", sagte Ingvars Hans.

„Wie weit kämst du mit dreitausend?" erwiderte Anders. „Du brauchst mindestens fünftausend."

„Willst du damit sagen, daß du mir fünftausend leihen würdest?" fragte Ingvars Hans.

„Jawohl, das meine ich", antwortete Anders. „Ich habe selbst einmal Hilfe von jemand bekommen; da ist es meine Pflicht, jetzt dir zu helfen."

Kari erinnerte sich noch, wie wütend sie auf Anders

wurde, als sie ihn so mit Ingvars Hans sprechen hörte. Fünftausend Kronen für so ein verrücktes Unternehmen wie Erzgewinnung auf Grönvold hinauszuwerfen!

Sie drehte sich nicht einmal um, als Anders die Frage an sie richtete: „Nicht wahr, Kari, wir werden Hans helfen?"

Nur mit Mühe brachte sie den Mund auf, um zu antworten: „Es ist ja dein Geld; mach, was du willst!"

Noch am selben Abend wurde der Schuldschein ausgeschrieben. Als Sicherheit stellte Ingvars Hans eine Hypothek auf sein Eigentum aus. Die Hypothek wurde gerichtlich bestätigt. Sie wurde in die Schatulle in der Brautkammer gelegt. Aber jetzt lag sie in Karis Kleidertasche und Kari selbst fuhr in einem jämmerlichen Kahn über den tiefen Få-See, und wenn es stürmisch wurde, bevor sie nach Grönvold kamen, dann konnten sie und ihr Schuldschein bis zum Jüngsten Tag auf dem Grund des Sees liegen.

Jener Sonntag war eine dunkle Erinnerung aus Karis Vergangenheit. Sie entsann sich, wie sich Ingvars Hans gefreut hatte, wie glücklich Anders war, seinem alten Kindheitsfreund helfen zu können. Aber Karis Herz war wie ein Eisklumpen in ihrer Brust gewesen. Sie hatte Mittagessen, Abendessen und Kaffee aufgetragen, bevor alles geordnet war und Hans seiner Wege ging. Sie hatte Anders allerhand sagen wollen wegen seiner Torheit, so viel Geld zum Fenster hinauszuwerfen, aber sie brachte kein Wort heraus. Wenn Anders ihre Kälte gewahrte, so ließ er sich jedenfalls nichts merken. Sein sonniges Wesen umgab ihn immer wie ein Schild. Sein Blick war so strahlend, er sah alles und alle in strahlendem Licht. Er legte sich still zu Bett und ging am Montagmorgen früh zur Grube. Kari sagte nie etwas über das Geld, das er Ingvars Hans geliehen hatte. Sie bereute es mitunter, denn mit dem Erz auf Grönvold ging es genau so, wie sie es erwartet hatte. Hans schaffte teueres Werkzeug an, er baute einen Prahm, der das Erz im Sommer über den See bringen sollte; im Winter sollten die Erzfuhren es über das Eis befördern. Er stellte ein paar Grubenarbeiter an. Als man ein Jahr gearbeitet hatte, war das Geld zu Ende, und als man so tief in die Ader eingedrungen war, daß man die Höhe des Sees erreicht hatte, strömte bei jedem Meter, den man in den Berg vordrang, Wasser herein. Mit Handkraft konnte man das Wasser nicht heraufpumpen und eine andere Kraft gab es nicht. Ingvars Hans dachte an einen Windmotor, er war ja nicht dumm, dieser Ingvars Hans. Da er kein Geld für einen Windmotor hatte, baute er ihn selbst. Holz hatte er in seinem Wald und im Schnitzen war er tüchtig. Das Windrad kam in Gang, aber das Wasser rann schneller, als es der kleine Windkreisel hinauspumpen konnte.

Als die Grubenarbeiter keinen Lohn mehr bekamen, machten sie sich auf und davon, und Hans stand da mit leeren Händen und einem Häufchen Eisenerz, das Anders ihm zum Grubental hinüberrudern half. Hans sagte, es solle die erste Abzahlung sein. Aber Kari argwöhnte, daß Anders seinem Freund das Erz abgekauft hatte.

Ein einziges Mal nur sprach sie von dem Darlehen.

„Hast du nie Zinsen von Grönvold bekommen?" fragte sie.

Anders lächelte. „Die werde ich wohl nie bekommen", sagte er. „Und Geld auch nicht." Er schwieg eine Weile, dann wurde er auf einmal ernst; er sah Kari an und ergriff ihre Hand.

„Du mußt mir eins versprechen, Kari! Wenn mir etwas zustoßen sollte, du weißt, was ich meine, dann sollst du Ingvars Hans den Schuldschein und die Hypothek zurückgeben. Versprichst du mir das?"

„Wie du willst", sagte Kari. „Wie du willst."

Anders drückte ihr die Hand, aber die lag still und gefühllos in der seinen. Sie erwiderte seinen Händedruck nicht.

Als Anders starb, hatte Kari so viel zu bedenken, daß sie Ingvars Hans' Schuldschein vergaß, und wenn sie sich manchmal daran erinnerte, dachte sie immer: Ich habe ja noch viel Zeit.

Kari dachte darüber nach, wie seltsam es doch am Morgen gewesen war, als sie vor Israels Häuschen im Paradies gestanden und ihn dieses Lied hatte singen hören. Anders war ihr in diesem Augenblick ganz nahe gewesen. Er hatte ihr die Sorge wegen Anneli abgenommen. Aber dann hatte Israel, dieser wunderliche, seherisch begabte Israel von Ingvars Hans auf Grönvold zu sprechen begonnen, und daß sie in große Not geraten und ein Zeichen vom Herrn bekommen würde.

Kari graute es vor der Begegnung mit Ingvars Hans. Er war ein stolzer Mensch, der Hans, er konnte zwar ein Darlehen gegen eine ehrliche Sicherheit annehmen, aber würde er ein Gnadengeschenk annehmen? Kari hatte auch ihren Stolz und wußte, wie ihr selbst in einer solchen Lage zumute sein würde.

Philipp geriet beim Rudern in Schweiß. Er zog sowohl die Lederjacke wie die Wolljacke aus. Die Sonne stieg höher. Grönvold war jetzt nicht mehr so weit entfernt. Der Hof lag unterhalb des Berges im Morgenschatten. Aus dem Schornstein stieg bläulicher Rauch, er vermochte sich jedoch nicht über den Nebelstreifen zu erheben, der wie ein Dach über dem Abhang im Westen lag. Noch hatte keine Brise das Wasser gekräuselt. Ein paar Möwen waren beim morgendlichen Fischfang und ihre schrillen Rufe zerschnitten die Stille. Wie Kari wußte, bedeutete es immer Unwetter, wenn die Möwen so tief über dem Wasser flogen, aber es konnte ja noch ein paar Tage dauern, bis der erste Herbststurm kam.

„Soll ich dir rudern helfen, Philipp?"

Philipp fuhr auf. Er wurde rot unter der Sonnenbräune, denn in Karis Stimme war eine seltsame Wärme.

„Oh", sagte er, „jetzt haben wir ja nicht mehr weit."

„Du bist vielleicht müde?"

„Man ist es wohl nicht so gewöhnt", erwiderte Philipp.

„Ich finde, du ruderst sehr gut."

Was war mit Mutter Kari? So viel auf einmal hatte sie seit Jahr und Tag nicht gesprochen. Philipp schmerzten tatsächlich die Arme und er hatte Blasen an den Händen.

Das hier war keine Sense und kein Rechen. Und sie waren wohl schon eine gute Meile gerudert.

Ingvars Hans empfing sie unten an der Brücke. Die Schirmmütze hatte er abgenommen und er reichte Mutter Kari höflich die Hand, als sie an Land steigen wollte. Philipp und er schüttelten sich die Hände.

„Ich habe Kaffee im Haus“, sagte er.

„Du kannst dich jetzt draußen in die Sonne legen, Philipp“, sagte Mutter Kari, als sie Kaffee getrunken hatten. Philipp ging hinaus und Hans und Kari waren allein im Haus.

Kari war es gewohnt, geradewegs auf eine Sache loszusteuern, wenn sie mit den Leuten etwas zu besprechen hatte.

„Du bist allein hier“, sagte sie.

„Das bin ich“, erwiderte Hans. „Seit die Kinder in die Stadt gezogen sind und die Alte vor drei Jahren starb, bin ich allein.“

Es blieb eine Weile still.

„Eigentlich komme ich mit Grüßen von Anders.“

Er zuckte zusammen.

„Von Anders?“ fragte er, ohne aufzusehen.

„Ja. Ich bin ihm heute morgen gleichsam begegnet.“

Jetzt sah Hans Kari an. Sie war wohl nicht ganz richtig im Kopf. Aber Kari hatte die Hände im Schoß zusammengelegt und ihr Blick war klar wie immer.

Er saß vornübergebeugt auf dem Kiefernstumpf, die Unterarme auf den Schenkeln und die Hände gefaltet. Er hatte in den Herd spucken wollen, fand dann aber wohl, daß es sich nicht schickte. Ich werde schweigen, dachte er. Und es blieb eine ganze Weile still.

Er hörte, wie Kari etwas aus der Rocktasche holte. Ein Papier raschelte.

Jetzt kommt es, dachte Hans. Wenn wortkarge Leute freundlich werden und von den Toten sprechen, kann man allerhand von ihnen erwarten.

Kari reichte Hans die Papiere.

„Nimm die hier!" sagte sie.
Hans nahm die Papiere.
„Kennst du sie?"
„Ja, natürlich. Die kenne ich. Ich habe ja selbst ein paar Abschriften davon. Was soll ich denn mit diesen hier?"
„Sie gehören jetzt dir", sagte Kari, „Du kannst damit machen, was du willst. Wirf sie ins Feuer und deine Abschriften dazu!"
Kari sah Hans starr an, als wolle sie ihn mit ihrem Blick zwingen.
Aber Hans sah nicht auf.
„Du darfst es mir nicht noch schwerer machen, als ich es schon habe", sagte er. Es würgte ihn im Hals und die Adern schwollen ihm auf der Stirn.
„Ich bin es nicht, die jetzt etwas tut", sagte sie. „Das ist Anders."
Und dann erzählte sie ruhig und sachlich von dem Versprechen, das sie Anders gegeben hatte, aber daß sie die Sache aufgeschoben hatte bis heute morgen, als sie zu Israel ging, um ihre Sorge wegen Anneli loszuwerden.
Kari fragte sich später oft, was an jenem schönen Septembermorgen in Ingvars Hans' Häuschen auf Grönvold eigentlich über sie gekommen war. Denn in jener Stunde tat sie etwas, was sie nie, weder früher noch später einem Menschen gegenüber getan hatte. Sie erzählte von ihrem Leben mit Anders. Von ihrem Kummer, daß sie nicht so gewesen war, wie sie hätte sein müssen, um Anders glücklich zu machen. Sie sprach von dem Tag, an dem Hans gekommen war, um Geld zu leihen, und wie empört und wie wütend sie auf ihren Mann gewesen war, weil er Geld für ein hoffnungsloses Unternehmen hergeben wollte. „Anders hat nicht viel Freude an mir gehabt. Aber er hatte selbst so viel Freude in sich, daß er es mit mir aushalten konnte." Dann begann sie von Anneli zu erzählen. Von ihrem selbstsüchtigen Wunsch, durch Anneli das zu erleben, worauf sie selbst verzichten mußte. „Ich wollte studieren, etwas lernen, ich wollte Ärztin werden, ich wollte,

daß sie es jetzt statt meiner werden sollte, und nun ist das Mädchen in die Stadt gegangen und opfert seine ganze Zukunft, um einen armen Kantor zu heiraten. Ich war deshalb in großer Sorge, bis ich heute morgen Anders' Stimme zu hören glaubte. ‚Wo hast du Anneli?' fragte er. Da zerbrach etwas in mir. Mein ganzes eigenes Selbst verschwand und damit all meine Unruhe. Ich glaubte auf einmal, ich könne meine ganze Sorge wegen Anneli Anders überlassen.

Als ich dann bei Israel war, nannte er deinen Namen und daß ich dir gegenüber etwas versäumt hätte. Er hatte es ‚gesehen'. Und nun bin ich hier. Anders hat mich hergeschickt. Und jetzt sollst du deine Papiere verbrennen. Anders will es."

„Ich kann diese Papiere nicht verbrennen", sagte Hans und knüllte sie in der Hand. „Niemand soll an meinem Grab von mir sagen können, ich hätte meine Schuldbriefe verbrannt."

Kari erhob sich.

„Gib mir die Papiere!" sagte sie. Und als sie sah, daß Hans zögerte, fügte sie in scharfem Ton hinzu: „Gib mir die Papiere! Sie gehören mir!"

Er reichte ihr die Papiere. Kari warf sie auf die Glut. Es rauchte einen Augenblick, dann loderte eine helle Flamme empor. Hans stand auf. Ihm war, als habe er einer Leichenverbrennung beigewohnt.

Kari stand schweigend. Dann wandte sie sich um und fing seinen Blick auf. „Wo hast du die Abschriften?" fragte sie. „Gib sie mir!"

Hans ging wie ein Schlafwandler zu einer Kommode in der Ecke. Er zog eine Schieblade auf, suchte in einem Bündel Papiere und kam mit den Abschriften her. Kari sah sie genau durch, ob es die richtigen Papiere waren.

„Die hier gehören dir, die sollst du verbrennen", sagte sie.

Hans nahm die Papiere, verbrannte sie aber nicht, sonder zerriß sie in kleine Stücke und diese legte er in die

Schieblade. „Ich kann sie nicht verbrennen“, murmelte er. „Ich muß sie behalten, als Erinnerung an Anders – und an dich“, fügte er hinzu.

Darauf sank er auf den Kiefernstumpf am Herd. Er fiel in sich zusammen, das Gesicht in den Händen vergraben. Es war das Bild eines alten, gebrochenen Mannes, dem nichts im Leben geglückt war.

Kari schwieg. Ihre unergründlichen Augen starrten in das Herdfeuer, wo fünftausend Kronen in Flammen aufgegangen waren. Ungefähr so viel wie ganz Grönvold wert war! Sie mußte etwas sagen, fand aber nicht die Worte.

Da fiel ihr Blick auf die Kaffeekanne. „Meinst du nicht, wir brauchen noch eine Tasse auf diese Geschichte hin?“ fragte sie.

Sie hörte ein Lachen, es klang wie Weinen. Er sah auf und lächelte ihr zu. Er hatte Tränen in den Augen, der große Kerl.

„Ich glaube, du fängst an, Anders ähnlich zu werden“, sagte er.

„Nicht daß ich dich gern lossein möchte“, sagte Hans, als sie den Kaffee getrunken hatten, den Kari gekocht hatte. „Aber wenn du nicht hier übernachten willst, ist es wohl an der Zeit, daß du dich von Philipp nach Hause rudern läßt, denn wir kriegen bald Unwetter.“

Kari sah hinaus. Die Sonne, die den ganzen Morgen geschienen hatte, war verschwunden. Eine schwarze Wolkenwand lag über dem Berg im Westen, aber der See war immer noch ruhig und spiegelblank, und es wehte nicht. Kari rief Philipp herein, schenkte ihm noch eine Tasse Kaffee ein und verabschiedete sich dann.

„Vielleicht sollte ich euch hinüberrudern“, sagte Hans.

„Oh, nein“, erwiderte Kari. „Wir helfen uns schon selbst. Ich bin im Rudern mindestens ebenso tüchtig wie Philipp, im Notfall nimmt jeder ein Ruder.“

Hans sah ihnen nach. Er sah die Wolkenwand am Himmel aufsteigen. Die gewaltigen blauschwarzen Massen breiteten sich über das Wasser aus. Jetzt senkten sie sich auf den See. Die Wolkenränder waren in graue Fetzen zerrissen, die die Bergkämme in dichten Nebel einwickelten. Bald ist der Sturm da, dachte Hans. Wenn sie doch so vernünftig wären, rechtzeitig umzukehren! Wenn sie den Sturm entgegen haben, können sie sich nicht gegen ihn halten. Der See begann schon zu schäumen. Es war so dunkel, daß er den kleinen Kahn nicht mehr sah. Unruhig ging er am Strand hin und her. Es nützte nichts, das Boot hinauszuschieben. Er war zu alt, mit dem schweren Boot gegen den Wind anzurudern, der immer mehr auffrischte. Jetzt kamen die ersten Regentropfen. Er ging ins Haus, setzte sich an den Herd, zündete sich die Pfeife an und faltete die Hände. Das war die beste Hilfe gegen alles Ungemach der Welt.

Am nördlichen Ende des Sees steuerte Mikael Vasenius sein Boot bei zunehmendem Wind dem blauen Dunst entgegen. Er fühlte sich wie ein Entdeckungsreisender in einer neuen, unbekannten Welt. Gegen die schwarzen Berge, die aus dem Nebel hervorzutreten begannen, sah er die Umrisse einer großen kegelförmigen Insel, aber je näher er ihr kam, desto mehr flaute der Wind ab. Schließlich war überhaupt kein Wind mehr zu merken. Die Segel begannen zu schlagen. Bald hingen sie schlaff herunter. Das Boot gehorchte dem Steuer nicht mehr und lag bald ganz still auf dem spiegelblanken Wasser. Die Stille und Schönheit des herrlichen Sees ergriffen Mikael. Alles Schöne wurde in ihm zu Tönen. Und diese Töne konnte man auf Notenpapier schreiben. Wie lange Mikael da gesessen und seine Phantasien niedergeschrieben hatte, wußte er nicht, bis er kleine Wellen gegen den Steven kluckern hörte und fühlte, wie das Boot von einer Brise ostwärts getrieben wurde. Aber er war von seiner Inspiration so gefesselt, daß er das Boot ruhig treiben ließ. Die kleinen Wellen wurden zu Triolen im Baß, verwandelten sich bald in Sechzehntel, und das ruhige Adagio schwoll an zu einem reißenden Sturm.

Nein, jetzt mußte er wieder an sein Boot denken!

Als Mikael aufsah, war die ganze Natur wie verwandelt. Der sonnige Morgen war nicht mehr. Der Himmel war grauer Nebel und im Westen türmte sich eine riesige blauschwarze Wolkenwand auf. Mikael bekam die flatternden Segel in die Hand und luvte in den Wind. Das kleine Boot kriegte Fahrt, es war ein ausgezeichnetes Boot, das er bekommen hatte. Mikaels Herz hüpfte vor Freude, aber die Freude verwandelte sich bald in Ernst; denn das schien ein Sturm zu werden, mit dem nicht zu spaßen war. Vielleicht war es das Sicherste, wenn er in Lee von der Insel dort kam, bevor er einen Sturm über sich hatte, dem er nicht gewachsen war. Mikael liebte Abenteuer, aber dummdreist war er nicht. Das Leben war etwas Kostbares, und dann gab es jemand, der Anneli hieß!

Es war jetzt ganz dunkel auf dem See, obwohl es kaum Mittag war. Der blaue Dunst war fort. Unter dem schweren Wolkendach zeichneten sich die Ufer ab mit ihren weißen Brandungen, den Wäldern, Inseln und den Gehöften, die, von kleinen bebauten Flächen umgeben, spärlich verstreut um die Ufer ringsum lagen. Das Wasser hatte eine kalte blaugraue Färbung. Die Wogen waren länger als die Länge des Bootes und es stürmte, daß der Schaum von den Brandungen in der Luft umherwirbelte. Einen Augenblick hatte Mikael in diesem Sturmgebraus ein schwindelerregendes Gefühl der Einsamkeit.

Gerade da sah er ein kleines Ruderboot, in dem zwei Leute saßen. Mitunter war das Boot in einem Wellental verschwunden, dann ritt es auf einem Wogenkamm. Ein Ruderboot in diesem Sturm! Die beiden im Boot hatten je ein Ruder. Aber es waren keine geübten Ruderer. Mitunter, wenn die Woge heruntersank, fochten die Ruder in der Luft. Das konnte niemals gut gehen.

Mikael gab den Gedanken, Schutz hinter der Insel zu suchen, auf. Er legte das Steuer herum und luvte in den Wind. Er mußte ein paarmal kreuzen, bis er so viel Wind gewonnen hatte, daß er zu dem kleinen Boot kommen konnte. Jetzt schlug eine gewaltige Welle dem einen das Ruder aus der Hand und das Fahrzeug kam quer vor den Wind. Es war kein Boot, nur ein flacher Kahn. Und eine der beiden darin war eine Frau. Mikael wurde ernst. Jetzt ging es für die beiden um ihr Leben, wenn er nicht rechtzeitig hinkam. Mikael überlegte rasch. Er mußte längsseits an den kleinen Kahn gelangen und versuchen, die beiden an Bord zu bekommen. Er nahm den Bootshaken und machte die Schot los. Sein eigenes Boot mußte er treiben lassen, um die Hände frei zu haben. Jetzt waren es nur noch ein paar Faden, jetzt nur einige Meter. Mikael wußte genau, was er zu tun hatte. Er arbeitete mit der Genauigkeit einer Maschine. Sein Bootshaken gewann unter dem vorderen Sitzbrett des Kahns Halt und einen Augenblick hatte er den Kahn im Schlepp. Vorsichtig zog er ihn neben sein Boot. Die beiden Fahrzeuge tanzten nebeneinander. Bisweilen hatte er den Kahn unter sich, bisweilen über sich. Jetzt ließ er den Bootshaken los und packte mit beiden Händen die Innenversteifung des Kahns. Mit gewaltiger Anstrengung hielt er die beiden Fahrzeuge auf gleicher Höhe und schrie durch das Tosen des Sturms: „Steigt rüber in mein Boot! Aber schnell!“ Die beiden im Kahn taumelten in Mikaels Boot hinüber.

„Kauert euch auf den Boden!“ kommandierte Mikael, indem er sich an die Ruderpinne setzte und die Schot einholte. Der Kahn tanzte auf die kegelförmige Insel zu, es war unmöglich, ihn ins Schlepp zu nehmen.

„Wohin wollt ihr?“ schrie Mikael. Die Frau zeigte nach Westen.

Mikaels ganze Aufmerksamkeit war auf Wind und Wogen gerichtet. Er kam nicht einmal dazu, daran zu denken, daß er vielleicht zwei Menschen das Leben gerettet hatte. Aber das Boot hatte zuviel Wasser übernommen. Die beiden Bootsgäste saßen im Wasser, ihm selbst ging es über die Knöchel. Er warf dem Mann, der vor Angst ganz wild aussah, ein Faß zu.

„Schöpfen!“ schrie er.

Dabei fiel sein Blick auf die Frau. Sie war schon alt, aber nicht die Spur von Unruhe und Angst war ihr anzumerken. Sie nahm das Faß, richtete sich in dem schwappenden Wasser auf, wandte ihm den Rücken zu und fing an zu schöpfen.

Mikael mußte mehrere Male wenden, bis er schließlich merkte, daß er sich dem Land näherte. Der Wind hatte etwas nachgelassen, aber die Wogen gingen immer noch hoch und der Regen strömte herab.

Jetzt sah Mikael eine Bucht, die sich auf etwas öffnete, das wie ein Bergwerksort aussah. Er sah eine Grubenhalde und ein paar Bohrtürme. Ganz hinten in der Bucht, wo ein kleiner Fluß oder ein Bach mündete, befand sich eine Brücke.

„Wo soll ich Sie an Land setzen?“ fragte er.

Die Frau zeigte auf die Brücke.

Mikael steuerte hin. Sie waren jetzt in ruhigerem Wasser.

„Wie heißt dieser Ort?“ fragte Mikael. Er brauchte jetzt nicht mehr zu schreien.

„Wir nennen ihn Grubental“, sagte die Frau, die auf die Ducht geklettert war.

Mikael fühlte, daß er rot wurde.

„Ist es hier, wo Anneli Kohlsta wohnt?“ fragte er.

„Ja, hier wohnt sie“, sagte die Frau.

„Dann kennen Sie sie?“ fragte Mikael.

„Ja, ich kenne sie.“

Der Mann, der immer noch auf der Ruderbank saß, schien noch etwas sagen zu wollen. Aber in diesem Augenblick richtete sich die Frau auf. Das Boot hatte an der Brücke angelegt und Mikael half ihr hinauf.

„Ich danke Ihnen“, sagte sie. „Das war eine gute Hilfe. Wollen Sie nicht mitkommen und etwas Warmes in sich kriegen?“

„Danke, das ist nicht nötig“, sagte Mikael, „ich will noch mal hinaus und nach Ihrem Boot sehen.“

„Bei diesem Sturm?“

„Ich bin an Schlimmeres gewöhnt", erwiderte Mikael lächelnd.

„Wie heißen Sie?" fragte die Frau.

„Ich heiße Mikael, Mikael Vasenius."

Die Frau wollte etwas sagen, aber Mikael war schon ins Boot gesprungen und hatte losgeworfen. Er winkte mit der Hand und die Frau hob die Hand und winkte zurück.

Sie blieb noch eine Weile stehen und sah dem Boot nach, das auf den stürmischen See hinaussteuerte.

„Das Zeichen", sagte sie für sich. „Israel sagte, ich solle ein Zeichen vom Herrn bekommen."

Während Mutter Kari und der Knecht Philipp in ihren tropfenden Kleidern die Hügel zum Hof hinaufstrebten, tanzte Mikaels Boot vor dem Wind auf Grönvold zu. Der Sturm hatte etwas nachgelassen, aber die Wellen gingen höher, je weiter er hinauskam. Es dauerte lange, bis er den Kahn sah, der jetzt voll Wasser war. Ihn ins Schlepp zu nehmen, wäre zu schwer gewesen; er mußte von selbst zu der langgestreckten Insel treiben, aber Mikael konnte wenigstens aufpassen, daß er nicht am Ufer zerschellte. Es würde jedoch noch eine gute Weile dauern, bis er an Land trieb. Er konnte sich unterdessen nach den Rudern umsehen. Das eine fand er gleich, das andere erst nach langem Suchen. Er steuerte jetzt auf das Land zu. Ein Stück den Hang hinauf unterhalb des hohen Bergrückens lag ein alter Hof. Am Ufer stand ein Mann und spähte auf den See hinaus. Mikael suchte nach einem Platz zum Landen, da sah er den Mann winken. Er steuerte auf ihn zu und sah, daß sich die Wellen an einer Mole brachen; daneben war ein alter, morscher Prahm an Land gezogen. Mikael mußte in den Wind luven, bevor er die Segel reffen und die Ruder nehmen konnte. Von brausenden Brandungen getragen ruderte er auf den Strand zu und befand sich bald im Schutz der Mole. Der Regen hatte schon vor einer Weile aufgehört; jetzt brach die Sonne durch und die Wolken trieben nach Osten.

„Ich glaubte, der fliegende Holländer sei da draußen auf Fahrt", sagte Ingvars Hans, indem er ihm die Hand reichte.

„Ich sah doch sein Schiff in dem Augenblick, als er auf den See hinaussegelte. Wie ging es mit Mutter Kari auf Kohlsta? Hat Er sie an Land gebracht? Denn diese Landratte Philipp hätte es ja niemals geschafft."

„War die Frau im Boot Frau Kohlsta?" fragte Mikael und fühlte, daß er rot wurde.

„Jawohl", erwiderte Ingvars Hans.

„Das war ein merkwürdiges Frauenzimmer. Sie hatte nicht die Spur Angst."

„Nee, nee, die hat vor niemand Angst, weder vor dem Herrgott noch vor dem Teufel selber. Aber komm Er jetzt herein! Er ist ja durch und durch naß und ich habe Kaffee auf dem Feuer."

„Erst muß ich den Kahn bergen."

„Der bringt sich selbst in Sicherheit, da kommt er übrigens! Aber es sieht Mutter Kari so gar nicht ähnlich, in so einem Backtrog auf dem Få-See zu fahren. Wenn Sie nicht gekommen wären, wäre es den beiden schlimm ergangen. Der Kahn hätte sie nur so lange getragen,bis er voll Wasser gelaufen wäre. Und ich möchte Kari und Philipp schwimmen sehen!"

Langsam trieb der schwere Kahn in eine Schilfbucht nördlich von der Mole. Ingvars Hans stieg in seinen hohen Stiefeln ins Wasser. Mikael half ihm, das Fahrzeug an Land zu ziehen, daß sie es umstülpen und das Wasser ausleeren konnten. Dann holte er die Ruder.

„Ich muß wohl versuchen, den Kahn irgendwie hinüberzubringen", sagte Mikael bekümmert. „Aber jetzt stürmt es noch zu sehr."

„Darum brauchen Sie sich nicht zu sorgen", sagte Ingvars Hans. „Wenn es ruhig wird, rudere ich ihn hinüber. Aber kommen Sie jetzt herein, es ist Mittagszeit. Zu meiner Schande muß ich sagen, daß ich nur Kartoffeln und alten Hering anzubieten habe. Ich habe heute morgen nicht mal einen Kaulbarsch ins Netz gekriegt."

„Ich habe ein paar schöne Hechte im Boot", sagte Mikael.

Es ging schon auf den Abend zu, als sich Mikael von Ingvars Hans verabschiedete, um nach Hause zu segeln. Sie waren gute Freunde geworden. Die Sonne stand schön über den Bergen im Westen.

Mikael setzte die Segel. Die Dünungen hatten sich gelegt, es wehte ein stetiger, etwas kühler Abendwind.

„Es müßte Spaß machen, mal in so 'nem feinen Boot zu segeln", meinte Ingvars Hans.

Mikael bekam eine Idee.

„Komm mit, dann segeln wir den Kahn hinüber. Auf dem Heimweg setz ich dich dann später an Land."

„Das ist doch nicht dein Ernst!"

Aber Mikael war schon auf dem Weg zum Kahn. Er schob ihn aus der Schilfbucht hinaus und ruderte zum Bootshafen.

„Ich sehe, daß es ein Kahn von der Gesellschaft ist", sagte Ingvars Hans, als er in Mikaels Boot gestiegen war.

Mikael warf los. Die Segel strafften sich und der leichte Kahn glitt über die plätschernden Wellen.

Die zwei Segler sprachen nicht viel. Sie hatten beide seltsame Dinge erlebt. Jeder hatte sein Geheimnis: Ingvars Hans dachte an die verbrannten Schuldscheine und Mikael dachte an Annelis Mutter. Aber in beider Herzen war tiefer Friede.

Die Sonne ging unter, als das Boot auf der Rückfahrt nach Grönvold war. Alle Farben leuchteten herbstlich klar im letzten scharfen Sonnenlicht. Der Hof schimmerte wie altes Silber gegen den dunklen Tannenwald und das erste Herbstlaub der Birken glänzte wie goldene Anhänger. In jeder Fensterscheibe war eine funkelnde Sonne. Dann erloschen mit einemmal alle Farben. Der Wind wurde kalt und frischte auf.

„Morgen bekommen wir wieder Sturm", verkündete Ingvars Hans, als sie an Land gestiegen waren. „Ich sehe es an den roten Wolken im Westen."

Die Sterne begannen zu leuchten, bevor Mikael den dunklen Sund zwischen den beiden Seen erreichte. Hier zwischen den steilen Ufern war kein Wind, aber die Strömung war so stark, daß Mikael nicht zu rudern brauchte. Er saß am Steuer und dachte an seinen kleinen Kompositionsentwurf von heute morgen. Was für ein armer, törichter Musiker er doch war! In ihm tönten die Werke großer Meister. Mendelssohns „Hebriden“, seine „Meeresstille“ und „Glückliche Fahrt“.

Es war schon dunkel, als Mikael zu der Brücke an der Kantorgasse steuerte. Er sah nicht die Gestalt, die hinter dem hohen Schilf am Pfarrhofzaun verborgen stand.

Es war Agusta.

Der Herbst kam. Und der Winter.

In der Neujahrsnacht aber brauste ein Sturm über das Land, wie seit Menschengedenken nicht. Das Wetter war umgeschlagen. Die grimmige Kälte war in Tauwetter übergegangen. Die Sonne kam hervor. In der Luft war Wärme. Auf den Herrenhöfen und Bauernhöfen rings um den See holte man die Schlitten hervor, um zum Neujahrsgottesdienst in die Stadt zu fahren.

Kaum war die Sonne gegen drei Uhr untergegangen, als der Vollmond über dem Berg im Osten heraufstieg. Es war ein Farbenspiel am Himmel, daß die Leute aus ihren Häusern kamen. Sonne und Mond und dazu diese Farben am Himmel und warme Winde können die Herzen der Menschen leicht und vor Freude närrisch machen. Man wollte sich sehen und einander ein gutes neues Jahr wünschen, und da es damals nur einen Ort gab, wo man sich treffen konnte, machte man sich zur Kirche auf. Die kleine Stadt sah wie eine Illustration in einer Weihnachtszeitung aus. Sie war in tiefen Schnee gebettet, der auf den Dächern hell im Mondschein leuchtete, daß man, wenn man wollte, gut in einem Buch lesen konnte. Die Schlittenglocken bimmelten, die Kirchenglocken dröhnten, die Menschen lachten, die Kinder sprangen wie toll umher.

In der Kirche brannte in allen Kronleuchtern Licht und in den Fenstern sah man Pyramiden von züngelnden Flammen. In den beiden großen eisernen Öfen, die das niedrige Gewölbe geschwärzt hatten, bullerten die Birkenklötze, mit denen der Kirchendiener das Feuer unterhielt.

Die Kirche war voll besetzt. Die Leute standen sogar in den Gängen. Auf der Empore drängten sich die jungen Leute neben dem kleinen, aber guten Kirchenchor. Solange die Glocken läuteten, wurde in der Kirche noch geflüstert, aber als sie dann verstummten und der Kantor zu spielen begann, wurde es still. Mikael Vasenius intonierte das alte Neujahrslied:

„Gib, o Jesus, Glück und Freude!
Wieder kommt ein neues Jahr..."

Auf der Kanzel stand der alte Propst. Mit seiner Silberstimme, die bis in die entferntesten Winkel der Kirche drang, begann er König Davids 19. Psalm zu lesen:

„Die Himmel erzählen die Ehre Gottes und die Feste verkündigt seiner Hände Werk.

Ein Tag sagt's dem andern, und eine Nacht tut's kund der andern. Es ist keine Sprache noch Rede, da man nicht ihre Stimme höre. Ihr Klang geht aus in alle Lande und ihre Rede an der Welt Ende. Er hat der Sonne eine Hütte an ihnen gemacht, und dieselbe geht heraus wie ein Bräutigam aus seiner Kammer und freut sich wie ein Held zu laufen den Weg!"

Wie ein Bräutigam aus seiner Kammer! Zwei junge Menschen lauschten diesen Worten. Es war Anneli, die in der Stadtratsbank zwischen ihrer Mutter und Onkel Nils Johann saß, und Mikael, der auf der Orgelbank saß und über das Präludium zu dem Lied nach der Predigt nachsann.

Ein Bräutigam, der aus seiner Kammer geht! Mikael, der seine Phantasie nicht zügelte, war nicht mehr in der Kirche. Er dachte an den ersten Morgen in seinem Kantorhaus, als er in seinem neuen Heim auf Entdeckungsfahrt ging.

Eine dunkle Treppe mit unglaublich abgenutzten Stufen führte nach oben. Der Boden, der voll Gerümpel war, hatte ein paar kleine Luken dicht über dem Fußboden unter dem Dachansatz. Aber auf der Ostseite befand sich eine Kammer mit blaubemalter Tür. Die Kammer war niedrig, die Decke auf zwei Seiten abgeschrägt. Man konnte wohl kaum aufrecht darin stehen und Geige spielen. Im Ostgiebel befand sich ein kleines viereckiges Fenster mit dünnen irisierenden Scheiben aus grün schimmerndem Glas. Es war das einzige Ostfenster im ganzen Haus.

Organisten sind selten gute Zuhörer, wenn der Pfarrer predigt. Mikael bildete eine der wenigen Ausnahmen, denn er war ein frommer Mensch und die Kirche war für ihn ein heiliges Haus. Aber jetzt hörte er kein Wort von der Predigt des Propstes. Er arbeitete oben in der Dachstube des Kantorhauses. Er machte das Fenster auf und ließ die eingeschlossene Luft von Jahrhunderten hinaus. Er staubte ab, wusch und scheuerte. Er tünchte und tapezierte. Luftige Gardinen wurden aufgehängt, kleine weiße Möbel aufgestellt: Ein Tisch mit Schreibstuhl am Fenster, ein Bett an der Südwand, rechts eine Kommode, ein Büchergestell in der Ofenecke, denn Anneli hatte viele Bücher...

Anneli! Mikael fühlte, wie er rot wurde. Anneli würde hier wohl nicht wohnen. Sie hatten ja ein großes Schlafzimmer unten im Südflügel. Jawohl, Anneli sollte eine eigene kleine Stube haben, so wie er sein „Büro" im nördlichen Flügel hatte. Anneli mußte etwas haben, wohin sie sich zurückziehen konnte, wenn er den lieben langen Tag mit seinen Klavierschülern im Saal saß. Sie mußte bei diesen Tonleitern und Etüden ja müde werden. Hier konnte sie mit ihrer Handarbeit und ihren Büchern sitzen. Und hier konnte sie auch ihre Briefe schreiben, denn Anneli war eine fleißige Briefschreiberin. Sie schrieb an ihre früheren Lehrerinnen und an „die Mädchen auf Hjulsta", an ihren Pfarrer und seine Schwester Louise. Mikael lächelte bei dem Gedanken an Annelis Leidenschaft für das Briefschreiben. Bekam er nicht selbst Briefe von ihr! Oft, wenn er abends in der Posthalterei gewesen war, wo sie im Haushalt arbeitete, kam mit der Morgenpost ein Brief von ihr. Dann hatte sie bis spät in der Nacht aufgesessen und ihm ihre Gedanken mitgeteilt, für die sie während des munteren Zusammenseins mit Tante Henrika und Onkel Nils Johann keine Worte gefunden hatte. Es waren oft sehr ernste Briefe. Mikael begann zu verstehen, daß sie unter dem Kampf mit ihrer Mutter mehr litt als er zu der Zeit, da er sich gegen den Willen seiner Eltern durchsetzen mußte. Mikael hatte Papa Ulrik und Mama Hedwig gegenüber nie solche Gewissensbisse gehabt, wie sie Anneli ihrer Mutter gegenüber empfand. Anneli hatte ein Ehrgefühl, wie es Mikael fremd war. Mikael war selbst großzügig und glaubte, daß alle Menschen ebenso seien. Anneli wollte alles recht machen. Sie hatte das Gefühl, in der Schuld ihrer Mutter zu stehen für alles, was diese für sie ausgegeben hatte. Sie würde diese Schuld nie mit Geld zurückzahlen können, und das quälte sie. Auch Mikael würde ihr nie helfen können, diese Schuld abzubezahlen. Was sollte sie da tun? Das war die ständige Frage in Annelis Briefen. Sie berichtete, daß Onkel und Tante über ihre Gewissensbisse nur lachten. „Du hast recht, daß du dein eigenes Leben leben willst“, sagte Onkel Nils Johann. „Niemand kann dafür, wenn er sich verliebt“, sagte Tante Henrika. Über eines war Anneli sich jedoch klar. Alle ihre Briefe schlossen mit dem Bekenntnis eines festen Glaubens an ihre Liebe zu Mikael. „Ich habe keinen andern Weg als den, mit Dir zu gehen“, schrieb sie. „Du bist für mich, was für Dich die Musik war, als Du mit Deinen Eltern brachst und Deinen eigenen Weg gingst.“

Mikael war kein Briefschreiber im Vergleich mit Anneli. Seine Sprache war die Musik. Wenn Mikael Briefe mit der Post bekam, dann bekam Anneli Noten. Sie konnte nicht alles spielen, was er schrieb. Sie hatte auch keine Zeit und das Klavier im großen Saal der Posthalterei war von all den Walzern und Polkas, die bei frohen Festen darauf gespielt worden waren, ganz zerdroschen. Aber manchmal nahm Mikael Anneli mit sich in die Kirche und spielte ihr vor, was er geschrieben hatte. Sie liebte am meisten, was in Moll geschrieben war, Musik voll Unruhe und Sturm. In diesen Stunden spielte Mikael Annelis Seele frei. Auf diese Weise bekam Anneli eine ganz neue Auffassung von der Musik. Sie erkannte sich selbst wieder in Mikaels Musik. Und allmählich begann sie zu verstehen, daß alle große Musik aus dem Schmerz und der Freude, die nur durch Leid groß werden kann, geboren wurde. Mikael erzählte ihr von den großen Musikern Bach, Beethoven, Mozart. Am meisten von allem, was er ihr vorspielte, lernte sie Beethovens Sonate in f-Moll, die „Appassionata" lieben. Das wundervolle Gesangsthema im ersten Satz wurde ihr größtes Musikerlebnis. Es gab keine Sorge, keine Angst, die nicht zur Ruhe gekommen wären, wenn sie dieses Thema hörte oder es vor sich hinsummte.

Mikael dachte gerade darüber nach, ob Anneli ihm auch noch Briefe schreiben würde, wenn sie verheiratet wären. Ob sie dort oben in ihrer Stube sitzen würde...

Mehr mit seinem Gefühl als mit dem Ohr nahm Mikael den Windstoß wahr, der plötzlich um die Kirche fuhr. Er wurde aus seinem romantischen Schwärmen geweckt, als irgendwo eine Fensterscheibe splitterte. Ein Hornstoß ertönte, als habe jemand in eine Orgelpfeife geblasen. Die Leute horchten auf und in der darauffolgenden Stille hallte die Stimme des Propstes. „Es ist nicht Rede noch Sprache, deren Laut nicht gehört wird." Doch dann wurde seine Stimme vom Tosen des Sturms übertönt. Es war, als ob sich alle Mächte der Hölle auf einmal auf die alte Kirche stürzten. Der Wind heulte in sämtlichen Fensterritzen, Türen begannen zu schlagen und im Turm begann eine der Glocken zu läuten. Es klang wie die Glockenschläge bei einer Feuersbrunst. Die Leute erhoben sich in den Bänken. Der Propst sagte plötzlich Amen und verließ die Kanzel. Mikael zog die Register und fing an zu spielen. Aber nicht ein Laut ertönte in den Pfeifen. In älteren Orgeln gab es ein Register, das Calcante hieß und dazu diente, schläfrige Blasebalgtreter zu wecken. Wenn man es zog, bimmelte eine Glocke beim Blasebalg. Mikael zog dieses Register, er schob es heraus und hinein. Endlich tönte es in den Pfeifen! Auch auf der Empore war Unruhe entstanden. Die jungen Leute gingen schon die Treppe hinunter, aber der kleine Chor blieb getreulich sitzen. Nach einem kurzen Vorspiel stimmte Mikael das Lied an:

„Wie ein Blitz so schnell verschwindet
Unsere kurze Lebensfrist.
Wie ein Pfeil zum Ziele findet,
Eilt die Zeit, und fort sie ist...“

Der Chor sang tapfer mit. Der Propst trat vor den Altar. Aber noch während des Lieds strömten die Leute aus der Kirche. Die Glocke im Turm läutete. Der Sturm toste um die Kirche, daß das Gebet am Altar in seinen Wogen ertrank. Das letzte Lied war kaum zu Ende gesungen, als die Leute, die noch geblieben waren, die Kirche verließen. Gewöhnlich blieben sie nach dem Schlußlied sitzen, um Mikaels „Ausgangsmarsch“, wie das Nachspiel genannt wurde, zu hören. Aber außer dem Propst, der in der Tür zur Sakristei stand, hatte Mikael nur drei Zuhörer in der Stadtratsbank.

Als Mikael in die Kirche hinunterkam, war der Kirchendiener mit Hilfe seiner Tochter Agusta dabei, die Lichter auszulöschen. Sie standen jedes auf einer hohen Leiter und schwangen die schweren Kronleuchter herum, während sie die Lichter, Kranz für Kranz, ausbliesen. In der Stadtratsbank war es jetzt leer. Nils Johann und Mutter Kari waren schon voraus zur Posthalterei gegangen. Aber ganz vorne im Chor, wo die Lichter auf dem Altar noch brannten, stand Anneli. Ihr Blick war zu dem alten Altarbild, auf dem Christus am Kreuz dargestellt war, erhoben. Es war eine Schenkung aus dem 17. Jahrhundert von einem Pfarrer und die ganze Pfarrerfamilie war am Fuße des Kreuzes abgebildet. Neben dem Kreuz stand auf der einen Seite der Pfarrer, auf der anderen seine Frau und neben ihnen standen die Kinder, die Söhne auf der einen, die Töchter auf der anderen Seite, bis zu den kleinsten, die am weitesten fort standen.

Mikael kam leise zu Anneli her und ergriff ihre Hand. Er fühlte, wie sie zitterte. Anneli blickte auf das Altarbild. Mikael flüsterte ihren Namen.

Sie hob ihre leuchtenden Augen zu Mikael empor.

„Ich habe eine Überraschung für dich", sagte sie.

„Mutter ist damit einverstanden, daß wir heute abend Verlobung feiern. Tante Henrika hat ein kleines Fest für uns vorbereitet. Aber ich habe die Ringe mit hierher genommen. Ich möchte, daß wir uns hier verloben, hier vor dem Altar. Und ich möchte, daß wir die Worte sprechen, die auf dem Einband von Vaters und Mutters Brautgesangbuch stehen."

Aus einem kleinen Etui nahm Anneli die Ringe, die sie schon seit langem beim Goldschmied ausgesucht hatte, in der Erwartung, daß Mutter Kari einwillige.

Anneli steckte den großen Ring an Mikaels Ringfinger und sagte leise und feierlich:

„Mit Gott und dir
verlobe ich mich."

Dann reichte sie Mikael den kleinen Ring. Bevor er ihn an Annelis Finger steckte, führte er ihn an die Lippen. Er wiederholte die Worte.

Sie blieben eine Weile schweigend stehen, den Blick zum Altarbild erhoben. Dann gingen sie still, Hand in Hand, den Gang entlang.

Hoch oben auf einer der Leitern stand Agusta und löschte die letzten Kerzen. Sie hatte scharfe Augen und begriff, was da vor sich gegangen war. Aber ihr Mund war fest zugekniffen. Sie würde die Nachricht von der Verlobung nicht verbreiten. O nein! Es gab schon genug Klatschbasen in der Stadt!

In der brausenden Sturmnacht wanderten Mikael und Anneli zur Posthalterei. Dunkle Wolkenmassen jagten über den nachtblauen Himmel. Unaufhörlich erlosch das Mondlicht und leuchtete wieder auf. Anneli, die noch eben so tief ernst gewesen war, wurde auf einmal ausgelassen heiter. Sie hängte sich an Mikaels Arm und verlockte ihn zu einem Rundgang durch die kleinen Gassen der Stadt. Dort lagen wunderliche alte Höfe, in die man durch schön geschmiedete Tore gelangte. Überall war Licht in den Fenstern. Die Leute feierten Neujahr. Mikael wurde von Annelis Munterkeit angesteckt. Ihn selbst hatte die Überraschung so verwirrt, daß er das Geschehene noch kaum begriff. Sie gingen gerade an einer weißgetünchten Mauer vorbei, als plötzlich der Mond aufleuchtete.

„Sieh mal, da sind wir!" sagte Anneli und zeigte auf ihre Schatten an der Mauer.

Mikael schlang die Arme um Anneli und küßte sie.

„Bist du verrückt", flüsterte sie und versuchte sich loszureißen.

„Ja", sagte Mikael und küßte sie noch einmal. Diesmal erwiderte Anneli seinen Kuß. Die beiden Schatten an der Mauer waren einer geworden. Keines der beiden sah es. Aber eine Frau, die in einem dunklen Fenster stand, sah es und erkannte die beiden jungen Leute.

Mikael wurde nach dem langen Kuß als erster wieder nüchtern.

„Meinst du nicht, daß sie auf uns warten?" fragte er.

„Laß sie warten", erwiderte Anneli, indem sie ihren Arm unter Mikaels Arm schob. „Diese Stunde gehört uns. Wir dürfen ja nie allein sein. Wir werden uns an diese Nacht immer erinnern, sie kommt nicht wieder. Sieh nur, wie der Schnee funkelt, wenn er von dem Dach wirbelt! Sieh doch, wie hell es in dem Festsaal bei Lejonhjelms ist! Dort ging ich einmal zur Schule. Wir nannten sie die Löwengrube. Der alte Oberst ist achtzig Jahre, aber jede Silvesternacht hat er seinen Neujahrsball, und er tanzt auch noch. Dort sind alle vornehmen Leute aus der Stadt versammelt."

„Vielleicht sehnst du dich hin?" fragte Mikael.

„Nein!" sagte Anneli. „Ich möchte so mit dir die ganze Nacht umherwandern. Aber vielleicht müssen wir allmählich an Tante Henrika denken. Sie mag nicht gern mit ihren Omeletten warten."

Die Posthalterei lag am Rande der Stadt. Und dort hatte der Sturm am schlimmsten gewütet. An allen Straßenecken lagen hohe Schneewehen, Ladenschilder waren heruntergeweht, Fensterläden, Dachrinnen und Dachziegel lagen auf den Gehsteigen. Eine alte Weide, die abgebrochen war, hatte eine ganze Planke mitgerissen und versperrte die Straße. Anneli kletterte auf den Weidenstamm und sprang hinunter. Sie verschwand vollkommen in der Schneewehe, die sich auf der anderen Seite angehäuft hatte. Mikael sprang hinterher und grub sie wieder aus. Wieder kam es zu einem langen Kuß.

Es waren zwei ausgelassene junge Menschen, die in die alte Posthalterei gestürmt kamen.

„Gratuliert uns!" rief Anneli; sie streifte ihren Handschuh ab und hielt ihre linke Hand in das Licht der Kristallkronen in dem großen Saal. „Darf ich meinen Verlobten vorstellen: Musikdirektor Mikael Vasenius."

Mutter Kari, die mit einem Spitzenschal über ihrem schwarzen Festkleid im Lehnstuhl saß, starrte verdutzt auf ihre Tochter.

Onkel Nils Johann erhob sich aus dem Schaukelstuhl und ging mit erhobenem Zeigefinger auf Anneli zu.

„Du hast uns ja schön ausgeschmiert", sagte er. „Aber dafür sollst du zahlen."

„Hilf mir, Mikael!" Anneli versteckte sich hinter Mikael, aber Nils Johann war hinter ihr her. Es gab eine wilde Jagd um den runden Tisch. Aber Anneli zog einen der Stühle heraus, so daß der Posthalter aufgehalten wurde, und Tante Henrika kam im letzten Augenblick als rettender Engel.

„Der Mann wird doch nie vernünftig“, sagte sie lachend, indem sie Anneli mit mütterlicher Wärme an sich drückte. Sie hatte nie eigene Kinder gehabt.

Man ging zu Tisch. Es wurde ein frohes Fest. Tante Henrika verlor kein Wort darüber, daß sie so lange mit dem Essen hatte warten müssen, und Onkel Nils Johann, der seine Schwägerin eine ganze Stunde unterhalten hatte, entschädigte sich, indem er jetzt mit den Neuverlobten scherzte.

Er hielt eine Rede in altmodisch geziertem Stil, die sogar Annelis Mutter zum Lachen brachte. Mutter Kari besaß wenig von der Gottesgabe, die man Humor nennt. Sie sah selten in den Spiegel und hatte nie gelernt, über sich selbst zu lachen. Und dann hat man es schwer, über andere zu lachen. Aber sie konnte manchmal einen recht treffenden Witz machen, wenn er auch einen Schuß grober Gutmütigkeit enthielt.

Als sich Onkel Nils Johann nach seiner Rede mit der Frage an die Verlobten wandte, wann die Hochzeit sein sollte, antwortete Anneli rasch und vollkommen sicher: „Wir heiraten am Vorabend der Walpurgisnacht.“

„Sie versteht ihre Tage zu wählen“, sagte Nils Johann und wandte sich an seine Schwägerin.

„O ja“, erwiderte Mutter Kari. „Ich wundere mich nur, daß sie nicht an Mariä Verkündigung heiraten will!“

Nils Johann brach in sein heftiges Posthalterlachen aus und das war nicht gerade leise.

„Meinst du?“ sagte er. „O weh, Anneli, jetzt bringst du deine Mutter um das Weihnachtsgeschenk!“

Nun lachte auch Mutter Kari.

Aber als dann alles ruhig geworden war und sie in ihrem Bett lag in der Stube, in der sie in ihrer Schulzeit gewohnt hatte, konnte sie nicht einschlafen. Heute abend war es geschehen und es war ein großes Glück. Nicht nur, weil sie und Mikael jetzt richtig verlobt waren und in Leben und Tod zusammengehörten. Anneli dachte an ihren Verlobungsring, der in dem Mondlicht blinkte, das durch einen

Spalt in der Gardine fiel. Was war es, was ihr Glück so groß machte?

Ihre Mutter schien ihren dummen Scherz mit dem Hochzeitstag bereut zu haben, denn als sie sich nach dem Essen im Salon niederließen und still auf die Kirchenglokken lauschten, die das neue Jahr einläuteten, stand Mutter Kari auf einmal auf. Sie dachten wohl alle, sie wolle gute Nacht sagen, denn sie erhoben sich ebenfalls.

Mutter Kari stand eine Weile schweigend da. Ihre aufrechte Gestalt hatte etwas Imponierendes, wie sie da in ihrem schwarzen Festkleid unter der Kristallkrone stand. Und doch war man ergriffen, sie da so stehen zu sehen. Sie war ein sehr einsamer Mensch.

Sie hob ihre unergründlichen Augen und sah Anneli und Mikael an, die Hand in Hand neben einem brennenden Tannenbaum standen.

„Bevor wir uns trennen, möchte ich noch eins sagen", begann sie. „Ich möchte sagen, wie ich mich Annelis wegen freue, daß du, Mikael, meinem Anders so gleichst."

In seiner Studierstube in dem kleinen Pfarrhof in Södermanland saß Annelis Konfirmationspfarrer, Augustin Johanesson mit einem Brief von Anneli in der Hand. Sie hatte ihm von ihrer bevorstehenden Heirat mit Mikael Vasenius berichtet und bat ihn, er möge kommen und sie trauen.

Der Pfarrer hatte verschiedene Briefe von Anneli bekommen und jeder riß die alte Wunde wieder auf. Obwohl er noch jung an Jahren war, nur zehn Jahre älter als Anneli, hatte er Würde und Reife eines älteren Menschen. Sein Leben war ein erbitterter Kampf mit Armut und Entbehrungen gewesen, und als ihm endlich ein Amt übertragen worden war, hatte er sich seiner gelähmten Schwester angenommen. Er war auch ein eifriger Seelsorger und half vielen Armen und Kummerbeladenen ihr Schicksal tragen. Aber einmal hatte etwas sein Leben hell gemacht; das war gewesen, als er in einer Konfirmationsklasse von schönen, verwöhnten jungen Mädchen aus dem Hjulstaer Pensionat Anneli, der Bergmannstochter, begegnet war. Sie war anders als alle Mädchen, die er gesehen hatte, sie hatte auch das Herz seiner Schwester Louise gewonnen und ein törichter Traum hatte sein ganzes Wesen erglühen lassen. Er hatte darum gerungen, sich von dem Gedanken, daß sie einmal sein werden könne, zu befreien.

Aber wer vermag gegen die Liebe anzukämpfen? Der junge Pfarrer lag mitunter ganze Nächte lang auf den Knien und bat Gott darum, von dieser törichten, vielleicht sündhaften Neigung zu einer Konfirmandin befreit zu werden. Er suchte Hilfe in Gottes Wort, aber der einzige Trost, den er fand, war der, von dem der Apostel schreibt, wenn er von dem Pfahl im Fleisch spricht, von dem er trotz all seines Betens nicht befreit werden konnte. „Und er hat zu mir gesagt: Laß dir an meiner Gnade genügen, denn meine Kraft ist in dem Schwachen mächtig."

Dieser Pfahl war immer tiefer in sein Herz gedrungen. Das erste Mal, als der junge Hilfsorganist nach Annelis Konfirmation in die Sakristei gekommen und ohne seine Aufregung verbergen zu können, nach Annelis Namen gefragt hatte. Damals hatte der Dämon Eifersucht seine Krallen in ihn geschlagen. Das zweite Mal, als der erste Brief von Anneli kam. Er war zwar an seine Schwester geschrieben, aber der Inhalt war an ihn gerichtet. Dann war Brief auf Brief gekommen, Briefe mit Beichten, Briefe mit der Bitte um geistliche Hilfe. Augustin Johanesson hatte oft Gelegenheit „guten Muts in Schwäche sein" zu lernen. Seine eigenen Briefe an Anneli wurden immer kürzer und korrekter. Oft überließ er es seiner Schwester, an sie zu schreiben.

Aber dieser letzte Brief! Das war zu viel. Wenn er es doch wagte, sich seiner Schwester anzuvertrauen! Nein, das konnte er nicht. Sie ahnte nicht, wie es um ihn stand, und sollte es auch nie erfahren. Es gab Lasten, die ein Mensch allein tragen mußte und wobei niemand als Gott selbst einem helfen konnte.

Augustin Johanesson hatte seiner Schwester gute Nacht gesagt. In der Tür wandte er sich um.

„Ich gehe noch einmal in die Kirche."

Die Schwester winkte ihm zu. Sie hatte ein Buch in der Hand. Der Lampenschirm beschattete ihr Gesicht, in welchem strahlend die schönen Augen leuchteten.

„Grüße die Sterne von mir!" sagte sie.

Es war die Zeit um Mariä Verkündigung. Das erste Frühlingsabendlicht verweilte noch im Westen hinter der weißen Ebene. Reste von Winterschnee leuchteten in den Gräben und entlang dem Waldrand. Die Bäume in der Kirchhofsallee streckten ihre kahlen Zweige wie betende Hände zum Himmel und die Sterne glitzerten wie Schmuck an ihren Fingern. Der Pfarrer schob die Kirchentür auf und kam in die kalte Kirche. Aber er fühlte die Kälte nicht. Er war hierher geflüchtet, um Anneli zu vergessen und Gott näherzukommen. Doch hier begegnete sie ihm. Er ging in die Sakristei und sank, den Kopf in den Armen vergraben, vor dem Schreibtisch nieder. Seine rechte Hand streifte das Tintenfaß. Mechanisch ergriff er den Federhalter, tauchte die Feder in die Tinte und schrieb einen Namen auf das Löschpapier. Er schrieb im Dunkeln, aber er glaubte, die Buchstaben leuchteten wie Feuer. Anneli! schrieb er. Er zeichnete den Namen mit großen Buchstaben: ANNELI, ANNELI, ANNELI!

Dann warf er die Feder erschrocken fort. Er zerriß das Löschpapier und warf die Fetzen in den offenen Ofen. Er zündete ein Steichholz an und sah das Löschpapier verbrennen. Er sah Annelis Namen in den Flammen verkohlen. „Dort verbrennt mein Herz", rief es in ihm. „Dort verbrennt meine Liebe. Nimm sie zu dir, Gott, und verbirg sie irgendwo in deinem Himmel!"

Augustin starrte auf die erloschenen Überreste des verzweifelten Bekenntnisses seiner Liebe. Auf den flatternden Blättern zeichnete sich eine wunderliche Schrift von Fünkchen ab, wie man es mitunter an einer schwarzen Herdmauer sieht, wenn das Feuer erloschen ist.

„Gottes Handschrift!“ dachte der Pfarrer. „Das ist Seine Antwort an mich.“ Er ging aus der Sakristei und sank am Altar nieder.

Es war schon weit über Mitternacht, als Louise die Schritte ihres Bruders auf dem Kiesweg hörte.

Der junge Pfarrer aber saß in seiner Stube und schrieb einen Brief an Anneli. Er versprach zu kommen und sie und Mikael zu trauen.

Tante Henrika bereute oft, daß sie Mutter Kari nicht von ihrem Entschluß abgebracht hatte, Annelis Hochzeit auf dem Kohlsta-Hof zu halten. Sie hatte von einer stattlichen kirchlichen Trauung mit dem alten Propst am Altar geträumt. Und was für ein Mahl hätte sie dann in der Posthalterei bereitet!

Die Hochzeit auf Kohlsta feiern! Tante Henrikas Verdruß wurde von vielen Leuten in der Stadt geteilt. In der Kleinstadt sind die Leute sehr leicht beleidigt! Man klatschte hier und man klatschte dort, wie man zeit ihres Lebens darüber klatschen würde, daß Anneli nicht so war wie andere Leute. Aber als Tochter der gestrengen Frau auf Kohlsta konnte man wohl nicht anders sein!

Unbekümmert um all das Geschwätz arbeitete Anneli auf Kohlsta an ihrer Aussteuer, während Mikael seine Arbeit mit Annelis Stube auf dem Boden des alten Kantorhauses hatte. Er war in den Raum fast ebenso verliebt wie in Anneli. Die Nachbarn wunderten sich, was in aller Welt der Kantor Vasenius vorhaben mochte. Aber er ließ sie sich wundern. Wenn man an seiner Gasse vorüberging, hörte man Hammerschläge oder man begegnete Mikael mit Tapetenrollen unter dem Arm oder Farbtöpfen in der Hand. Agusta war die einzige, die in das Geheimnis eingeweiht wurde. Und sie konnte schweigen. Sie half ihm auch bei den Gardinen, den Matten und dem Bettzeug.

In letzter Minute wurde Mikael fertig. Als er seinen Hochzeitsrock angezogen hatte, warf er noch einen Blick in den Spiegel, merkte aber keineswegs, daß er der schönste Mann in der Stadt war. Er wußte nur, daß er der glücklichste Mensch war. Und das war ja viel mehr wert! In letzter Minute nahm er sein geliebtes Cello an sich und eilte dann zur Bahn.

Nach Grubental fuhr nur eine schmalspurige Eisenbahn. Mikael mußte in Gryttorpet umsteigen. Hier erwartete ihn ein ernster, hochgewachsener Herr. Die beiden Männer schüttelten sich die Hand. Seit dem Tag, als Mikael zum letzten Mal in Organist Wallgrens Kirche spielte, hatten sie sich nicht mehr gesehen.

Es war ein putziger Zug, Schwedens älteste Eisenbahnwagen. Die Türen an den Abteilen wurden vom Schaffner von außen geschlossen. Der Schaffner selbst fuhr mit auf der Lokomotive. Man wurde in den Wagen im wahrsten Sinn des Wortes durcheinandergerüttelt und eine Unterhaltung zu führen war fast unmöglich.

An der Station wartete Philipp mit dem Wagen. Auch jetzt wurden zwischen dem Pfarrer und dem Kantor nicht viele Worte gewechselt. Mikael hatte Anneli ein paarmal besucht und jedesmal war er von der Landschaft entzückt gewesen. Auch Pfarrer Johanesson blickte überrascht auf das schöne Tal, das sich von einem Hügel aus vor ihren Blicken auftat.

Mikael zeigte auf ein weißes Gehöft, das am Osthang der Höhe leuchtete.

„Dort liegt Kohlsta“, sagte er.

„Aber wo ist denn die Kirche?“ fragte sein Freund Augustin.

„Hier ist keine Kirche“, antwortete Mikael.

Der Pfarrer schien überrascht. Er kam aus der Ebene und in seiner Heimat lagen die Kirchen dicht beieinander.

„Aber wo findet denn die Trauung statt?“

„Im Missionshaus. So will Anneli es haben. Auf dem Kohlsta-Hof ist es zu eng und Anneli will, daß die Leute aus ihrem geliebten Tal an der Feier teilnehmen.“

Augustin Johanesson war plötzlich mehr Pfarrer, als er in den letzten schweren Tagen zu sein gewünscht hatte, seit er Anneli zu trauen versprochen hatte. Er dachte daran, was die Leute in seiner Gegend sagen würden, wenn ein Pfarrer seinen Fuß in ein Missionshaus setzte! Aber nun hatte er alles, was diese Sache betraf, in Gottes Hand gelegt. Er hatte Gott gebeten, jeden seiner Schritte zu lenken, jeden Gedanken zu steuern und ihm jedes Wort, das er sagen sollte, in den Mund zu legen. Und in ihm stieg der fast erschreckende Gedanke auf: Hatte Gott Humor? Lachte er im Himmel über seinen armen Diener, der sich ihm einmal geweiht hatte? Ihm war zumute, wie es dem Apostel Petrus zumute sein mußte, als er auf dem Dach von Simon Garvares Haus am Meer in der Stadt Joppe stand und betete und eine Stimme sagen hörte: „Was Gott gereinigt hat, das mache du nicht gemein!“

Und während der Wagen den Weg entlangrollte und Augustin Johanesson Seite an Seite mit dem Mann saß, den er mit der Frau trauen sollte, die er einmal hoffte, sein zu nennen, geschah etwas Großes und Seltsames mit ihm. Warum lenkte Gott des Petrus Schritte nach Joppe? Wollte er den einen wie den andern aus seiner bisher engen Welt herausheben und ihn über die kümmerlichen Grenzen blicken lassen, welche Menschen, auch Christenmenschen in dieser Welt, in der doch alles Gott gehörte, voneinander schied? Wer hatte gesagt, daß eine Kirche mehr sei als ein Missionshaus? Daß das eine heiliger sei als das andere? Der Herr ist in seinem heiligen Tempel, aber er ist auch denen nahe, die demütigen und zerknirschten Sinnes sind. Der Pfarrer hörte einige Verse in sich, deren eigentümlicher Sinn sich ihm erst jetzt offenbarte:

„Zu dir kommt er allerorten,
Wirst du nicht vor Staunen stumm?
Raum, von dir betreten worden,
Wird er nicht zum Heiligtum?“

Ein neues Denken von Gott, ein neuer Blick für seine Kirche war ihm zuteil geworden und hatte ihn so erschüttert und erhoben, daß die Unruhe von ihm wich, die er angesichts der übernommenen Amtshandlung empfunden hatte. Ihm war, als würde er von neuem zum Priester geweiht, als er Anneli und Mikael in dem dürftigen Missionshaus traute. Seltsam ergriffen von Gottes Nähe stand er da. Sein Gesicht leuchtete, als habe er eine Offenbarung gehabt, und verwundert lauschten die Menschen seinen Worten. Anneli, die Braut, stand da in ihrem schlichten weißen Kleid und fühlte sich wie eine Konfirmandin. Mikael erinnerte sich der Stunde in der Kapelle auf Allerö, als Papa Ulrik bei Großmutters Beerdigung Bach spielte. Mutter Kari vergaß allen Kummer bei den Worten des Pfarrers von der Liebe, die nicht das Ihre sucht. Israel, der fromme Prediger, hatte die Hände gefaltet und dankte Gott für diese segensvolle Verkündigung. Leute, die nur gekommen waren, um eine Trauung zu sehen, vergaßen Braut und Bräutigam über den Pfarrer, der davon sprach, daß „der Topf zu Hause auf deinem Herd dem Herrn geweiht" und daß „die armseligste Küche in einer Kätnerhütte eine Kirche werden kann, wenn Gott Platz in einem Menschenherzen eingeräumt wird". Das waren Worte, die man behielt und von denen man im Grubental noch lange sprechen sollte.

Die Abendsonne leuchtete über dem Grubental, als man aus dem Missionshaus kam. Der Weg zum Kohlsta-Hof führte über die Kälberweide. Weißstämmige Birken schimmerten zwischen Wogen von weißen und bläulichen Anemonen. Man ging den kurzen Weg zu Fuß. Am Wiesenzaun stand der Knecht Philipp mit seiner Geige. Er hatte noch einen Spielmann bei sich und die beiden stimmten jetzt eine uralte Hochzeitsweise an. Anneli schob ihren Arm unter den Mikaels, mit der anderen Hand hielt sie den Brautschleier. Gleich hinter dem Brautpaar kam Mutter Kari zwischen Onkel Nils Johann und Tante Henrika. Hinter ihnen schritt der Pfarrer allein. Die Sonne ging gerade unter, als man am Kohlsta-Hof anlangte. Aber in dem blauen Schatten oberhalb der Berge wurden die ersten

Walpurgisfeuer angezündet. Die Geigen verstummten. Einen Augenblick blieb die ganze Hochzeitsgesellschaft stehen und blickte über das weite Tal in den schönen Frühlingsabend.

Anneli erinnerte sich später an diesen Augenblick besser als an das frohe Fest, das nun folgte, das festliche Mahl in der guten Stube mit wenigen, aber lieben Hochzeitsgästen, Onkel Johanns muntere Rede und die warmen, aber ernsten Worte des Pfarrers. Anneli hatte gewollt, daß Philipp und Anna mit bei Tisch säßen und daß auch der alte Israel mit dabei sein sollte. Tante Henrika fragte sich, was die Leute in der Stadt wohl zu dieser Tischgesellschaft sagen würden. Aber das sah Anneli und Mutter Kari ähnlich. Sie waren nicht wie „andere Leute". Zum Schluß hielt Israel eine Rede; er sprach davon, daß die Menschen manchmal Engel zu Gast hätten. „Ich fühle, daß heute abend einer da ist, den unsere sterblichen Augen nicht sehen, aber die Augen der Einfalt und Unschuld sehen ihn. Ich sehe Anders in unserer Mitte", sagte er, „ich sehe, wie er sich über Klein-Annelis Glück freut."

Anneli warf einen verstohlenen Blick auf ihre Mutter und sah sie das Taschentuch an die Augen führen. Draußen im Dunkeln stand jemand und sah durch das Fenster; so entstand das Gerede, Annelis Mutter habe auf der Hochzeit ihrer Tochter geweint.

Man saß nicht lange bei Tisch, denn Mutter Kari hatte bestimmt, daß im Haus der Kaffeetisch für alle Leute aus dem Grubental gedeckt werden solle, während die Jugend auf der Tenne tanzte. Die Luft war kühl, aber man tanzte sich bald warm. Die Tenne war mit Wacholderbüschen bekleidet und an der Decke hingen bunte Laternen. Philipp und der andere Spielmann hatten ein paar Kameraden mitgebracht; der eine spielte Ziehharmonika, der andere blies die Klarinette. Mikael hatte für seine Braut einen Brautwalzer komponiert, nach dessen Tönen zuerst Braut und Bräutigam allein tanzten. Dann forderte Onkel Nils Johann die Braut auf und Mikael tanzte mit Tante Henrika. Als dann die Reihe an die Jugend kam, holte Mikael sein Cello und jetzt ertönte eine unvergleichliche Musik. Mutter Kari ging hin und her zwischen Tenne und Wohnhaus, wo in allen Räumen gedeckt war. Der Pfarrer hatte sich in die nach Westen gelegene Dachstube zurückgezogen, die Annelis Mädchenzimmer gewesen war. Lange stand er dort, ins Anschauen der beiden Bilder „Der gute und der schlechte Baum“ versunken.

Um Mitternacht tanzte man der Braut die Krone ab. Wie verabredet, wartete Philipp dann mit dem Wagen an der Wegscheide oberhalb des Teiches. Mikael und Anneli schlichen sich durch die Hintertür zur Scheune, gingen von da auf einem Fußpfad um den Teich und kamen so ungesehen zur Wegscheide. Sie bekamen beide ihren Pelz und kletterten auf den Rücksitz, während Philipp ein Fell über sie breitete. Philipp hätte Anna gerne bei sich auf dem Vordersitz gehabt, aber sie hatten ihren einen Monat alten kleinen Jungen in der Wiege liegen.

Es wurde eine richtige Hochzeitsfahrt! Überall auf den Feldern und auf den Berghöhen brannten die Walpurgisfeuer. Büchsen knallten. Mitunter hörte man ein Hirtenhorn. Aber dann ließen sie das Tal hinter sich und der Weg ging durch den meilenweiten Wald. Eine halbe Meile aufwärts und eine halbe Meile abwärts. Auf dem höchsten Punkt blickte man über riesige Waldflächen, zwischen denen Seen lagen, die Himmel und Sterne spiegelten.

Mikael und Anneli saßen schweigend.

Ein zartes Morgenlicht dämmerte im Osten auf, dort, wo man bei den letzten Erhöhungen die Stadt erblickte. Schlafend lag sie da auf ihrem hohen Hügel mit der weißen Kirche wie mit einem Wachtturm in der Mitte. Ein schwaches Nordlicht ließ die vergoldeten Zeiger der Uhr aufleuchten. Jetzt waren sie drinnen auf den Straßen. Der Wagen hüpfte auf den Rollsteinen, er machte einen Lärm, als wolle er die ganze Stadt aufwecken. Aber die Stadt schlief. Unten an der Pforte zum Kantorhaus blieb das

Gefährt stehen. Mikael sah, daß jemand dort zwei junge Birken aufgestellt hatte. Er vermutete, daß es Agusta war.

Philipp machte sofort kehrt, um nach Hause zu fahren.

„Willkommen daheim!" sagte Mikael, als er seine Braut aus dem Wagen gehoben und sie die hohe Kalksteintreppe zum Kantorhaus hinaufgetragen hatte. Hand in Hand betraten die beiden jungen Leute ihr Heim. Hand in Hand gingen sie in allen im Dämmerlicht der Frühlingsnacht liegenden Zimmern umher. Sie standen in der kleinen Küche, die zur Gasse hinausging, wo das Nordlicht hereinleuchtete. Sie standen in dem großen Saal, wo das Klavier wartete. Sie warfen einen Blick ins Schlafzimmer, wo das große Doppelbett stand. Das Zimmer zur Straße hinaus hieß das Kinderzimmer. Sie gingen über die Vordiele ins „Büro", wo Mikaels Instrumente an der Wand hingen, seine Trompete und seine Altgeige. All das gehörte ihnen. Es war ihr kleines Heim. Anneli warf sich in Mikaels Arme. Sie vermochte die Tränen nicht zurückzuhalten.

„Mikael, ich bin so glücklich", flüsterte sie, „aber ich fürchte mich so."

„Warum fürchtest du dich, meine Anneli?"

„Es ist so viel... es ist zu viel Glück."

„Da verträgst du vielleicht nicht noch mehr?" sagte Mikael. Es lag solch ein schelmischer Mutwille in seinen Worten, daß Anneli fühlte, wie sie im Dunkeln errötete.

„Was sollte das sein?" fragte sie.

„Nun ja, ich habe noch eine kleine Überraschung für dich. Willst du sie sehen?"

„O ja, Mikael!"

„Dann komm mit!"

Mikael nahm Anneli bei der Hand und öffnete eine kleine Tapetentür. Merkwürdigerweise hatte Anneli diese Tür nie gesehen oder jedenfalls nicht darüber nachgedacht, wohin sie führte. Aber jetzt ging sie eine dunkle Treppe hinauf und kam auf einen Boden, der frischgescheuert roch. Der Fußboden war mit gehacktem Tannen- und Wacholderreisig bedeckt und mit diesem Duft kam

Anneli ihre ganze Kindheit entgegen. Mikael band Anneli jetzt ein Tuch vor die Augen. Sie hörte, wie eine Tür geöffnet wurde und stolperte über eine hohe Schwelle. Mikael zog sie in seine Arme und nahm ihr die Binde ab.

„Oh, Mikael, Mikael! Wessen Zimmer ist das?"

„Deines. Ganz allein deines. Hier sollst du sein, wenn du allein sein willst."

Anneli kämpfte wieder mit den dummen Tränen.

„Meinst du, daß ich... heute nacht hier sein soll...?"

„Du darfst hier sein, wann du willst. Auch heute nacht, wenn du willst. Aber du weißt ja, wo ich bin. Wenn du willst, kannst du zu mir kommen. Gute Nacht jetzt, meine kleine Frau!"

Mikael drückte einen leichten Kuß auf Annelis Stirn. Im nächsten Augenblick war er verschwunden.

Mikael war gerade eingeschlafen, als er durch ein leises Klopfen geweckt wurde. Er öffnete die Augen und horchte. Leise ging die Schlafzimmertür auf. In der Tür stand Anneli in ihrem weißen Nachtkleid, zwei dunkle Zöpfe hingen über ihre Schultern.

Jeden Dienstagabend spielte das Streichquartett im Kantorhaus.

Von den drei Herren, die dann Annelis und Mikaels Gäste waren, wurde ihr vor allem ihr Nachbar, Dr. Tjernskog, lieb, der die Altgeige spielte.

Die erste Geige spielte Ludwig Flodman, ein alter Hüttenbesitzer, der auf Bergsäter wohnte und immer mit Droschke oder Schlitten gefahren kam. Er wurde allgemein „Graf Ludwig" genannt, sah sehr vornehm aus, hatte ein elegantes, kavaliermäßiges Benehmen und redete alle Damen mit „meine Gnädige an". Seine Liebhaberei war das Sammeln von alten Noten und er machte Mikael überglücklich, als er ihm einige Originaldrucke von Beethovens und Mozarts Kammermusik verehrte.

Die zweite Geige spielte Betriebsinspektor Wedel, der

Herzensbrecher der Stadt. Er war Sportsmann, Fischer, Segler, Schlittschuhläufer und ein eingefleischter Junggeselle. Jung, groß, Sommer wie Winter barhäuptig, zog er, wo er sich sehen ließ, die Blicke auf sich. Seine einzige Liebe war die Musik und er ging jeden Sonntag in die Kirche, um Mikael Vasenius Orgel spielen zu hören.

Dr. Tjernskog war Kreisphysikus und kutschierte in den großen Berggemeinden zu Grubendörfern oder verlassenen Instwohnungen. Im Gegensatz zu Dr. Klang, dem städtischen Arzt, hatte er für seine Patienten persönliches Interesse. Da er eine Brille und einen langen, schwarzen Bart trug, hielt man ihn für viel älter, als er wirklich war. Im übrigen wußte man sehr wenig von ihm. Er war verheiratet gewesen, hatte aber sehr früh seine Frau verloren; da war seine Jugendliebhaberei für die Musik von neuem erwacht. Die Altgeige war ein Instrument, das mit seinem dunklen, wehmütigen Ton zu ihm paßte. Er hatte ein schönes, altes Haus mit einem großen Garten gekauft, der an das Kantorgrundstück grenzte. Als Kantor Vasenius und Dr. Tjernskog näher miteinander bekannt wurden, brachten sie in dem Zaun zwischen den Gärten eine Tür an. In dem Garten des Doktors, der mehr einer Wildnis glich, stand ein kleines mit wildem Wein bewachsenes Gartenhaus, aus dem man an Sommerabenden des Doktors Altgeige hören konnte.

Für Anneli und Mikael war die Bekanntschaft mit Allan Tjernskog äußerst anregend. Im allgemeinen war er schweigsam, er hörte lieber anderen zu, als daß er selbst sprach, aber mitunter konnte er ins Erzählen kommen oder er ließ sich herbei, über Bücher und Musik zu sprechen, und dann war er bezaubernd. Seine leise Stimme bekam eine warme Glut und das Dunkel in seinen schwermütigen Augen erhellte sich. Jeden Herbst reiste er ins Ausland, vor allem liebte er Tirol, und in dem ersten Herbst nach Annelis Verheiratung brachte er eine Äolsharfe mit nach Hause, die er auf dem Dach seines Gartenhäuschens befestigte.

Anneli sollte sich dieses Herbstes stets als der ersten wirklich schweren Zeit ihres Lebens erinnern. Den ganzen Frühling und Sommer über war sie wie in einem schwindelerregend großen Glück umhergegangen. Es war ja so wunderbar, ein eigenes Heim und einen Mann wie Mikael zu haben. Ihre Hochzeit hatte in der Zeit des jungen, sprießenden Frühlings stattgefunden. Jeden Morgen stieg die Sonne höher am Himmel und mitunter standen sie beide mit ihr auf. Oft überraschte eines das andere damit, daß es mit dem Kaffeetablett ins Schlafzimmer kam. Ein andermal saßen sie in der Küche am Herd und tranken dort ihren Morgenkaffee und manchmal kauerten sie auch in der Sonne auf der Treppenstufe. Abends arbeiteten sie im Garten. Vor der sonnenwarmen Hauswand mit ihrem hohen Steinsockel und der alten dunkelroten Holzverschalung leuchteten alle Blumen des Frühlings, die sommerliche Klematis und die herbstlichen Sonnenblumen.

Sie ließen es sich auch nicht nehmen, neue Obstbäume zu setzen und einen kleinen Küchengarten anzulegen.

Verliebte Leute sind sich selbst genug und nehmen daher wenig Notiz von ihrer Umgebung. Und da weder Anneli noch Mikael die Art von Gesellschaftsleben, wie sie in der Stadt sonst üblich war, mit Grogabenden, Kartenspielen und Tanz, liebte, lebten sie sehr für sich. So bildeten die Quartettspieler, die sich an den Dienstagabenden einfanden, ihren eigentlichen Umgang. Zu diesen Musikabenden bekamen nach und nach auch die Musikfreunde der Stadt Zutritt. Wer an diesen Abenden mehr Freude hatte, die Musizierenden oder die Zuhörer, ist schwer zu sagen; jedenfalls traf sich hier ein kleiner vertrauter Kreis von Menschen, die etwas höhere Interessen hatten, als es sonst in der Stadt der Fall war. Mitunter machte man zwischendurch eine Pause, um eine kleine Erfrischung zu sich zu nehmen oder um Tagesfragen zu besprechen, oder es wurde auch etwas vorgelesen. Oft schloß der Abend mit einer gemütlichen Teestunde in der engen, aber traulichen Küche.

An dem ersten Quartettabend im Herbst nach Dr. Tjernskogs Auslandsreise wurde nicht viel musiziert. Der Doktor hatte ja so viel von seiner Tiroler Reise zu erzählen. Diesmal hatte er das Inntal durchwandert und hochgelegene Almen besucht. Er hatte dem Zither- und Gitarrenspiel des musikalischen Volkes gelauscht, ihren Jodlern und ihrer Tanzmusik. Verschiedene Melodien hatte er aufgeschrieben und schön und gefühlvoll spielte er die am meisten von ihm geliebte „Tyrolienne". Als er endete, sah er Anneli schelmisch an und sagte: „Die wird Frau Vasenius noch oft genug zu hören bekommen", worauf er in die Vordiele ging und mit einem kleinen Paket wieder hereinkam.

„Bitte sehr! Ein kleiner Gruß aus Tirol!"

„Soll ich das haben?" fragte Anneli errötend.

„Ja, bitte!" Dr. Tjernskog nahm seine Brille ab und putzte sie. Anneli öffnete das Paket.

Eine Spieldose! Vorsichtig machte Anneli den Deckel auf. Auf die Innenseite war ein Bild gemalt, das Burschen und Mädchen in ihrer bunten Tirolertracht darstellte, die auf einer Wiese tanzten.

„Sie wird mit der kleinen Schraube hier an der Dose aufgezogen", erklärte der Doktor. „Ich werde es Ihnen zeigen." Er zog das Uhrwerk auf und stellte die Dose auf den Tisch. Und jetzt spielte sie dieselbe „Tyrolienne", die eben der Doktor auf seinem Instrument gespielt hatte.

„Oh", sagte Anneli, als die Musik verstummte, „wie soll ich Ihnen für dieses schöne Geschenk danken, Herr Doktor!"

„Das ist nur ein geringer Dank für all die Freude, die Sie uns mit Ihren Dienstagabenden bereiten."

Dr. Tjernskog mit seinem Arztblick sah zuerst von allen die Veränderung, die beim Nahen des Herbstes mit Anneli vor sich ging. Er merkte, daß sie abmagerte, sah die dunklen Ringe unter ihren Augen, den unruhigen, in sich gekehrten Blick. Mikael merkte nichts und anfangs nicht einmal Anneli selbst. Es war eine Rastlosigkeit und Unruhe über sie gekommen, die bisweilen an eine unerklärliche Angst grenzte. Ohne äußere Veranlassung konnte sie in Tränen ausbrechen und oft entzog sie sich Mikaels Liebkosungen und Annäherungsversuchen. Mitunter schlich sie sich mitten in der Nacht, wenn er schlief, von ihm fort und legte sich in ihr kaltes Bett auf dem Boden. Die kühle Kammer hatte etwas Beruhigendes für sie, dort konnte sie sich ausweinen, ohne Mikael zu beunruhigen; sie konnte die Lampe anzünden und Vergessen in ihren geliebten Büchern suchen. Aber die Unruhe lag ständig auf der Lauer. Abends in der Dämmerung konnte sie Mikael bitten, ihr den ersten Satz aus Beethovens Appassionata vorzuspielen. Solange er spielte, vergaß sie sich selbst, fühlte sie sich stark und mutig. Aber wenn sie zu Bett gegangen waren und Mikael eingeschlafen war, kam die Angst wieder.

Als sie sich in einer schlaflosen Nacht durch den stillen Saal zu ihrer Bodenkammer schlich, nahm sie die Spieldose mit. Um Mikael nicht zu wecken, schob sie die Dose unter die Decke. Immer wieder zog sie das Werk auf und aus der ständigen Wiederholung der kleinen „Tyrolienne“ wurde eine endlose Melodie, die in ihr tönte, bis sie davon in Schlaf gesungen wurde. Seltsamerweise waren Mikaels ständige, oft den ganzen Tag währende Musikstunden in dieser Zeit eine Art Trost für sie. Sogar die Tonleitern und Etüden beruhigten sie, und sie konnte viele Sonaten von Mozart auswendig, so daß sie diese in ihrem Innern „in Gang bringen“ und ihnen lauschen konnte, als würden sie wirklich gespielt. Aber schwer war es, die stillen Nächte zu ertragen. Und wenn sie sich auch mit Backen, großer Wäsche und Großreinemachen todmüde arbeitete, Schlaf fand sie trotzdem nicht. Der Herbst war trüb und nebelig. Die Nächte waren stumm, windstill und sternenlos. Anneli lag in ihrem Bett und grübelte, am meisten sann sie über die ewige Frage nach, ob Gott ihr wegen ihres Ungehorsams ihrer Mutter gegenüber zürne. Sie dachte an die abgebrochenen Studien. Hätte sie den Rat ihrer Mutter befolgt, dann wäre sie jetzt Studentin in Upsala und würde auf die Doktorprüfung hinarbeiten. Wenn sie kein Mittel gegen ihre Angst und Unruhe fand, würde sie schließlich noch ins Irrenhaus kommen.

In einer solchen Nacht, in welcher diese schweren Gedanken sich immer tiefer und tiefer in ihr Gehirn bohrten, hörte sie den Wind im Schornstein pfeifen. Die vertrockneten Kletterpflanzen raschelten gegen die Mauern, es rauschte in den großen Tannen auf dem Grundstück des Pfarrhofs und auf einmal ertönte eine wunderlich singende Stimme. Sie hob sich und sank, je nachdem der Wind an- und abschwoll, aber es war nicht nur eine Stimme, es waren mehrere Stimmen, ja, es war ein ganzer Chor, der da sang, doch nur einen einzigen Akkord, einen seltsamen Akkord, eine Dissonanz, aber eine schöne Dissonanz, wie eine ewige Sehnsucht oder ein ewig rufendes Gebet. Jetzt kam ein so starker Windstoß, daß das alte Haus von seiner Gewalt gleichsam zusammengedrückt wurde, und im selben Augenblick schwoll der seltsame Gesang so an, daß er den ganzen Raum erfüllte, als stände der unsichtbare Chor in ihrem und Mikaels Schlafzimmer.

Anneli fürchtete sich. Ich bin vielleicht schon verrückt, dachte sie. Sie berührte sacht Mikaels Arm. Es war schön, ihn neben sich zu haben.

„Hörst du etwas?“ fragte sie; Mikael, der noch schlaftrunken war, fühlte, wie Annelis Hand zitterte. „Was singt denn da?“ flüsterte sie; wegen der Unsichtbaren wagte sie nicht laut zu sprechen.

„Oh“, sagte Mikael, „das ist Tjernskogs Äolsharfe. Seit er von Tirol zurückkam und sie auf seinem Gartenhaus aufmachte, hat noch kein Lüftchen geweht. Aber nun klingt sie! Wie er sich heute nacht freuen wird!“ Er begann ihr das Instrument zu erklären. Es sei ein Doppelkegel, der in seiner dem Wind zugekehrten Seite den Luftzug auffange und ihn gegen einige feine, auf einen Nonenakkord in Moll gestimmte Saiten drücke und dieser Akkord werde durch Glocken verstärkt, die in dem vom Wind abgekehrten größeren Kegel angebracht seien.

Anneli schmiegte sich in Mikaels Arme.

„Ich hatte solche Angst“, flüsterte sie, „ich glaubte, ich wäre wahnsinnig geworden und hörte die Unsichtbaren singen.“

„Aber kleine Geliebte“, sagte Mikael und streichelte Annelis Wange, die naß von Tränen war. „Was ist eigentlich mit dir? In der letzten Zeit bist du dir gar nicht mehr ähnlich. Bist du vielleicht nicht gesund? Oder bist du nicht glücklich? Bereust du, daß du mich, ‚den armen Kantor‘, geheiratet hast?“ Er ahmte übermütig Karis Stimme nach, so daß Anneli mitten im Weinen in Lachen ausbrach.

„Oh, Mikael, das werde ich nie im Leben bereuen, aber du bereust es vielleicht, daß du so eine sonderbare Frau hast.“ Sie schlang die Arme fest um ihn, wie ein Ertrinkender um einen Rettungsring. In der Liebe Vergessenheit findend schlief sie ein. Mikael aber lag noch lange wach, grübelte über Annelis Unruhe nach und lauschte dem Gesang der Äolsharfe, der in dem ersten nächtlichen Herbststurm an- und abschwoll.

Als Mikael am nächsten Tag von einer Chorstunde in der Lejonhjelmschen Mädchenschule nach Hause kam, ging er zu Dr. Tjernskog, um mit ihm über Anneli zu sprechen.

„Es ist nichts Gefährliches bei ihr“, sagte sein Freund Allan. „Deine Frau weiß vielleicht nicht einmal selbst, was mit ihr ist, aber wenn sie es erfährt, wird sich die Unruhe geben, obwohl sich dann auch andere Beschwerden dafür einstellen.“

„Du meinst doch nicht“, sagte Mikael und wurde rot vor Unruhe und Freude.

„Gerade das meine ich“, erwiderte der Arzt. „Aber sag ihr nichts! Sie wird allmählich selbst dahinterkommen. So ist es für sie das Beste. Und dann versuche ebenso gut den Überraschten zu spielen, wie du Cello spielst! Bring sie nicht um diese Freude! Ich weiß, wie es ist, denn ich habe ja selbst einmal ein Kind gehabt ... wenn auch Mutter und Kind starben, als das Kleine zur Welt kommen sollte. Es war ein Mädchen. Es hatte schöne Geigenfingerchen."

Mikael wurde von der ersten großen Sorge seines Lebens ergriffen. Der Arzt sah es. „Nimm es mit Ruhe, Mikael! Leben und Tod stehen nicht in der Hand des Menschen. Die Lebenskunst besteht darin, dem zu begegnen zu wissen, dem man begegnen muß. Es gibt keinen Weg ‚außenherum', wie Ibsen sagt. Man muß geradewegs daraufzugehen. Deine Frau ist ein tüchtiges Mädel. Sie wird schon damit fertig werden. Meine Elise war so zerbrechlich wie Glas."

Eines Nachts, als die Äolsharfe leise, beruhigende Klänge ertönen ließ, begriff Anneli plötzlich, was ihr „fehlte". Die Gewißheit kam über sie mit einer Freude, die anders war als alles, was sie bisher empfunden hatte. Sie vertrieb plötzlich all ihre Unruhe. Es war ihr, als habe sie auf einmal einen anderen Körper und eine ganz andere Seele bekommen.

Ich werde Mikael nichts sagen, bevor ich nicht ganz sicher bin, dachte sie. Es verging noch ein Monat, bevor sie die Sicherheit hatte.

Ich werde nichts sagen, bevor er es nicht selbst merkt, dachte sie jetzt.

Aber Mikael „merkte" nichts. Wie dumm die Männer sind, dachte Anneli manchmal und fühlte sich im Namen ihres Geschlechts etwas beleidigt. Welch einen Mangel an Verständnis beweisen doch diese Männer gegenüber dem Befinden ihrer Ehefrauen. Nicht einmal, als sie ihre Kleider umänderte, sagte er etwas. Aber er war zärtlicher und mehr um sie besorgt denn je. Eines Tages riß ihr jedoch die Geduld.

„Merkst du nichts?" fragte sie, als sie vor dem Spiegel im Schlafzimmer stand und sich ein Kleid anzog.

„Doch, ich merke, daß du heute ein neues Kleid anziehst."

„Ja, aber begreifst du denn nicht, *warum* ich mir neue Kleider anschaffen muß?"

„Die alten sind vielleicht abgetragen, wie ich mir denke."

Anneli drehte sich um. Sie war kampflustig wie eine Walküre.

„MIKAEL!" Sie schrie das Wort fast heraus.

„Ja, Anneli, ich bin noch nicht ganz taub, wenn der Arzt auch sagt, daß ich es allmählich werde."

Anneli fühlte ihr Herz weich wie Wachs werden. Sie schlang die Arme um ihren Mann, und wie um ihn zu trösten, sagte sie: „Wir bekommen ein Kind."

„Ich weiß", sagte Mikael und küßte sie. „Der Doktor hat davon gesprochen... schon vor langem."

„Vor langem? Und du hast nichts gesagt?"

„Er sagte, ich sollte mich von dir überraschen lassen."

„Sieh einer die Männer an!" sagte Anneli. „Wie die zusammenhalten!"

„Wie die Frauenzimmer", erwiderte Mikael. „Ich vermute, daß Tante Henrika es schon vor langem erfahren hat."

Anneli lachte. „Dumm bist du nicht, Mikael, wenn du auch, was Kinder anlangt, nicht die Bohne verstehst."

„Ich werde es wohl lernen müssen", sagte Mikael.

Und Mikael lernte es.

Es kam der Advent und Weihnachten und Neujahr. Der Winter war lang und schwer. Und Anneli wurde mit der Zeit auch schwer. Aber trotz einer Menge neuer körperlicher Beschwerden und schlechten Befindens wurde sie allmählich immer ruhiger, während Mikael immer unruhiger wurde. Er fiel ihr geradezu lästig mit seiner Fürsorge, so daß sie eines Tages sagte: „Du sollst das Kind ja nicht bekommen, das überlaß nur mir!"

Eines Tages kam Anneli jedoch mit einer Frage, von der sie fürchtete, daß Mikael sie übel aufnehmen würde. Sie ging geradewegs auf die Sache los. Sie waren beim Frühstück. Mikael hatte in ein paar Minuten eine Stunde zu geben. Zuvor aber mußte die Angelegenheit geklärt werden, denn Anneli war schon so weit, daß sie sich nur mit Mühe vom Stuhl erheben konnte. Aber sie verrichtete noch alle ihre Arbeiten, wenn auch mit Hilfe der treuen Agusta.

„Mikael", begann sie, „hast du etwas dagegen, daß meine Mutter herkommt, wenn unser Kind kommt? Es kann jederzeit soweit sein."

Mikaels Antwort überraschte Anneli. „Ich wollte es dir schon selbst vorschlagen, aber ich dachte, daß deine Mutter unter unserm niedrigen Dach nicht wohnen möchte."

Anneli reichte Mikael die Hand.

In diesem Augenblick kam Agusta herein. „Darf ich abdecken?" fragte sie. „Herr Direktor hat gleich Stunde."

„Bitte!" sagte Anneli.

Am Stadtrand lag eine Schmiede.

Jetzt gibt es zwischen der Stadt und dem flachen Land kaum eine sichtbare Grenze, damals aber waren auch die kleinsten Städte so scharf abgegrenzt, als sei eine unsichtbare Mauer um sie gezogen. Sogar in der kleinen Gebirgsstadt fanden sich noch Benennungen wie „nördlicher Zoll", „westlicher Zoll" und „südlicher Zoll". Einen „östlichen Zoll" gab es nicht, denn im Osten war das Seeufer. Vielleicht schmuggelte in alter Zeit mancher Landmann seine Waren auf dem Wasserweg in die Stadt. Noch war die Wachsamkeit gegenüber diesen Gefahren lebendig in der alten Benennung „Stadtwachtmeister", welche die Polizei noch lange behalten sollte.

Am „westlichen Zoll" nun lag die Schmiede. Dort herrschte Schmied Carlsson über Amboß und Blasebalg und zwei rußige Schmiedegesellen mit ihm.

Mikael Vasenius' Weg führte oft zur Schmiede. Er hatte sein Studienjahr am Technikum nicht vergessen und interessierte sich für jede Art mechanischer Arbeit. Das erste Mal ging er nur hinein, um mit dem Schmiedemeister und seinen Gesellen Bekanntschaft zu machen.

„Sonderbarer Kerl“, sagte der eine der Gesellen, als er gegangen war.

„Ja“, sagte der Schmied, „er begrüßt einen so höflich, als wäre man der Bürgermeister in Person.“

„Und wir mindestens Ratsherren“, meinte der andere Geselle. „Er hat sich auch nicht gescheut, den Schmiedehammer anzufassen.“

Wenn Mikael von jetzt an in die Schmiede kam, sank die Glut in der Esse in sich zusammen, aber stattdessen leuchteten die Gesichter der rußigen Schmiede auf. Und eines Tages leuchteten sie ganz besonders hell, denn da hatte der Kantor einen Sohn bekommen.

Mikael lächelte bei ihren Glückwünschen, aber noch hatte er den Kummer über die schweren Stunden, in denen seine arme Anneli sich quälte, nicht überwunden. Anneli war bis zuletzt tapfer gewesen, aber zum Schluß war es so schwer geworden, daß es sie überwältigt hatte. Die Hebamme hatte Mikael aus dem Zimmer schicken wollen, aber er war hartnäckig geblieben. Nein, wenn er Anneli jemals zur Seite stehen mußte, dann war es jetzt. Madame Susanne war ein resolutes Frauenzimmer, aber mit Mikael wurde sie nicht fertig, außer was den Doktor anbetraf. Immer wieder wollte Mikael seinen Freund Allan Tjernskog holen, aber Madame Susanne lachte dann nur. Den Doktor wegen so einer einfachen Sache! Nein, da solle er es mal erleben, wie es sei, wenn der Doktor wirklich nötig werde. Er könne froh sein, daß *das* nicht nötig sei.

Die Stunden vergingen. Es wurde Abend, es wurde Mitternacht. Der Frühlingssturm brauste über das Land. Zwischen Annelis Wimmern hörte man den unmutigen Gesang der Äolsharfe. In Mikaels Ohren war es keine schöne Musik mehr, sondern ein Nebelhorn von einem Fahrzeug in Nebel und Seenot. Mikael hatte Lust, zum Doktor hinüberzulaufen und ihn zu veranlassen, das elende Horn zum Schweigen zu bringen, bis Anneli in einer Schmerzpause flüsterte: „Hörst du die Äolsharfe? Unser Kind soll mit Musik geboren werden. Ich möchte es Äolus nennen!“

„Und wenn es ein Mädchen ist?" Mikael versuchte trotz seiner Betrübnis zu scherzen.

„Dann könnte es Äola heißen. Das ist das Femininum. Es klingt sogar noch schöner." Annelis Gesicht verzog sich. „Oh, Mikael, halte meine Hand!"

Daß Stunden so lang sein konnten! Madame Susanne war die personifizierte Ruhe. „Das erste Mal ist es immer am schlimmsten; das nächste Mal geht es dann leichter", tröstete sie Mikael.

„Das darf nicht noch einmal sein", sagte Mikael erbittert.

„Nicht wir bestimmen über Leben und Tod", erwiderte Madame Susanne und ließ ihr perlendes Hebammenlachen hören, als gebe es keine Schmerzen auf der Welt.

Dieses eine Mal wurde Mikael unhöflich. „Haben Sie selbst Kinder bekommen, Madame?" fragte er.

„Fünf", antwortete die Hebamme. „Die bekommt der Herr Direktor auch. Ihre Frau ist gut gebaut, wie geschaffen zum Kinderkriegen."

Als das Kind kam, schrie und atmete es nicht. Mikael hatte noch den letzten entsetzlichen Schrei in den Ohren, den Anneli nicht zurückhalten konnte. Madame Susanne hatte einige Augenblicke keine Zeit für das Kind.

Es war ein kleiner wohlgestalteter Knabe. Die Hebamme ergriff ihn an den Füßen, stellte sich breitbeinig hin und schwang den Kleinen zwischen ihren Beinen durch und dann hoch in die Luft über ihren Kopf.

„Wir müssen ihn dazu bringen, daß er atmet", sagte sie.

„Holen Sie kaltes Wasser!" befahl sie. „Eiskaltes!"

Mikael stürzte hinaus und Agusta kam im Nu mit einem Eimer.

„Gießen Sie es in die Wanne!"

Der kleine Kinderkörper wurde in das eiskalte Wasser getaucht. Nach dem zweiten Tauchen ertönte ein Schrei, und das blaurote Gesichtchen bekam Leben. Die Händchen ballten sich, und die Beinchen fingen an zu strampeln.

„Tüchtiger Jung'!" lobte Madame Susanne. „Jetzt müssen wir warmes Wasser haben. Schnell!"

Nachdem das Kind gebadet und gewickelt war, legte die Hebamme es in die schön zurechtgemachte Wiege, Annelis Wiege, die Mutter Kari mitgebracht hatte.

Annelis Hand, die in der Mikaels lag, war erschlafft. Er selbst war durchnäßt von Schweiß, und ein Zittern hatte ihn befallen, das er nicht zu meistern vermochte. Er konnte das Kinn nicht stillhalten. Madame Susanne, die ihre Augen überall hatte, flüsterte Mutter Kari zu: „Geben Sie dem Herrn Direktor eine Tasse starken Kaffee! Er ist an so was nicht gewöhnt."

Mutter Kari, welche die ganze Zeit in der Stube zur Hand gewesen war und stille Hilfe geleistet hatte, hatte schon gesehen, wie es um Mikael stand. Sie ging in die Küche und kam mit einer dampfenden Tasse Kaffee wieder.

Anneli schlug die Augen auf. Sie war bleich, aber ruhig. Sie war der Anneli, welche die ganze Nacht ihres Kindes wegen gekämpft hatte, so unähnlich, daß Mikael dachte, sie würde sterben. Sacht bewegte sie die Lippen.

„Lebt das Kind?" fragte sie.

„Ja", flüsterte Mikael.

„Ist es ein Knabe?"

„Ja."

„Ist alles richtig? Hat er richtige Finger und richtige Zehen?"

„Ja, ja, Anneli!"

Anneli schloß die Augen. Ein kleiner Seufzer war zu hören, dann schlief sie ein.

„Jetzt können Sie gehen, Herr Direktor, Sie müssen sich auch ausruhen."

„Aber das Kind", sagte Mikael, „bekommt es nichts zu trinken?"

„Noch nicht. Wir werden es Ihnen aber sagen, wenn die Mutter aufwacht."

Mikael ging in sein Büro. Dort stand ein Ledersofa,

noch aus der Zeit des alten Rosenlund. Mikael sank vor dem Sofa in die Knie. In dieser Stellung schlief er, den Kopf auf den Armen, als Agusta ihn ein paar Stunden später weckte.

Als er hereinkam, lag Anneli mit gefalteten Händen da. Mutter Kari hatte die Bibel vor sich aufgeschlagen und las einige Worte, die Anneli in ihrer Konfirmationsbibel unterstrichen hatte und die sie jetzt gerne hören wollte: „Wenn eine Frau ein Kind gebiert, hat sie Betrübnis, aber wenn das Kind geboren ist, erinnert sie sich ihrer Betrübnis nicht mehr, aus Freude darüber, daß ein Kind zur Welt gebracht wurde."

Mikael dachte oft darüber nach, welch tiefe Wahrheit diese Worte enthielten. Anneli bekam mehrere Kinder, wenn auch keines sie so viele Schmerzen kostete wie das Erstgeborene, aber immer vergaß sie hinterher die Mühsal der Geburt, als habe eine barmherzige Hand die Erinnerung daran fortgewischt.

Aber für Mikael war es anders. Ihm blieb die erschütternde Erinnerung und grub sich ständig tiefer in ihn ein. Sie öffnete ihm irgendwie die Tür zu jener Welt der Tragik, die sich hinter der ruhigen Außenseite des Leben verbirgt. Unter anderem ließ es ihn die jeden Frühling wiederkehrende Passionszeit auf ganz neue Weise auffassen. Früher war diese Zeit ein Teil des Kirchenkalenders gewesen, einige Wochen mit feiertäglich gedruckten roten Sonntagen im Kalender. Jetzt wurde ihm Christi Leidensgeschichte, die in der Fastenzeit jeden Freitagabend in der Kirche verlesen wurde, zum Mittelpunkt des Kirchenjahres und zur ernstesten Zeit des bürgerlichen Jahres.

Der kleine Hans Äolus, wie das Kind heißen sollte – der alte Silberpropst taufte den Knaben am Palmsonntag –, war die Veranlassung dazu, daß Mikael am Tag nach Palmsonntag in der Schmiede am „westlichen Zoll" stand und mit Carlssons Hilfe eine Kopplung für die Orgel in der Kirche schmiedete. Er hatte auf seiner Hobelbank ein kleines Modell geschnitzt. Es war eine sinnreich verwickelte

Vorrichtung, die unter das Orgelpedal geschoben werden konnte und in den Orgelstimmen halbe Töne gegeneinander schweben ließ, so daß seltsame und furchtbare Dissonanzen entstanden.

Dieses Pedal sollte am Karfreitag während des Gradualliedes benutzt werden:

„Schauet, schauet, ihr hier alle,
Wie geplaget Jesus ist..."

mit dem Kehrreim in den vier ersten Strophen:

Groß, wie Jesu Schmerzen waren,
Hat sie keiner je erfahren.

Der Schmied und seine Gesellen waren verständnisvoll, geduldig und geschickt, und Mikael nahm sie mit in die Kirche, als er die Vorrichtung ausprobierte.

Es war Karfreitag. Die Kirche war so voll wie sonst nur bei der Christmette. Anneli saß in der Stadtratsbank zwischen Onkel Nils Johann und Tante Henrika. Mutter Kari war zu Hause bei dem kleinen Hans geblieben. Der Propst hatte den schönen Episteltext vom Schmerzensmann gelesen und Anneli hatte die ganze Zeit, während er las, den Blick auf das Altarbild gerichtet gehabt. Es war so unendlich lange her, daß sie in der Neujahrsnacht dort vorne im Chor gestanden und sich mit Mikael verlobt hatte. Was für Kinder waren sie in jener Nacht gewesen! Jetzt war etwas geschehen, was das ganze Leben völlig anders gemacht hatte. Sie hatten beide eine Nacht der Schmerzen durchlebt. Für sie selbst war diese Nacht ein körperliches Martyrium gewesen. Aber was war mit Mikael geschehen? Für einen Augenblick glaubte sie sein Gesicht zu sehen und in diesem Gesicht war ein Zug, der an den „Schmerzensmann" auf dem Altarbild im Chor erinnerte, die vor Qualen zusammengezogenen Brauen und der bebende Mund. Sie hatte Mikael in den letzten Tagen nur für kurze Augenblicke gesehen.

„Wo warst du?“ fragte sie, als er eines Abends spät nach Hause kam.

„In der Kirche“, antwortete er.

„Was tust du dort?“

„Frag mich nicht“, erwiderte er. „Am Karfreitag bekommst du es zu wissen.“

Jetzt intonierte Mikael das Graduale. Anneli hatte das Gesangbuch aufgeschlagen:

„Schauet, schauet, ihr hier alle,
Wie geplaget Jesus ist.“

Es war ein merkwürdig dumpfer Klang in der Orgel. Es klang wie ein angstvolles Wimmern. Anneli wollte singen, aber eine sonderbare Angst machte ihr Herzklopfen, so daß sie keine Luft bekam. Es war, als hätte dieser seltsame Orgelklang auch andere Kirchenbesucher ergriffen. Es sang fast nur der Chor, die Gemeinde lauschte.

Tante Henrika beugte sich zu Anneli hin und flüsterte: „Wie sonderbar Mikael spielt! Ist er krank?“

Sie erwartete keine Antwort und Anneli konnte wohl auch keine geben. Sie wußte nur, daß sie versuchen mußte, ruhig zu sein, sehr ruhig, um dieses Lied mit seiner ständigen Wiederholung:

„Groß, wie Jesu Schmerzen waren,
Hat sie keiner je erfahren.“

ertragen zu können.

Jetzt kam die vorletzte Strophe. Es schien, als könne der Organist nicht weiterspielen und fast flüsternd sang der Chor die Worte:

„Diese Stund' ist Jesu letzte...“

Es war, als stehe man in einem Sterbezimmer... oder... als habe man wirklich am Kreuz auf Golgatha gestanden.

„Tempelvorhang reißt im Nu“

sang der Chor.

Da zerbrach etwas. Die ganze Orgel schien in Stücke gegangen zu sein.

Aber wieder war der dumpfe Ton zu hören, nur siebenfach dumpfer:

> Sonne dunkelt,
> Berge bersten...

Jetzt hörte man Donner über dem dunklen Wasser, einen zweiten, der über hohe Berge herangerollt kam, die in einem Erdbeben zusammenstürzten... in der Endzeit der Welt... am Tage des Gerichts. Die Orgel toste, daß die Scheiben klirrten. Die Leute erhoben sich in den Bänken, hier ein Schrei, dort Weinen.

Doch dann verhallte der Donner, eine Weile war es totenstill, darauf hörte man die Orgel ruhig spielen und den Chor singen:

> „Auge, Herz, und was tust du?"

Und jetzt kam der Kehrreim:

> „Groß, wie Jesu Schmerzen waren,
> Hat sie keiner je erfahren."

Mikael saß bebend an der Orgel. Die ihm am nächsten saßen, sahen, wie sein ganzes Wesen in der Musik aufging. Sein lockiges Haar war naß von Schweiß, seine Tränen tropften auf das Manual, aber Tasten und Pedal, Register und Kopplungen wurden mechanisch von seinen geschickten Händen bedient. Es war kaum ein Auge trocken, als der letzte Vers gespielt wurde. Der leicht gerührte Posthalter weinte wie ein Kind, aber Tante Henrika vergaß ihre eigenen Gefühle über der Sorge um Anneli.

Arme Kleine, dachte sie, er hätte sie dies nicht mitmachen lassen sollen, so schwach, wie sie noch ist. Und als sie sah, wie Annelis Hände anfingen zu zittern, daß sie sie nicht stillhalten konnte, schlang sie den Arm um sie und zog sie an sich.

Diese spontane Freundlichkeit von Tante Henrika befreite Anneli von all ihrer Angst. Sie begriff in diesem Augenblick, daß Mikael am heutigen Tag die Alltagsmenschen dieser kleinen Stadt der Liebe gegenübergestellt hatte, die Jesus zwang, für diese arme Welt den bitteren Kreuzestod zu erleiden. Vielleicht würden die Menschen Mikael nicht verstehen. Vielleicht würden sie sagen, diese Musik sei keine Kunst. Sie allein wußte, daß seine Musik am heutigen Tag von seinem eigenen Erleben der Golgathastunde herkam, das er der ganzen Gemeinde gegenüberstellen wollte. Und so nahm sie ihr Gesangbuch und mit einer Stimme, die von der Gemütsbewegung noch zitterte, sang sie die letzte Strophe:

„Hast du, Menschenkind, ein Herze,
Ist dir lieb dein bester Freund,
Fühl' dein Sündenschuld mit Schmerze.
Für sie war sein Tod gemeint.
Groß wie Jesu Liebe war,
Ward in keinem offenbar."

„Und alles Volk, das dabei war und zusah, da sie sahen, was da geschah, schlugen sich an ihre Brust und wandten wieder um."

Die Kirche war leer und auf dem Kirchenplatz war es still und öde, als Mikael von der Empore herunterkam. Aber in der Vorhalle warteten drei Männer in dunklen Feiertagsanzügen auf ihn.

Einer von ihnen trat vor und begrüßte Mikael. „Wir möchten nur für heute danken."

„Verzeihung", sagte Mikael, „mit wem habe ich die Ehre?"

„Ich verstehe, daß es schwer für Sie ist, uns in diesen Anzügen zu erkennen, aber..."

„Oh, das ist ja Schmied Carlsson", sagte Mikael. „Ich habe Ihnen zu danken. Ohne Ihre Hilfe..."

Carlsson schnitt mit einer Bewegung seiner gewaltigen Faust alle weiteren Worte ab, die Mikael sagen wollte.

„Nein, nein! Wir wollten nur sagen, daß das heute eine Predigt war, die wir nie vergessen werden. So gut wie heute hat man noch nie begriffen, was an jenem ersten Karfreitag wirklich geschehen ist."

Auf die kleine Stadt senkte sich die Dämmerung herab. Der Schnee fiel in großen, lockeren Flocken. Ein kleines Kind war auf einen Stuhl geklettert und kniete jetzt am Fenster. All das viele Weiß, das da vom Himmel herunterkam, war so merkwürdig! Es legte sich auf die Äste der Bäume und die Blumen an der Hausmauer bekamen kleine weiße Mützen aufgesetzt. Jetzt kam ein Vogel und setzte sich aufs Fensterbrett. Hans bekam Angst. In seinen Augen war der Vogel so groß.

Aber der Kleine war auch entzückt, denn der Vogel war sehr schön. Hans liebte alles, was schön war. Und dieser Vogel war rot. Er liebte die rote Farbe. Er hatte keine Angst mehr. Er wollte den schönen Vogel haben. Er streckte die Hände aus, aber die Scheibe war im Wege und der Vogel flog davon.

Hans weinte bitterlich. Wenn der Vogel doch nur zurückkommen wollte! Er war so schön. Aber er kam nicht wieder. Und Hans tat in der Brust etwas weh. Er hörte auf zu weinen, aber das in der Brust hörte nicht auf wehzutun. Wenn nur der Vogel zurückkäme! Die Flocken fielen. Es wurde immer dunkler. Aber kein roter Vogel kam.

Jetzt war es draußen fast ganz finster.

Auf der Straße kam jemand mit einer langen Leiter unter dem Arm herangewandert. Es war der Laternenanzünder. Auf der andern Seite der Straße stand ein Pfahl. Auf dem Pfahl steckte etwas heraus. Und auf dem, was da heraussteckte, waren so merkwürdige Schnörkel, schöne, runde Schnörkel, und ganz oben saß eine Laterne und in der Laterne war eine Lampe.

Jetzt stellte der Laternenanzünder die Leiter gegen die Laternenarme und kletterte an ihr hinauf. Ganz hoch kletterte er, fast bis zum Himmel hinauf. Er hatte eine Kanne in der Hand. Eine Kanne mit einer Tülle. Dann machte er eine Tür an der Laterne auf und steckte die Hand hinein. Es war eine Lampe drinnen mit einem Zylinder. Der Laternenanzünder nahm den Zylinder ab und putzte ihn mit einer Bürste, wie Mutter es mit der Lampe in der Küche und mit der Hängelampe und mit der Nachtlampe im Schlafzimmer machte. Darauf schraubte er den Deckel von der Lampe ab und goß aus der Kanne Öl in die Lampe und schraubte den Deckel wieder darauf. Und jetzt kam das Allermerkwürdigste. Der Laternenanzünder holte Streichhölzer aus seiner Tasche, diese sonderbaren kleinen Hölzer, mit denen man Feuer machen konnte, und die Hans nicht anfassen durfte. Hans hatte eines Tages so ein Streichholz auf dem Fußboden gefunden. Er hatte es aufgehoben und hinter einem Blumentopf am Kinderzimmerfenster versteckt. Er war so froh über das Hölzchen. Bisweilen holte er es hervor und besah es. Viele Tage vergingen, an denen er das Streichholz nur betrachtete, aber eines Tages konnte er nicht länger warten; jetzt mußte er es anzünden. Und er rieb es an Tischen und Stühlen und an den Tapeten. Aber das Hölzchen wollte nicht brennen. Warum konnte Hans das Hölzchen nicht anzünden?

Da kam seine Mutter herein.

„Was hast du da, Hans?"

Er schloß die Hand um das Streichholz und versteckte sie hinter seinem Rücken. Mutter ergriff seine Hand und bog sie auf. Jetzt tat es wieder weh in der Brust, denn Mutter nahm ihm das Streichholz fort. Das Hölzchen, über das er sich so gefreut hatte!

„Habe ich dir nicht gesagt, daß du nicht mit Streichhölzern spielen darfst, Hans?"

Hans antwortete nicht.

Mutter wiederholte ihre Frage.

Kein Wort kam über Hans' Lippen. Er sah nur sehnsüchtig auf das kleine Spielzeug, das Mutter ihm weggenommen hatte.

Mutter setzte sich auf einen Stuhl und hob Hans auf ihren Schoß.

„Hänschen, Mutter hat gesagt, daß du keine Streichhölzer haben darfst. Streichhölzer sind gefährlich für kleine Kinder. Wenn du ein großer Junge bist, darfst du Streichhölzer haben. Aber nicht, solange du noch so klein bist. Da wird Mutter traurig. Du willst Mutter doch nicht traurig machen?"

Hans schlang seine Arme um Mutters Hals.

„Keine Streichhölzer haben", sagte er.

„Und dann noch eins, Hans! Du darfst nichts auf die Tapeten zeichnen, weder mit Stiften noch mit Hölzchen. Willst du versprechen, daß du das nicht mehr tust?"

Hans nickte. Und damit Mutter ihn auch richtig verstehen sollte, fügte er hinzu: „Wenn Hans ein großer Junge ist, darf Hans auf den Tapeten zeichnen."

Sehnsüchtig betrachtete Hans den Laternenanzünder. Wenn er groß war, wollte er Laternenanzünder werden, auf eine Leiter klettern und Straßenlaternen mit Streichhölzern anzünden. Er sah, wie die kleine Flamme aufloderte, wie die Lampe brannte und der Zylinder daraufkam. Der Laternenanzünder schraubte die Flamme hinauf und hinunter, bis sie gleichmäßig und hell brannte. Dann machte er die kleine Laternentür zu und stieg hinunter, nahm die Leiter auf die Schulter und ging mit seiner Ölkanne weiter. Die Flocken fielen immer noch. Sie glitzerten im Schein der Laterne, die eine große weiße Zipfelmütze aufbekam. Sie sah damit ganz drollig aus, gerade wie ein alter Onkel. Mit einemmal glaubte Hans, daß die Laterne ein richtiger Mensch mit Armen und Beinen wurde. Und dann stieg die Laterne auf den Laternenarm hinaus und kletterte am Laternenpfahl hinunter und kam über die Gasse gewandert und all die kleinen Flocken wurden Laternenkinderchen, und sie bildeten einen Kreis und tanzten um den Laternenonkel herum, und der Laternenonkel sah zu Hans herauf, als wolle er sagen: „Sind sie nicht putzig, alle meine kleinen Laternenkinder? Willst du nicht herauskommen und mit ihnen spielen?" – Doch, das wollte Hans gern, aber da fühlte er, daß jemand ihn in die Höhe hob und aufs Knie setzte; es war Papa, der hereingekommen war und Feuer angezündet hatte.

„Ich glaube, du warst eingeschlafen, kleiner Hansemann", sagte Vater lächelnd. Aber Hans erzählte ihm von dem Laternenonkel und den kleinen Laternenkindern und wollte sie Papa zeigen. Aber als sie aus dem Fenster sahen, war die Laterne wieder auf ihren Platz geklettert, und es tanzten keine Laternenkinder mehr, denn es hatte aufgehört zu schneien.

„Wo sind sie hingegangen?" fragte Hans.

„Sie haben sich wohl schlafen gelegt", sagte Papa, „und das solltest du jetzt auch tun, Hansemann!"

Hans wachte mitten in der Nacht auf. Er hatte sich bloßgestrampelt und fror. Vor Kälte zitternd zog er die Decke wieder über sich. Aber er fror trotzdem. Es war ungewohnt für ihn, auf dem großen Sofa im Kinderzimmer zu liegen. In die Wiege war ein Brüderchen gekommen und die kleine Maj hatte Hans' Platz in dem großen Bett zwischen Vater und Mutter erhalten.

Papa hatte gesagt, Hans sei jetzt ein großer Junge und müsse ein eigenes Bett und ein Zimmer ganz für sich allein haben. Aber Hans gefiel der neue Schlafplatz ganz und gar nicht. Es war ein altes Ausziehsofa mit Deckel, einer niedrigen Lehne und einer Strohmatratze. Die Halme stachen ihn überall und raschelten, wenn er sich nur bewegte. Und als Mama das Sofa eines Morgens in Ordnung machte, schrie sie auf, denn im Stroh war eine kleine Maus. Mama hatte eine Todesangst vor Mäusen und Hans fand es komisch, daß jemand, der so groß war wie Mama, vor so einer kleinen Maus Angst hatte.

Zwischen dem großen Saal und der Küche war ein finsterer Gang. In dem war es immer warm, denn die Herdmauer und der große Backofen nahmen die ganze eine

Wand ein; und unten am Fußboden entlang waren mehrere kleine Löcher. Papa stopfte sie zu, aber Hans holte das Hineingestopfte mit einem Stöckchen wieder heraus und dann stand er still und wartete. Nach einer ganzen Weile spitzte aus jedem Loch ein Mäuseschnäuzchen hervor. Hans hatte gemerkt, daß die Mäuschen Brotkrümel gerne mochten; damit konnte er sie also herlocken. Er hatte immer Brotkrümel in der Schürzentasche. Waren die Mäuse ein Stück auf den Fußboden herausgekommen – es konnten viele, viele sein, mitunter bis zu drei Stück –, stampfte er mit dem Fuß auf den Boden oder klatschte in die Hände und schwupp! waren sie verschwunden.

Hans mochte es nicht, wenn Agusta die große Schnappfalle aufstellte und die Mäuse totmachte. Er konnte nur nicht begreifen, warum sie sich von seinen kleinen Fäusten nicht fangen lassen wollten. Agusta legte immer Speckschwarten in die Falle; denn die mochten die Mäuse am liebsten; und von da an ging Hans immer mit einer Speckschwarte in der Schürzentasche umher, die er sich von Agusta erbettelt hatte. Nachts hatte er sie im Bett. Wenn nun eine kleine Maus käme und ihm aus der Hand fräße! Es wäre doch so schön, einen kleinen lebenden Schlafgenossen zu haben! Denn die Holzpuppe war nichts für ihn.

Aber jetzt dachte Hans nicht an seine Mäuse. Er sehnte sich nach seinem alten schönen, warmen Schlafplatz zwischen Vater und Mutter. Er war eifersüchtig auf die kleine Maj. Seit sie da war, kümmerten sich Papa und Mama und alle „Tanten" nicht mehr so viel um ihn wie früher. Deshalb schloß er sich mehr an Agusta in der Küche an oder er saß oben in der Dachstube bei Großmutter. Warum konnte er nicht oben bei Großmutter schlafen? Als er Großmutter danach fragte, sagte sie, das dürfe er gerne. Aber als er Papa und Mama fragte, sagten sie nein. Und eines Tages sagte er zu Mutter Kari: „Ich finde Großmutter netter als Papa und Mama. Papa und Mama sind sehr nett, aber Großmutter ist *netter*, Großmutter ist der netteste Mensch, den es gibt." Und er schlang die Arme um

Mutter Karis Hals und legte sein weiches Kinderbäckchen an ihre gegerbte Wange.

„Großmutter hat so eine schöne Bimmel", sagte er und spielte mit ihrer Brosche aus altem mattem Gold mit den kleinen Klöppeln, die klirrten, wenn sie sich bewegte. Das feine Gehör des Kindes nahm die Musik wahr.

Aber jetzt fror Hans so, daß er zitterte. Er stand auf und schlich auf bloßen Füßen ins Schlafzimmer. Der Mond schien herein; er war gerade über der Südspitze der Insel aufgegangen.

Papa Mikael wachte auf.

„Was ist denn, mein Junge?"

„Ich frier so", schluchzte Hans. „Darf ich nicht in dein Bett kommen?"

„Du darfst Mutter und Klein-Maj nicht wecken", sagte Vater. „Geh und leg dich!"

„Es ist so kalt in meinem großen Bett und die Halme stechen so!"

„Ich werde dich zudecken und eine Decke unter das Laken legen."

„Ich bin so allein und so traurig hier drinnen", sagte Hans, als Papa ihn zugedeckt hatte. „Darf ich nicht in dein Bett kommen oder zu Großmutter hinaufgehen?"

„Du wirst nie ein richtiger Kerl, wenn du nicht in deinem eigenen Bett schläfst. Und ein richtiger Kerl willst du doch werden, Hansemann?"

Doch, das wollte Hans.

„Frieren große Kerle auch?" fragte er.

„Ja", sagte Papa, „alle großen Kerle müssen frieren können. Aber jetzt wirst du gut schlafen. Du wirst gleich warm." Papa Mikael ging wieder ins Schlafzimmer hinüber, aber Hans konnte immer noch nicht einschlafen.

Der Mond war jetzt weitergewandert und leuchtete durch die Tür gerade ins Kinderzimmer. Hans liebte den Mond sehr. Mama hatte ihm erzählt, daß sie sich, als sie klein war, vor dem Mond fürchtete; aber das war ja kein Wunder; sie war doch damals ein kleines Mädchen. Jungen fürchteten sich vor nichts. Jetzt schien der Mond auf die Wand unter dem Fenster. Da glitzerte es von tausend Kristallen, denn draußen war es so kalt, daß sich die Innenwand unter dem Fenster in dem kalten Haus mit Reif beschlug. Hans begann auf dem Reif zu zeichnen, wie er auf der Fensterscheibe zwischen den Eisblumen zu zeichnen pflegte. Zuerst zeichnete er den Mondmann mit seinen Augen und dem schiefen Mund. Dann zeichnete er eine kleine Maus, die auf dem Kopf des Mondes saß, und noch eine kleine Maus, die nicht auf den Mondmann klettern konnte, und noch eine Maus und dann noch eine. Aber die kleine Hand sank bald hinunter. Hans schlief und träumte, daß er und die Mäuschen um den Mondmann tanzten und der Mondmann hielt eine große Trompete und blies darauf.

Nichts war so schön, wie auf dem See zu segeln. Im Sommer war die kleine Kantorsfamilie bisweilen ganze Tage auf dem Wasser. Manchmal kam man auf dem Wasserweg bis zu Großmutters weißem Hof im Grubental. Zu Hans' ersten Erinnerungen gehörte es, daß Papa ihn in seinen Rock wickelte und ihn unter das Sitzbrett ganz vorne im Boot legte. Da lag er wie in einer kleinen Stube, das Schiffsbord war die Wand und das Sitzbrett das Dach. Dort lauschte Hans auf das Glucksen der Wellen am Steven. Diese Musik behielt er zeitlebens im Ohr. Oft wachte er davon auf, daß der Bootskiel an einem Strand aufschrapte. Er hörte das Rauschen des Windes in Bäumen und Büschen. Er freute sich über das Glitzern der Sonne auf den Wellen und über die Wärme, die seinen kleinen nackten Körper liebkoste. Seine höchste Wonne war es, ins Wasser zu springen und im weichen Gras am Feuer zu liegen, auf dem Mutter den Kaffee und das Mittagessen kochte.

Er erinnerte sich auch an den Tag, an dem der große Sturm kam.

Sie wollten bei dem schönen Wetter nur eine kleine

Fahrt auf dem See machen. Sie hatten im Sund zwischen den kleinen Bockinseln gebadet, aber bevor sich Mutter noch hatte anziehen können, war der Sturm schon über ihnen. „Du kannst die Kinder im Boot anziehen“, sagte Mikael, „es ist das beste, wenn wir uns aufmachen, ehe ein wirklich heftiger Sturm aufkommt.“

„Ist das vielleicht kein heftiger Sturm?“ entgegnete Anneli. „Ich finde, es reicht.“

„Oh, das wird viel schlimmer“, sagte Mikael.

„Ich möchte lieber, daß wir hierbleiben, bis das Unwetter vorüber ist“, erwiderte Anneli.

„Wie du willst“, meinte Mikael, „aber ich übernehme die Verantwortung, daß wir hinüberkommen.“

Doch Anneli wollte nicht. Mikael sah ihre Unruhe. Er segelte das Boot in Lee und reffte die Segel. Aber der Sturm legte sich nicht. Es wurde Mittag und der Wind nahm noch an Stärke zu. Die kleine Insel, auf der sie gelandet waren, bot nicht genügend Schutz vor dem Sturm; da nahm Mikael eine Axt und baute ihnen einen Windschutz. Dort saß Anneli nun und stillte das Kleine, aber Hans und Klein-Maj fingen zu quarren an, weil sie so hungrig waren.

Die Sonne begann schon zu sinken. Maj hatte sich in Schlaf geweint und Hans hatte seinen Hunger vergessen. Es gab so vieles, was ihm Spaß machte. Da waren die gewaltigen Wogen, die sich hoch auf den Strand hinaufwälzten. Er warf Stöcke in den See, die dann von den Wogen wieder an Land getragen wurden; er spielte, daß es Schiffe waren, die aus „fremden Ländern“ kamen. Auf der Leeseite der Insel warf Papa Mikael Hüpfsteine; er machte eine Schleuder aus einer Haselrute und schleuderte damit Steine so weit hinaus, daß man kaum sah, wo sie einfielen. Aus einem Wacholderzweig fertigte er einen Bogen, dazu schnitzte er lange, dünne Pfeile und lehrte Hans, damit zu schießen.

Als Mikael sah, daß Anneli immer unruhiger wurde, wollte er sie und die Kinder hinübersegeln.

Aber Anneli wagte es nicht.
„Denk nur, wenn wir heute nacht hierbleiben müssen", klagte sie.
„Dann segle ich hinüber und hole uns Essen und Bettzeug", scherzte Mikael.
„Ja, wenn ich nur für die Kinder etwas zu essen hätte!"
„Und du selbst?"
„Ich habe keinen Hunger."
„Du mußt etwas zu essen haben", sagte Mikael. „Der Sturm kann bis zum Abend anhalten, aber dann wird es sicher ruhig. Ich segle jetzt hinüber und hole uns Essen."
Trotz Annelis Bitten stieg er ins Boot. Hans wollte mit.
„Nein", sagte Vater, „du mußt bleiben und dich deiner Mutter annehmen."
Annelis Angst war grenzenlos, als sie Mikaels gefährliche Fahrt über den wildschäumenden See beobachtete. Sie verstand nicht viel vom Segeln. Aber bald wurde sie ruhiger, denn sie sah, daß Mikael ein Meister im Segeln war. Sie erinnerte sich ihres Besuchs auf Allerö und wie geschickt er da mit dem großen Boot seines Vaters manövrierte.
Mikael kam zurück und brachte das Mittagessen, mit dem Agusta stundenlang vergebens gewartet hatte. Es schmeckte herrlich.
Erst bei Sonnenuntergang wurde die Heimfahrt angetreten. Es stürmte noch ganz tüchtig. Hans saß ganz vorn im Boot, und obwohl er von dem Gischt durchnäßt wurde, war er von dort nicht wegzubringen. Er saß da und sang die ganze Zeit aus voller Kehle.
„Hattest du denn gar keine Angst?" fragte ihn Mutter, als sie an Land gestiegen waren.
„Angst wegen so 'nem bißchen?" sagte Hans mannhaft, während er mit Klein-Maj an der Hand den Kantorhügel hinaufging.

Es gab vieles, was Hans nicht verstehen konnte und worüber er sich ständig wunderte. Große Leute sagen oft so merkwürdige Dinge. So zum Beispiel, wenn Großmutter und Mutter von Onkel Fredrik sprachen. Onkel Fredrik habe „Pleite gemacht“, sagte Mama, und er mache schlechte Geschäfte, meinte Großmutter.

Hans durfte manchmal mit zu Onkel Fredriks Geschäft gehen und dort war alles so fein, daß Hans nicht verstand, wieso das Geschäft so schlecht sein konnte. Aber eines Tages war es geschlossen und seitdem besuchte Onkel Fredrik sie nicht mehr. Als Hans fragte, warum Onkel Fredrik abends nicht mehr komme, sagte Mama, er sei wieder zu Großvater gezogen. Aber obwohl Onkel Fredrik fort war, sprachen Mama und Großmutter fast jeden Tag von ihm. Und Hans merkte, daß Großmutter Onkel Fredrik gar nicht mochte. Es war das erste Mal, daß Hans schlecht über einen Menschen reden hörte; aber von da an hörte er das sehr oft. Und sehr oft betraf es Menschen, die Hans gern hatte.

Er hatte Onkel Fredrik sehr lieb gehabt. Der Onkel spielte Klarinette und manchmal spielte er sogar, wenn an den Dienstagabenden das Quartett kam. An diesen Abenden bettelte Hans darum, aufbleiben zu dürfen. Er fand, daß die Klarinette das schönste Instrument sei, das es gebe; und wenn er groß sei, wolle er selbst Klarinette blasen, sagte er einmal zu Großmutter, als er sie in ihrer Stube besuchte. Aber diese murmelte etwas wie, es wäre besser gewesen, wenn Onkel Fredrik ebenso gut mit Geld wie mit der Klarinette gespielt hätte.

„Kann man denn auch mit Geld spielen?“ fragte Hans und machte große Augen.

Da sah Großmutter ihn so sonderbar an, fast so, als bereue sie das gesagt zu haben, und antwortete nur kurz: „Das verstehst du noch nicht, Hans.“

Nein, Hans konnte nichts von dem verstehen, was mit Onkel Fredrik geschehen war. Aber er fing an zu begreifen, daß Großmutter auf Papa Mikael böse war, weil er Onkel Fredrik dazu verlockt hatte, hierher in die Stadt zu ziehen und ein Geschäft zu übernehmen, und weil Papa dem Onkel geholfen hatte, indem er irgend etwas unterschrieb, und daß er ihm nun mit einer Masse Geld helfen mußte, das er nicht hatte. In dem Sommer, als dies geschah, war vieles nicht mehr schön. Papa ging mit ernstem Gesicht umher, Mama weinte oft, wenn sie über ihrer Näharbeit saß, und obwohl Großmutter auf Kohlsta war, sprachen Mama und Papa fast täglich von ihr, und wie „hart" sie sei.

Wenn es Herbst wurde, würde Großmutter in die Stadt zurückkommen. Aber vorher fuhr Anneli nach Kohlsta, um ihrer Mutter beim Herbstreinemachen zu helfen. Sie nahm die Kinder mit.

Kohlsta war für den kleinen Hans ein Paradies. Dort hatte er einen Spielgefährten: Philipps und Annas kleinen Sohn Per. Sie hielten sich den ganzen Tag unten am Teich auf, wo sie mit Rindenschiffchen spielten, die Philipp ihnen schnitzte. Aber die Sonne ging, wie Hans meinte, immer zu früh unter, und es war gar nicht schön, abends nach Hause zu gehen.

Denn Mama und Großmutter waren sich nicht mehr gut und Hans hatte eine so sonderbare Angst vor Menschen, die keine guten Freunde waren. Und diese Angst kam besonders abends über ihn, wenn Schwesterchen Maj und das Brüderchen schon eingeschlafen waren und er mit Mutter und Großmutter beim Abendessen saß. Mutter und Großmutter waren ganz anders geworden, seit dieses Rätselhafte geschehen war, daß Onkel Fredrik „Pleite gemacht" hatte.

Abend für Abend sprachen sie von Onkel Fredrik. Da war etwas, worum Mama bat und worauf Großmutter nicht eingehen wollte. Da bekamen beide so merkwürdig harte Gesichter und Hans tat es dann immer weh in der Brust.

Als er eines Abends hereinkam, war nicht zum Abendessen gedeckt, aber in der kleinen Kammer fand er ein Glas Milch und einen Teller mit Butterbroten auf dem Tisch. In der Küche standen ein paar große Waschbütten, und auf dem Herd kochte ein riesiger Wasserkessel. In der kleinen Kammer war kein Licht angezündet, denn die Küchentür stand offen, aber der Schein von der kleinen Lampe auf dem Herdsims wurde von den Dämpfen verdunkelt, die aus den Bütten aufstiegen. Mutter und Großmutter waren, jede an ihrer Bütte, mit Waschen und Spülen beschäftigt. Sie hatten sich Schürzen aus Sackleinwand vorgebunden und die Ärmel aufgekrempelt. Mutter hatte schöne weiße, runde Arme. Großmutters Arme waren braun, hart und sehnig. Ihm fiel ein, daß Papa und Mama von Großmutter gesagt hatten, sie sei hart, und er dachte, daß sie vielleicht ihre Arme damit meinten. Großmutter schien ungeheuer stark zu sein. Mama hatte ihm erzählt, daß sie einmal, als sie klein war, von Großmutter Schläge bekommen habe, weil sie etwas in die Bibel gezeichnet hatte, und er begriff, daß man es fühlen mußte, wenn man von diesen Armen Schläge kriegte.

Heute abend waren sich Mutter und Großmutter völlig uneinig. Keine dachte daran, daß nebenan in der Kammer der kleine Hans saß und jedes Wort hörte. Mutter sagte erbitterte, schreckliche Worte, daß Großmutter kein Herz habe, daß das Geld ihr Gott sei, und noch vieles andere, was Hans nicht verstand, und Großmutter sagte von Onkel Fredrik, daß er zu nichts anderem tauge, als auf der Klarinette zu spielen und das Geld hinauszuwerfen. „Schweig!“ rief Mama verzweifelt. „Schweig du selbst, Mädchen!“ erwiderte Großmutter. „Du hast von dem Unglück angefangen!“

Hans starrte erschrocken auf die beiden in der Küche. Sie waren von den Dämpfen so eingehüllt, daß er sie kaum sah. Die Dämpfe krochen wie seltsame Tiere an der Decke umher, an den Wänden entstanden unheimliche Schatten, als sei die Küche voll von bösen, gefährlichen Ungeheuern. Es tat ihm weh in der Brust. Hans brachte keinen Bissen hinunter. Er wollte zu Mutter hinlaufen, sich schutzsuchend in ihre Arme werfen, aber er wagte es nicht. Noch weniger wagte er, zu Großmutter hinzulaufen. Jetzt goß

Mutter eine Kelle heißes Wasser in ihre Wanne und eine Wolke von Dampf stieg auf, so daß es in der Küche fast dunkel wurde. Und nun kamen die Dämpfe auch in die Kammer. Mit langen, sich windenden Armen drängten sie sich herein. Hans geriet vor Schreck außer sich. Er wußte nicht, wohin. Schließlich schrie er laut vor Verzweiflung, rannte in die Küche, kriegte die Haustür auf und stürzte in das schwarze Dunkel hinaus.

Er sah nichts. Er rannte nur darauf los, bis er stolperte und der Länge nach auf dem Kartoffelfeld hinstürzte. Er fühlte die weiche Erde unter seinen Händen und spürte den herben Geruch welkenden Kartoffelkrauts. Da lag er nun und schluchzte in Einsamkeit und Verzweiflung, bis das Weinen nachließ und er nur das Klopfen seines Herzens vernahm.

Auf einmal sah er auf. Es war ganz hell um ihn herum. Er erhob sich auf die Knie. Über dem Espengehölz jenseits der Grube lag ein Schein, als brenne es irgendwo. Er stand auf und drehte sich um.

Da sah er es. Er sah den Himmel offen. Wie auf dem Bild in der Bibel, das Jakobs Traum darstellte, sah er eine Leiter aus Gold bis hinauf zum Himmel reichen. Unaufhörlich flogen weiße Engel die Leiter hinauf und ganz oben, in einem glänzenden Licht, das so hell war, daß man kaum hinsehen konnte, sah er Gott. In diesem Augenblick wurde sein ganzes kleines Wesen von einer Glückseligkeit erfüllt, daß er es nicht ertragen konnte.

„Das muß Mutter sehen!“ rief er laut und lief im Schein des himmlischen Lichts, so schnell er konnte, in die Küche.

„Mutter!“ rief er. „Großmutter! Kommt heraus! Kommt alle beide heraus! Ich sehe da draußen den Himmel und eine Leiter führt hinauf und man kann Gott sehen und alle Engel! Kommt, kommt! Beeilt euch!“ Er ergriff die Hand seiner Mutter. Sie starrte erstaunt auf ihren kleinen Jungen. Sein Gesicht und seine Hände waren streifig von Schmutz und Tränen.

„Wo warst du, Hans? Wir wollten gerade hinaus und dich suchen."

Aber er rief nur immer wieder: „Kommt, kommt, eilt euch!"

Großmutter nahm ihre Sackleinwandschürze ab und trocknete sich die Hände, als sei Besuch gekommen.

Endlich stand Hans mit Mutter an der Hand draußen.

Aber draußen war es jetzt ganz finster. Kein Schein über dem Espengehölz, keine goldene Leiter zum Himmel hinauf, keine Engel und kein Gott! Es war schwarze Nacht, man sah nicht einmal den großen Ahorn am Brunnen.

Hans brach in bitteres Weinen aus. „Warum bekommt ihr das nicht zu sehen? Warum kamt ihr nicht gleich? Es war so schön!"

Anneli nahm ihr weinendes Kind auf den Arm und trug es ins Haus. Mutter Kari hielt ihr die Tür auf. Anneli setzte sich auf das Küchensofa und ließ Hans sich ausweinen. Er hatte die Arme um sie geschlungen und den Kopf an ihrer Brust geborgen, als wolle er sie nie wieder loslassen. Sie hatte das Gefühl, ihren Erstgeborenen wegen der Geschwister, die so rasch nacheinander gekommen waren, vernachlässigt zu haben. Er hatte bei Großmutter und Agusta Trost suchen müssen, wenn sie selbst keine Zeit für ihn hatte.

Hans weinte sich in Annelis Armen in Schlaf. Sie trug ihn in die kleine Kammer und legte ihn, so schmutzig wie er war, auf das „Brautbett".

Mutter Kari stand in der Tür.

„Er hat nichts angerührt von seinem Essen", sagte sie. „Willst du ihn nicht wecken, daß er etwas ißt?"

„Laß ihn schlafen!" erwiderte Anneli. Sie ging hinaus und schloß die Tür zur Kammer.

Mutter und Tochter arbeiteten schweigend in der Küche weiter. Beide hatten das Gefühl, daß etwas geschehen sei. Es war keine Erbitterung mehr in ihnen. Beide bereuten ihre harten Worte, aber keine hatte die Kraft, das Schweigen zu brechen.

Worte waren auf einmal eine sehr ernste Sache geworden.

Als jedoch die Arbeit an diesem Abend beendet war und Mutter und Tochter miteinander eine der Bütten hinaustrugen, um das Wasser auszugießen, war es draußen ganz hell.

„Der Junge hat wohl das Nordlicht gesehen", meinte Mutter Kari. Aber etwas in ihrem Innern sagte ihr, daß der kleine Hans etwas gesehen hatte, was nur Kinderaugen zu schauen vermögen.

Während ihre Mutter in der Küche aufräumte und ein verspätetes Abendessen bereitete, trug Anneli Hans in die Stube auf dem Boden. Er wurde nicht wach, als sie ihn auskleidete. Ich muß ihn morgen waschen, dachte sie. Ich wage ihn jetzt nicht zu wecken.

Als sie hinunterkam, stand Mutter Kari am Herd und rührte in der Roggengrütze. Sie hatte ein reines weißes Tuch auf den Tisch gelegt und die Petroleumlampe aus der guten Stube hereingebracht, hatte kalten Aufschnitt und Käse aus der Speisekammer geholt und von der frischen Butter hingestellt.

„Es ist ja gerade, als hättest du für Besuch gedeckt", sagte Anneli freundlich.

„Ich finde, es ist, als sei heute abend Besuch gekommen", antwortete Mutter Kari.

Aber bevor sie sich an den Tisch setzte, blieb Mutter Kari stehen, als hindere sie jemand. Sie konnte Gott nicht um seinen Segen bitten, ehe etwas geklärt war.

„Es soll mit deinem Schwager so gemacht werden, wie du willst", sagte sie. „Jemand muß dem armen Fredrik wohl helfen, und dazu sind wir, du und ich, doch die Nächsten."

Sieben Jahre waren vergangen, seit man auf Kohlsta Hochzeit gefeiert hatte. Anneli hatte Mikael vier Kinder geboren, und sie erwartete das fünfte, als beschlossen wurde, das alte Kantorhaus einzureißen und ein neues, modernes Haus zu errichten. Anneli fühlte ein seltsames Beben bei dem Gedanken, daß das alte Heim eingerissen werden sollte. Das Haus war zwar verfallen, es war unerhört kalt und zugig darin, und Hans, dem ältesten Kind, hatten Kälte und Feuchtigkeit in dieser jämmerlichen Behausung sehr geschadet. Aber es war doch ihr und Mikaels erstes Heim gewesen voll tausend Erinnerungen an die Zeit ihrer heißen Liebe, an den Augenblick, als sie fühlte, daß sich unter ihrem Herzen ein kleines neues Leben entzündet hatte. Es waren Erinnerungen an Glück und Erinnerungen an Angst, Erinnerungen an Arbeit und Plage.

Mutter Kari war entschlossen gewesen, Anneli fühlen zu lassen, was sie sich angetan hatte. „Hast du gewollt, daß Mikael für dich sorgt, dann sollst du es auch ausprobieren. Eine angemessene Mitgift sollst du haben, aber keinen Öre mehr. Bekommst du aber Kinder und geraten sie in Not, dann werde ich ihnen helfen."

Die „angemessene Mitgift" war nicht groß. Aber sie reichte zu einer Hochzeitsreise. Mikael, der noch nie so viel Geld auf einmal gesehen hatte, rechnete aus, daß es zu einer Reise zu den Eltern auf Allerö reichen würde, die es sich nicht hatten leisten können, zur Hochzeit zu kommen. Von dort würden sich Anneli und er auf dem Kanalweg nach Göteborg begeben und von hier aus mit dem Schiff nach Oslo, das damals noch Kristiania hieß, fahren, und schließlich noch Dalekarlien besuchen und dann nach Hause reisen. Das Geld reichte, ausgenommen für die Reise nach Dalekarlien. Von Kristiania, wo sie Frognesäter sahen und Griegs Musik zu Ibsens „Peer Gynt" hörten, fuhren sie direkt nach Hause.

Als Carl von Linné Professor wurde, hielt er seine Antrittsvorlesung über das Thema „Von dem Nutzen von Reisen im Vaterland". Norwegen gehörte zu Annelis Zeit zum Vaterland. Was Anneli auf dieser märchenhaften Reise erlebte, lag wie ein lichter Freudenschimmer auf vielen schweren, mühevollen Jahren. Segelfahrten im Schärenhof mit dem amüsanten Schwiegervater am Ruder; die

Kanalfahrt nach Göteborg mit allen den Städten, an denen sie vorüberfuhren, und den wunderbaren Naturszenerien. Die Westküste mit ihren Felsenklippen und dem gewaltigen Meer. Das Spiel der Sonne auf herrlichem Sandstrand mit erfrischendem Bad im Salzwasser.

Wenn Anneli in ihrer dunklen, nach Norden gelegenen Küche stand, wohin nur während der Abende im Hochsommer ein Sonnenstrahl von der engen Gasse her drang, wenn sie ihre Kinder stillte oder in Schlaf sang oder wenn sie die ständig kranken Kinder pflegte, die häufig an Ohrenreißen litten, das sie sich in den zugigen Zimmern holten, wenn sie an der Waschbütte oder am Plättbrett stand oder an langen, einsamen Abenden über einer Näharbeit saß, während Mikael auf den Gutshöfen spielte oder in der Bezirksstadt Klaviere stimmte, dann flüchteten ihre Gedanken aus Dunkel und Einsamkeit zu ihrer großen Reise. Das Wunderbarste an dieser Reise war jedoch Mikael gewesen. So liebevoll war er gegen sie, so fürsorglich! Sie erinnerte sich zahlloser Einzelheiten, bei denen er ihr seine Fürsorge bewies. Seiner zarten Rücksicht, die schon in der Hochzeitsnacht begann. Mikael war wirklich zartfühlend in der Liebe. Er war so, wie sie sich einen Mann gewünscht hatte. Und so war es immer. Hatte Mutter sie mit Geld verwöhnt, so verwöhnte Mikael sie mit Liebe. Anneli las einmal in einem von Mikaels Büchern über Gluck, daß die einzige Inschrift auf dem Grabmal dieses großen Musikers laute: „Hier ruht ein getreuer Gatte!" „So ist Mikael", dachte sie.

Es war die Liebe, die ihr über allen Kummer hinweghalf. Mikaels Gehalt betrug hundert Kronen im Monat. Ohne das Geld, das er mit Musikstunden und Klavierstimmen verdiente, hätten sie hungern müssen. Denn Mutter Karis Geldbeutel war fest verschlossen und Anneli hatte ihren Stolz. Lieber wollte sie hungern und frieren, als Mutter um Hilfe bitten. Das einzige, was sie und Mikael dankbar annahmen, war, daß sie in den Sommermonaten nach Kohlsta hinauskommen durften.

Zu ihrem stillen Vergnügen sah Anneli, wie schwer es Mutter Kari fiel, sich gegen Mikaels Zauber zu wehren. Mikael hatte eine Art mit älteren Frauen umzugehen, die sie ganz vernarrt in ihn machte.

Seine Höflichkeit verwirrte Mutter Kari.

„Wie er schön tun kann!“ sagte sie, als er ihr an einem kühlen Abend, an dem sie draußen saßen, einen Schal um die Schultern legte.

Aber vor allem waren es die Kinder, die das Eis um Karis Herz zum Schmelzen brachten. Anneli überraschte manchmal ihre Mutter dabei, daß sie eines der Kinder auf dem Schoß hatte. Entweder war es Hans, der Älteste, der Großmutters „kleiner Goldjunge“ war. Oder es war Maj, „die kleine Zuckerpuppe“, die sie beruhigte, als sie entwöhnt werden sollte.

„Daß du nur das Herz hast, dem Kind nicht mehr die Brust zu geben“, sagte Mutter Kari. „Du bekamst meine Milch über ein Jahr.“

„Aber du hast in dem Jahr auch kein Kind erwartet, Mutter“, erwiderte Anneli. Und angesichts dieser Sachkenntnis war Mutter geschlagen.

Die Sommer auf Kohlsta waren herrlich. Ohne sie wäre es den Kindern vielleicht übel ergangen. Ebenso bleich und kränklich, wie sie waren, wenn sie im Frühling die Stadt verließen, ebenso gesund, sonnengebräunt und lebhaft kehrten sie im Spätsommer zurück. Anneli erlebte ihre eigene Kindheit wieder, wenn sie ihr Sommerglück auf dem schönen Hof mit ihnen teilte. Hans durfte auf dem Pferd reiten, wenn Philipp und sein Sohn Per es zur Tränke zum Teich hinunter brachten. Und bei Regenwetter wurde die alte Brautbibel hervorgeholt und Papa Mikael zeigte „die Männer“ in der Bibel und gab dazu seine eigenen Erklärungen, die nicht immer so sachkundig wie die Großvaters waren, sich aber der Welt der Kinder besser anpaßten. In der Scheune, im Stall und im Hühnerhof, in der Tischlerei und in der Schmiede, bei der Heuernte und im Blaubeerwald erlebten die kleinen heranwachsenden Geschöpfe ein Paradies, das ihnen zeit ihres Lebens als lichte Erinnerung aus den Morgenstunden ihres Daseins vorschweben würde.

Aber in all diesem Glück hatte Anneli bisweilen ein seltsames Angstgefühl. Im Grubental lebte ein Mensch, der ein wahrer Unglücksprophet war. Man sagte von ihm, es sei ein Sohn von dem reichen Halvar und einer Magd. Er hatte von Geburt einen körperlichen Schaden. Man sagte auch, daß seine Mutter versucht habe, ihn umzubringen. Man hätte sein Gebrechen vielleicht gar nicht so beachtet, wenn er selbst nicht so viel Wesens davon gemacht hätte. „Ich bin auf der Schattenseite des Lebens geboren", pflegte er zu sagen, „deshalb habe ich auch einen schiefen Mund und sehe schief. Aber unser Herrgott wird auch damit etwas beabsichtigt haben: ich bin dazu da, die Menschen daran zu erinnern, daß das Leben seine Schattenseiten hat."

Der unehelich geborene Amandus war „das böse Auge" des Grubentals. Wenn man ihn auf der Straße sah, kehrte man am liebsten wieder um, und nie konnte man an ihm vorbeigehen, ohne ein Wort von ihm zu hören, das einen verletzte oder einem das Sonnenlicht verdunkelte. Amandus besaß eine große Fertigkeit, Fremdwörter anzuwenden, die er bewußt oder unbewußt entstellte. So sprach er davon, daß das Grubental bald ein einziges „Chaos" werde und war besonders vertraut mit jemand, den er „den heiligen Nemesius" nannte. Zuweilen bildete er Sentenzen, die er immer dann anwandte, wenn er gewissen Menschen begegnete, die er im Namen des Herrgotts glaubte warnen zu müssen. Er konnte fromme Reden im Munde führen, konnte aber auch der schlimmste Lästerer sein.

Amandus war Hofknecht beim Kaufmann, Aufsichtsmann auf dem Tanzboden und später Hausmeister im „Haus des Volkes". Er war flink bei der Arbeit, wenn er gerade Lust hatte, aber er konnte auch fürchterlich lästern.

Für Anneli hatte er eine besondere Begrüßungsansprache. Wenn es Anneli auch glückte, unterwegs schnell an ihm vorbeizueilen, konnte sie seine Tirade auswendig und noch im Traum konnte sie seinen Tonfall hören.

„Jaja", pflegte er zu sagen, „sie hat den Kantor doch bekommen, die Anneli, aber warte nur, bis der heilige Nemesius aufwacht. Ich sah ihre Mutter auf der Hochzeit weinen, und das bedeutet, daß Anneli jede Träne hundertmal weinen muß. Du wirst schon sehen."

Anneli wußte es: sie hatte ihr Schicksal in die eigene Hand genommen. Ihr ehrlicher Wunsch war, es auch tragen zu können, allem, was geschehen würde, ohne Klagen zu begegnen.

An den Sonntagen fuhr Mikael in die Stadt, um seinen Dienst an der Kirche zu versehen. Anneli aber wanderte mit ihrer Mutter und den Kindern zu der kleinen Kapelle, wo Israel predigte.

Mutter Kari war fromm auf ihre eigene herbe, wortkarge Weise. Aufrecht war sie allem begegnet, was ihr im Leben geschehen war, auch Annelis Torheit, den Kantor zu heiraten. Anneli begann zu verstehen, daß die Seelenstärke der Mutter ihren Grund in einer verborgenen, aber tiefen Frömmigkeit hatte.

Der alte Israel war wie geschaffen, Mutters Prediger zu sein. Und auch Anneli begann seinen Worten zu lauschen, in denen sie, trotz der altmodischen Sprache, einer Verkündigung begegnete, die ihr zu Herzen ging. Israels ständiges Thema war: sich fügen in das, was Gott einem schickt. Gott läßt seiner nicht spotten. Was der Mensch sät, wird er auch ernten. Aber Gott kann auch eine schlechte Ernte in Segen verwandeln. Er kann uns segnen, wenn auch durch Feuer.

Anneli dachte an Amandus und seine Verdrehung von Linnés Nemesisglauben. Amandus und Israel hatten recht, jeder auf seine Weise. Keiner entging den Folgen seiner Handlungen. Anneli hatte Mikael gewählt. Aber dieses Glück war es wert, was auch kommen mochte. Und sie faltete die Hände und bat Gott um Hilfe, die Lasten zu tragen, die er ihr auferlegen mußte.

An einem Sonntagabend kam Mikael nicht nach Kohlsta zurück. Sie war mit den Kindern zu der kleinen Bahnstation gegangen, um ihn abzuholen. Aber er war nicht mit dem Zug gekommen. Anneli schlief in dieser Nacht nicht. Lange Stunden lag sie neben ihrem Bett auf den Knien. Im Gebet bekam sie Stille und Ruhe.

Mikael kam mit dem Frühzug. Er berichtete, was geschehen war. Als er nach dem Abendgottesdienst nach Hause gegangen war, um sich für die Fahrt nach dem Grubental umzuziehen, hatte er plötzlich einen so seltsamen Schmerz am Herzen gefühlt. Es war, als sei da drinnen etwas zerbrochen. Er hatte sich ans Klavier gesetzt und war über die Tasten gesunken. Das gab einen merkwürdigen Akkord. Nach einer Weile hatte er versucht aufzustehen. Er wollte zu Anneli und den Kindern. Er mußte sich beeilen, um den Zug noch zu erreichen.

Als er an der Kirche vorbeikam, kehrte der Stich im Herzen wieder, aber schlimmer als das erste Mal. Er ging durch die Seitentür auf den Kirchhof und setzte sich auf eine Bank. Dort hörte er das Abfahrtssignal des Zuges auf dem Bahnhof. Dann fing es an zu regnen. Zum Glück hatte er den Kirchenschlüssel in der äußeren Rocktasche. Er bekam die Sakristeitür auf und setzte sich in der kühlen Kirche auf eine Bank. „Wenn ich jetzt sterbe“, dachte er. Er machte sich ein Kissen aus seiner Jacke, legte sich auf die Bank und deckte sich mit dem Überrock zu. Das Herz klopfte, aber im Fünfvierteltakt! Manchmal ließ es einen ganzen Takt aus. Mikael versuchte zu scherzen: „Jetzt kommt die Generalpause! Und jetzt: Da capo al fine!“ Dann begann Mikael mit Gott zu reden: „Du kannst doch nicht das Herz haben, mich sterben zu lassen, du kannst nicht wollen, daß ich Anneli und die Kinder und die liebe alte Großmutter verlassen muß.“

Als Mikael so weit in seinem Bericht gekommen war,

sah Anneli ihre Mutter an. Zum ersten Mal in ihrem Leben sah Anneli auf den Wangen ihrer Mutter eine schwache Röte.

„Und wie ging es weiter?" flüsterte Anneli. Sie fühlte ihr eigenes Herz schlagen.

„Dann schlief ich ein. Mitten in der Nacht aber wachte ich auf. Es war dunkel in der Kirche. Aber am Altar sah ich etwas leuchten. Vielleicht war es der Mond. Aber für mich war es, als kniete dort jemand. Und da dachte ich, ‚das ist Anneli, die für mich betet. Jungfer Anemone in ihrem Konfirmationskleid!' Da fühlte ich ein großes Glück und dann schlief ich ein. Ich wachte zeitig genug auf, um den Frühzug zu nehmen. Jetzt bin ich wieder ganz gesund."

Anneli wischte sich eine Träne fort und Mutter Kari schneuzte sich.

Der kleine Hans, der begriffen hatte, daß sein Vater krank gewesen war, ging zu Mutter Kari, zog ihren Kopf zu sich herunter und flüsterte ihr etwas ins Ohr.

„Was sagt er?" fragte Mikael.

„Still, Großmutter! Das ist ein Geheimnis. Das darfst du nicht sagen", mahnte der Fünfjährige.

Aber Mutter Kari ging den ganzen Tag wie in einem glücklichen Traum umher. Sie hörte in ihrem Innern Hansemanns tröstende Kinderstimme: „Sei nicht traurig, Großmutter! Vater ist krank, aber wenn ich groß bin, werde ich Doktor und mach' Vater gesund!"

Woher wußte das Kind das alles? Wie konnte Hans wissen, daß Mikael krank war und daß sie traurig darüber war? Und sie dachte wie so oft in letzter Zeit: Das Kind *wird* nicht etwas, das Kind *ist* etwas, von Anfang an. Unser Schicksal ist vorherbestimmt. Anneli mußte ihren eigenen Weg gehen, ebenso wie sie selbst. Kari war, die sie war. Und der kleine Hans würde vielleicht Arzt werden, nachdem ihr Traum von Anneli so grausam zerstört worden war.

Aber für Anneli bedeutete Mikaels Herzfehler, daß sich die sichere, schützende Pforte des Paradieses, das ihr

Glück bedeutete, geöffnet hatte. Der Sturm hatte das Schloß zerbrochen. Jetzt würde sie nie mehr eine ruhige Stunde haben. Es war also wahr, was Dr. Klang gesagt hatte, daß der Typhus Mikaels früher so starkes Herz geschädigt hatte. Würde auch seine Voraussage von der Ertaubung wahr werden? Sie hatte Anzeichen davon gemerkt, aber nicht das Herz gehabt, etwas zu sagen.

Aber Mikael lächelte ihr zu. Er holte ein Notenblatt aus der Rocktasche und reichte es ihr. „Das ist für dich", sagte er. „In Gryttentorp hielt der Zug eine ganze Stunde, und ich war daran, vor Sehnsucht zu vergehen. Da schrieb ich dies hier."

Anneli konnte nur die Überschrift enträtseln. An meine Geliebte! stand da und darunter: Choralphantasie über das Lied „Wohin ich geh', geh' ich dem Tod entgegen."

Anneli brach in Tränen aus. Mikael legte den Arm um sie. „Du sollst nicht weinen, meine Anneli! Dies ist die schönste Musik, die ich bisher geschaffen habe. Siehst du, wir singen den Choral in Moll. Das deutsche Original ist in Dur. Und den zweiten Vers müßte man auch immer in Dur singen.

‚Ich geh' zum Himmel, wo ich gehe.' Ich spiele dir die Melodie dann vor, wenn wir im Herbst in die Stadt kommen. Ich schrieb sie, indem ich an den zweiten Vers vom Himmel dachte und mit der Erscheinung in der Kirche vor Augen, als ich dich wie in deiner Konfirmationskirche am Altar zu sehen glaubte. Ein solches Glück, wie ich es bei diesem Anblick empfand, kann einem nur im Paradies beschieden sein."

Anneli lächelte unter Tränen. Wie durch einen Sonnenregen glaubte sie einen Augenblick lang das Tor des Paradieses zu sehen. Aber die Tür hatte sich geöffnet und schwang im Sturm hin und her.

In dieser Reihe weiterhin erschienen:

Charlotte Hofmann-Hege
Tausend Sterne hat die Nacht
Ein außergewöhnliches Leben
248 Seiten, Bestellnummer 113672

Willy Kramp
Brüder und Knechte
Ein Bericht
55 Jahre Kriegsende
360 Seiten, Bestellnummer 113673

Kurt Rose
Der Sohn des Admirals
William Penn – Aufbruch in die neue Welt
144 Seiten, Bestellnummer 113674

Hanna Ahrens
Feste, die vom Himmel fallen
Überraschungen im Alltag
96 Seiten, Bestellnummer 113675

Andreas Benda
Der Himmel scheint durch alle Ritzen
Regen- und Sonnenscheingeschichten
160 Seiten, Bestellnummer 113676

BRUNNEN VERLAG GIESSEN

Axel Hambraeus

Marit

Der weite Weg nach Hause

256 Seiten, Taschenbuch
Bestellnummer 113982

Durch eine Ungeschicklichkeit ihres Mannes verliert Marit Haus, Hof und ihr gesamtes Vermögen. Aus ist der Traum von der Auswanderung nach Amerika, die Hoffnung auf ein besseres Leben dort! Mit bewundernswertem Mut und unendlich viel Ausdauer gelingt es ihr, sich und die fünf Kinder durchzubringen. Dabei erfährt sie Hilfe von oft unerwarteter Seite. Ihr Mann bleibt jahrelang verschollen. Marit weiß nicht einmal, ob er noch lebt, aber sie hält ihm die Treue. Dramatisch verläuft das Schicksal ihres Mannes, der um die Welt getrieben wird, bis er, erschöpft und zerschlagen, zu seiner Familie heimfindet.
Der schwedische Dichter Axel Hambraeus beschreibt in diesem Roman nicht nur das spannende Schicksal einer ungewöhnlichen Frau, er entfaltet gleichzeitig die ganze Schönheit der mittelschwedischen Landschaft vor unseren Augen.

BRUNNEN VERLAG GIESSEN

Axel Hambraeus

Geschichten aus Dalarne

128 Seiten, Taschenbuch
Bestellnummer 113996

In Dalarne hat der bekannte schwedische Autor lange Jahre selbst als Pfarrer und Probst gewirkt. Er kennt die Menschen, die hier leben, er liebt und versteht sie. Und deshalb kann er sie auch auf seine ihm eigene lebendige, ja impressionistische Weise darstellen. Die zehn Kurzgeschichten sind in sich abgeschlossen, aber sie haben ein gemeinsames Merkmal. Immer handelt es sich um ein Original, das im Mittelpunkt steht. Es sind Menschen mit allerlei Ecken und Kanten, Sonderlinge, komische Heilige. Alle gewinnen dem Leben mit seinen Spannungen die gute Seite ab, weil das Gute in ihnen sich nicht unterkriegen läßt.

Christian Ryke

Wie die Orgelpfeifen

160 Seiten, Bestellnummer 111661

Sie waren elf Kinder und ein Hund ... Und wenn ein Besuch beim Fotografen angesagt war, um ein Familienfoto machen zu lassen, dann war das mit schier unlösbaren Schwierigkeiten verbunden. Herzerfrischend zu lesen sind die Erinnerungen des Autors an sein Elternhaus. Christian Ryke schildert das bunte, abwechslungsreiche Leben einer Pfarrerfamilie auf dem Lande vor mehr als einem halben Jahrhundert mit feinfühligem Humor und einem sicheren Blick für menschliche Originale. Es sind nachdenklich stimmende und heitere Geschichten von den Pflichten und Streichen im Geschwisterkreis, aber auch von den Sorgen der Eltern, die ihren Kindern keine Reichtümer geben, wohl aber ein liebevolles Zuhause schenken konnten. Ein Zuhause, in dem das Vertrauen auf Gottes Hilfe stets im Mittelpunkt stand.